Petra Durst-Benning

Winterwind

Schöne Lesestunden
wünscht herzlichst

Petra Durst-Benning

Petra Durst-Benning

Winterwind

List

MIX
Papier aus verantwortungsvollen Quellen
FSC® C014496

List ist ein Verlag
der Ullstein Buchverlage GmbH

ISBN 978-3-471-35102-4

Illustrationen: Constance Stifft
Gesetzt aus der Sabon bei LVD GmbH, Berlin
Druck und Bindearbeiten: GGP Media GmbH, Pößneck
Printed in Germany

Vorwort

Liebe Leserinnen und Leser,

für mich als Autorin ist es immer ein ganz besonderer Moment, wenn ich die vier berühmten Großbuchstaben ENDE unter ein Manuskript setze. Monate-, ja jahrelang habe ich bis zu diesem Augenblick an einer Geschichte gearbeitet, habe mit ihren Figuren gelebt, geliebt und gelitten. Und dann, von einem Tag auf den anderen, ist alles vorbei. Natürlich bin ich stolz und glücklich, wenn ich eine Geschichte gut erzählt habe. Gleichzeitig fühle ich mich aber auch wie eine Verräterin an meinen Hauptfiguren. Nur weil ich es so entscheide, soll für sie nun alles aus und vorbei sein? Eine Geschichte fängt nicht auf der ersten Buchseite an und endet nicht auf der letzten, auch wenn Autoren so tun als ob. In Wahrheit erzähle ich nie *eine* Geschichte, sondern viele kleine Momentaufnahmen, die zusammen ein Bild ergeben. Manche Momente sind spannend, andere fröhlich und voller Aufbruchsstimmung. Wieder andere gehen einem besonders unter die Haut, sie lassen in uns Saiten erklingen, die wir schon lange nicht mehr vernommen haben.

In meinen *Winterwind*-Geschichten habe ich besonders intensive Momentaufnahmen für Sie festgehalten.

Momente voller Hoffnung und Zuversicht. Sie sind auch deshalb so intensiv, weil sie von Aufbruch erzählen, von Umbruch und von Wandel. Und davon, dass etwas passiert, was uns zu einem neuen Blickwinkel verhilft, vielleicht sogar zu einem neuen Leben …

Für mich haben solche Vorstellungen sehr viel mit dem Winter zu tun, denn wenn draußen alles still wird, kommen auch wir innerlich eher zur Ruhe. Der aufgeregte Frohsinn des Sommers ist verflogen, die letzte Grillparty längst gefeiert, und spätestens im November ist dann auch die Umtriebigkeit des Herbstes überwunden. Die letzten Früchte sind zu Marmelade oder Kompott gekocht, die Gartenarbeit ruht bis zum nächsten Frühjahr.

Viel öfter als im Sommer gönnen wir uns nun ruhige Abende zu Hause. Wir machen es uns in unseren vier Wänden gemütlich und genießen das schöne Gefühl: Es darf durchgeatmet werden.

Ein Jahr geht zu Ende – ist das nicht ein guter Zeitpunkt, um Bilanz zu ziehen? Die langen Winterabende bieten genügend Zeit für Gedankenspiele aller Art: Was war gut und was weniger gut im vergangenen Jahr? Fühle ich mich noch wohl in meiner Haut, in meinem Umfeld? Oder ist vielleicht der Zeitpunkt gekommen, noch einmal etwas ganz Neues anzufangen? Falls ja, werde ich den Mut haben, mich von altem Ballast zu trennen? Manches ist ja auch durchaus gut und darf bleiben, wie es ist. Sind radikale Lösungen vielleicht gar nicht nötig, wenn ich eine neue Einstellung zu den Dingen bekomme? So viele Möglichkeiten, und dazu die Frage, was ist richtig und was falsch …

Nichts bläst einem den Kopf so frei wie ein langer Spaziergang durchs Novembergrau. Der Winterwind fegt unsere alten Erinnerungen und festgefahrenen Gewohnheiten davon, er weckt in uns die Hoffnung, dass ein Neuanfang möglich ist, für jedermann und jederzeit. Plötzlich erscheint alles ganz einfach …

Davon erzählen meine Wintergeschichten.

Winterzeit ist auch Lesezeit. Am liebsten lese ich mit der Wärme des Kachelofens im Rücken. Wo lesen Sie am liebsten? Auf dem Sofa, in eine Decke gekuschelt, wenn draußen der Schnee die Landschaft mit einem weißen Mantel überzieht? Oder abends, im Bett, nach einem langen Arbeitstag?

Lesestunden sind immer kostbar. Gönnen Sie sich diese Zeit nur für sich allein. Machen Sie mit mir gemeinsam eine Winterreise der ganz besonderen Art.

Erleben Sie Abschiede und Aufbrüche, aufregende Neuanfänge und faszinierende Lebenswege. Und wer weiß, was dann geschieht? Alles ist möglich, auch in Ihrem Leben. Die Winterzeit ist eine magische Zeit …

Viel Spaß beim Lesen wünscht

Ihre

Petra Durst-Benning

Die Silhouettenschneiderin

Am Stuttgarter Hof, 6. Dezember 1865

Hinter vorgehaltener Hand unterdrückte Franz Xaver Winterhalter ein Gähnen. Er blinzelte in die tranigen Ölfunzeln, die den Salon mehr schlecht als recht erhellten. Wenn er so weitermachte, war er auf dem besten Weg, sein Augenlicht vollends zu ruinieren. Ein Portraitmaler, der schlecht sah! Um seinen Blick ein wenig zu klären, richtete er ihn aus dem Fenster hinaus in den verschneiten Stuttgarter Schlossgarten, der aussah wie eine Märchenlandschaft. Wie schön musste es da erst im Schwarzwald aussehen? In dem kleinen Ort Menzenschwand, wo er geboren worden war ... Seltsam, je älter er wurde, desto öfter musste er an seine Heimat denken. Oder lag dies gar nicht am Alter, sondern daran, dass er ständig unterwegs war? Dass er zum rastlosen Wanderer geworden war, der sich nach nichts mehr sehnte als nach einem Ruhepol in seinem Leben? Seine Farben, Staffeln und Pinsel für eine Weile nicht anfassen müssen. Den Herrgott einen braven Mann sein lassen. Wie schön wäre das.

Aufseufzend widmete er sich wieder seiner Arbeit.

Erst vor ein paar Tagen war er aus Wien angereist, wo er die letzten Wochen damit verbracht hatte, ein

Portrait der österreichischen Kaiserin in Hofgala anzufertigen. Ein großer und ehrenvoller Auftrag. Ein Auftrag, den man nicht absagte. Niemals und unter keinen Umständen.

Kaiserin Elisabeth hatte sich für ein weißes Kleid mit opulentem Faltenwurf entschieden, welches über und über mit Diamanten verziert war. Um die Schultern hatte sie einen Schleier getragen, so zart und durchscheinend wie der Flaum eines neugeborenen Kükens. Diamantene Sterne, sechzehn Stück an der Zahl, hatten ihr prachtvolles Haar geziert. So überirdisch schön ihr Anblick gewesen war – für ihn als Portraitmaler war er nicht weniger als ein Alptraum gewesen. Allein für das Kleid hatte er drei Wochen gebraucht, dazu weitere zwei für ihre aufwendige Frisur ... Doch nachdem er sein Werk beendet hatte, hatte er sich selbst dafür loben müssen. Vielleicht war das Gemälde sogar sein bisher bestes.

»Sie lächeln so zufrieden, lieber Herr Winterhalter, weihen Sie mich in Ihr kleines Geheimnis ein?«

Franz Xaver, der gerade mehrere Blautöne auf seiner Palette mischte, hielt inne, um sein Modell anzuschauen. Die württembergische Königin Olga, Tochter des Zaren Nikolaus, war eine seiner liebsten Kundinnen. Nur ihr zuliebe war er nach Stuttgart gereist und hatte diesen neuen Auftrag angenommen. Jede andere Anfrage hätte er abgelehnt zugunsten eines dringend benötigten Erholungsurlaubs in seiner Heimat.

»Ich denke an Weihnachten und die himmlische Ruhe, die ich hoffentlich über die Feiertage genießen werde«, zwang er sich zu einer kleinen Notlüge. Er war nicht zum beliebtesten Portraitmaler ganz Europas geworden, weil er seinen Kunden von der Schönheit der vorherigen Modelle vorschwärmte.

Auch Königin Olga wollte in Hofgala gemalt werden. Das Kleid, für das sie sich entschieden hatte, wies täuschende Ähnlichkeiten mit dem der österreichischen Kaiserin auf, auch wenn es im Rücken eine blaue samtene Schleppe hatte. Dieselbe Schneiderwerkstatt? Oder nur die neueste Mode unter den gekrönten Häuptern Europas? Doch wenn die Opulenz bei »Sissi«, wie die Österreicherin im engen Familienkreis genannt wurde, lieblich und gefällig wirkte, hob sie bei der großgewachsenen Statur Olgas sämtliche Ecken und Kanten hervor. Ein zu schmales Gesicht, müde Augen, dazu die hängenden Schultern – die letzten zwanzig Jahre hatten es nicht gut gemeint mit Olga Nikolajewna Romanowa. Schön war sie noch immer, aber der Glanz der Jugend war bei ihr allzu früh verblasst.

»Himmlische Ruhe ... was ist das?«, erwiderte die Königin und lächelte ironisch. »Seit meine Nichte Wera bei uns lebt, kenne ich diesen Zustand nicht mehr. Ständig wird getobt, geschrien, mit den Füßen gestampft. Auch wenn sich Wera etliche Zimmer entfernt oder gar in einem anderen Flügel des Schlosses aufhält – sie ist immer zu hören ...« Olga seufzte. »Dass ein Kind so anstrengend sein kann, hätte ich nie gedacht.«

Winterhalter runzelte unmerklich die Stirn. Nun hatte sie schon wieder die Haltung ihres linken Arms verändert. Obwohl er sich in solchen Momenten nicht scheute, auch seine adligen Kundinnen streng zurechtzuweisen, beschloss er, nichts zu sagen. Solange er mit der blauen Samtschleppe beschäftigt war, konnte ihm Olgas Ellenbogen egal sein.

Zufrieden betrachtete er das angemischte Taubenblau auf der Palette. Perfekt! Er tauchte seinen Pinsel hinein und begann mit mutigen Strichen, Olgas Kleiderschleppe zu umreißen.

»Zwei Jahre weilt Ihre Nichte nun schon bei Ihnen in Stuttgart, nicht wahr, Königliche Hoheit?«, sagte er.

Olga nickte.

»Zwei wundervolle Jahre, die ich nicht missen möchte. Und doch gehören sie zu den anstrengendsten meines Lebens …«

Ohne von seiner Arbeit aufzuschauen, sagte Winterhalter: »Wie alt ist Wera inzwischen? Zehn, nein, elf? Und noch immer ein solcher Wildfang. Ihre Hofdamen haben gewiss alle Hände voll zu tun …«

Er spürte, wie beim Gedanken an eine ganz bestimmte Hofdame ein kleiner Stich durch sein Herz fuhr. Hunderte der schönsten Frauen der Welt hatte er gemalt, einige davon hatten mit ihm geturtelt, hatten ihre ganze Weiblichkeit eingesetzt in der Hoffnung, noch schöner, noch edler von ihm auf die Leinwand gebannt zu werden. Aber verliebt hatte er sich nur ein einziges Mal in seinem ganzen Leben. Hier, am Stuttgarter Hof. Doch es war leider nichts daraus geworden.

Olga schnaubte undamenhaft. »Manchmal glaube ich, das Mädchen wird von Jahr zu Jahr schlimmer.«

Schweigend hörte sich Winterhalter Olgas Litanei über Weras letzte Streiche an. In den langen Stunden des Portraitstehens kamen seine Modelle oft ins Plaudern, eine Antwort erwarteten sie von ihm jedoch nur selten. Dass er sich als Maler voll und ganz auf seine Arbeit konzentrieren musste, davon gingen die allermeisten Damen und Herren aus. Doch ganz so anspruchsvoll, wie seine Kundschaft annahm, war das

Malen für ihn als Routinier längst nicht mehr, und so konnte er oft in Ruhe seinen Gedanken nachgehen.

Wera Konstantinowna Romanowa. Die Nichte des Zaren Alexander. Vor zwei Jahren hatte es am Hof in St. Petersburg irgendeinen Skandal gegeben, in den sie involviert gewesen war. Hatte die kleine Wera eine hochrangige Person brüskiert? Hatte sie womöglich in ihrer kindlichen Unbefangenheit einen Vertreter der russischen Kirche geschmäht? Eine Bemerkung über »alte Männer mit langen, hässlichen Bärten« würde er der kleinen Wera jederzeit zutrauen. Doch ausnahmsweise wusste Franz Xaver Winterhalter, enger Vertrauter der allermeisten Angehörigen europäischer Adelshäuser, nichts Genaues. Er hatte lediglich mitbekommen, dass das Kind damals schleunigst aus St. Petersburg entfernt worden war. Was für ein Wunder, dass es nicht in irgendeiner Irrenanstalt weit vor den Toren St. Petersburgs gelandet war! Oder waren Stuttgart und eine solche Anstalt in den Augen des russischen Zaren etwa ein und dasselbe? Winterhalter schmunzelte in sich hinein, doch gleich darauf wurden seine Gedanken wieder ernster.

Welche Gründe hatten den Zaren dazu bewogen, ausgerechnet seiner kinderlosen Schwester Olga ein solch schwererziehbares und zudem äußerlich wenig ansprechendes Kind zu überlassen? War sie die Einzige, die nicht hatte nein sagen können? Die Königin von Hannover, auch eine Patentante der kleinen Wera, sowie diverse andere weitläufige Verwandte hatten keine solchen Skrupel gehabt, als die Anfrage vom Zarenhof, ob man das Kind aufnehmen wolle, gekommen war …

»Und ihr werter Gatte? Ich hoffe, König Karl ist bei

bester Gesundheit?«, sagte Winterhalter, nachdem Olga verstummt war. Trübe Gedanken taten keiner Portraitsitzung gut, es war also besser, man wechselte das Thema. Doch Olga nickte nur schmallippig, und ihre Schultern sanken noch tiefer herab.

Eine wunderbare Art, die Königin aufzuheitern, rügte sich der Maler. Nur weil die Frage nach dem Wohlergehen des Gatten Standard war, hieß das noch lange nicht, dass man sie jeder Dame stellen musste. Er wusste doch, wie es um die Ehe der beiden bestellt war – beide gingen ihrer eigenen Wege, das wenige an Gefühlen, das einst vorhanden gewesen war, hatte sich längst aufgebraucht.

Du bist müde, Franz Xaver, stellte er fest. Ein müder alter Mann von sechzig Jahren.

»Heute ist der sechste Dezember – Nikolaustag!«, sagte Olga unvermittelt. Zum ersten Mal, seit sie die Sitzung begonnen hatten, strahlte ihr Gesicht mit seiner früheren Leuchtkraft.

»Der Namenstag Ihres geliebten Vaters. Und ein Freudentag für die Kinder, schließlich ist Nikolaus der Gabenbringer für sie«, sagte er lächelnd.

»Und ich habe mir für die Feier hier im Stuttgarter Schloss etwas ganz Besonderes ausgedacht!«, sagte Olga triumphierend. »Der Besuch des alten Krampus im letzten Jahr hat Wera und die anderen Kinder fürchterlich aufgeregt, Wera wollte danach tagelang Nikolaus spielen. Aus einem alten Besen hat sie sich sogar eine Rute gebastelt.« Die Königin schüttelte sich bei der Erinnerung, Winterhalter hingegen musste schmunzeln. Er traute dem widerspenstigen Mädchen durchaus zu, mit der Rute auch auszuteilen.

»Dieses Jahr habe ich eine Überraschung, die etwas

anderer Natur ist«, sprach die Königin weiter. »Mein lieber Herr Winterhalter, Sie sind herzlich eingeladen, der Feier am heutigen Nachmittag beizuwohnen! Das Ganze wird auch Ihnen gefallen, glauben Sie mir.«

Der Maler seufzte stumm. Er hatte sich so auf einen einsamen Abend und seine Ruhe gefreut …

Stuttgart im Winter. Überall entlang der Königsstraße standen offene Pritschenwagen, auf die schnaubende Männer mit roten Wangen Schnee schaufelten. War ein Wagen voll, fuhr er aus der Innenstadt hinaus und lud Berge von Schnee vor den Toren Stuttgarts ab. Hauptsache, die Prachtboulevards der Stadt waren frei, falls die Angehörigen der Königsfamilie eine Ausfahrt machen wollten. In den Seitenstraßen hingegen machte man sich solche Mühe nicht, da schippten die Besitzer der kleinen und größeren Geschäfte einfach den Schnee vor ihren Eingängen weg und in die Mitte der Straße. Und so rutschten und schlitterten, stolperten und staksten die Stuttgarter Bürger mehr schlecht als recht durch die Stadt. »Unser Geld für Einkäufe sollen wir hierlassen, aber wie wir zu Fuß unterwegs sind, kümmert niemanden«, schimpfte eine Frau, die auf einer vereisten Stelle hingefallen war.

Margarete Schwanthaler half der Frau beim Aufstehen, dann bückte sie sich erneut, um die Kartoffeln und Rüben, die aus dem Einkaufskorb der Gestürzten auf die Straße gepurzelt waren, wieder einzusammeln.

»Kann ich sonst noch etwas für Sie tun?«

Als die Frau mit schmerzverzerrter Miene verneinte, ging Margarete erleichtert weiter. Eine Verzögerung wäre das Letzte gewesen, was sie jetzt gebraucht hätte.

Normalerweise hätte auch sie sich über die Straßenverhältnisse aufgeregt. Aber Margarete bemerkte diesmal weder Schnee noch Eis. Sie schwebte vielmehr auf Wolken.

Eine Einladung ins Stuttgarter Schloss! Ihr bisher größter und wichtigster Auftrag.

Als Silhouettenschneiderin war sie zwar schon jetzt sehr gefragt, ja, man konnte sogar behaupten, dass sie eine der erfolgreichsten ihres Faches war. Immer mehr Menschen wollten ihr Konterfei als Scherenschnitt abgebildet sehen, vor allem wichtige Bürger der Stadt. In den letzten Wochen war sie bei einem Herrn Geheimrat eingeladen gewesen und hatte ihn und seine Gattin silhouettieren dürfen. Sehr verliebt hatten die beiden getan. Spontan hatte Margarete die Idee gehabt, die beiden wie Dornröschen mit seinem Prinzen im Märchen zu portraitieren. Das hatte das Paar so sehr entzückt, dass es über die lange, schmale Nase von Dornröschen hinwegschaute. Ein bekannter Stoffhändler war ebenso ihr Kunde wie der Besitzer des Hotels Krone oder viele Schauspieler des Königlichen Hoftheaters. Aber Scherenschnitte waren nicht nur etwas für die reichen Leute. Auch die weniger gut Betuchten konnten sich solche Bildchen leisten. Manch einer legte sogar ein Album an und verbrachte so manche Stunde damit, die Schattenrisse zu bewundern oder auch zu kritisieren. Wobei es bei Margaretes Scherenschnitten deutlich mehr Lob gab als Schelte, denn sie war eine Meisterin ihres Fachs.

Besonders beliebt waren auch Portraitsilhouetten

bekannter Persönlichkeiten. Die Dichter Ludwig Uhland und Eduard Mörike hatte sie schon so oft geschnitten, dass sie deren Umrisse auswendig kannte. Den Dichter Schubart hingegen wollte niemand haben, also hatte sie ihn irgendwann aus ihrem Repertoire genommen. Kunstfertigkeit allein reichte eben nicht aus, ein bisschen Geschäftssinn musste man auch haben.

Aber genau daran hapert es noch bei dir, ging es Margarete durch den Sinn. Weniger Gefühle, mehr Geschäftssinn – und sie wäre nicht in der misslichen Lage, in der sie sich momentan befand. Margaretes Seufzer stieg in der kalten Winterluft als weißes Wölkchen gen Himmel.

Eigentlich hatte sie vorgehabt, für heute all ihre Sorgen zu vergessen, doch es wollte ihr einfach nicht gelingen – zu groß war ihre Not! Seit Tagen hatte sie nicht mehr geschlafen, sie war fahrig und nervös. Bei jedem Klopfen an der Tür zuckte sie zusammen. Was, wenn es ihr Vermieter war? Oder gleich die Polizei, die kam, um sie und ihre drei Kinder aus dem Haus zu werfen? Drei Monatsmieten war sie im Verzug, aber erst vor einer Woche hatte sie davon erfahren. Monat für Monat hatte sie Sergej vertrauensvoll das Geld in die Hand gedrückt, damit er es dem Vermieter übergab. Keinen Moment hatte sie daran gezweifelt, dass ihr Geliebter etwas anderes damit anstellen würde. Doch was hatte ihr schöner Pole getan? Das Geld in irgendwelchen verrauchten Hinterzimmern einer Kneipe beim Kartenspiel auf den Kopf gehauen! Als ihr Vermieter letzten Montag vor Wut am ganzen Leib bebend vor ihr stand und die Zahlung verlangte, war sie vor Schreck fast in Ohnmacht gefallen.

Mit der Liebe war's danach aus und vorbei gewesen. Hochkant hatte sie ihn rausgeworfen, ihren schönen Polen. Schön, aber ein Nichtsnutz. Von der Sorte gab es mehr als genug. Und sie war immer wieder so dumm, auf sie hereinzufallen. So tief sie bei ihrer Arbeit in die Menschen hineinschauen und ihr innerstes Wesen erkennen konnte, so blind war sie, wenn es um ihr Liebesleben ging.

»In zwei Wochen beginnt der Stuttgarter Weihnachtsmarkt. Dort werde ich meine Kunst anbieten und gewiss gutes Geld verdienen. Bitte, geben Sie mir noch ein bisschen Zeit, Sie bekommen Ihre Miete, ganz bestimmt!« Gefleht und gebettelt hatte sie. Von der ganzen Familie des Vermieters wollte sie außerdem umsonst Scherenschnitte anfertigen, die allerschönsten!

»Weihnachtsmarkt! Womöglich bist du mit deiner Brut bis dahin über alle Berge, und ich bleibe auf deinen Mietschulden hocken. Nichts da, bis zum zehnten Dezember will ich das Geld haben«, hatte er schließlich geknurrt und dabei so begehrlich über ihre Schulter in die Wohnung gelinst, als wollte er gleich eigenhändig ihre Möbel hinaustragen. »Sonst werfe ich dich und deine Brut auf die Straße, und die Wohnung wird noch im alten Jahr neu vermietet.«

Sie und ihre drei lieben Kinder auf der Straße? Der kleine Anton, der beim leisesten Windhauch Husten bekam. Seine zwei Jahre ältere Schwester Susanne, die immer peinlich genau darauf achtete, sich nicht schmutzig zu machen. Und Valentin, mit seinen zwölf Jahren der Älteste, der ihr schon jetzt mit Schere und Papier nacheiferte. Niemals würde sie ihnen zumuten, was sie selbst als Kind hatte erleiden müssen. Den Hunger, die Kälte und den Schmutz der Gosse. Eher würde sie alles tun, was nötig war. Wenn es sein musste, würde sie sogar sich selbst verkaufen!

Margarite schüttelte sich wie ein Hund, der in einen Regenguss geraten war. Sie hatte noch vier Tage Gnadenfrist, deshalb war nun Schluss mit den trüben Gedanken! Sie musste sich unbedingt auf die kommende Aufgabe konzentrieren.

Das Schloss kam in Sicht. Hell strahlte es im trüben Dezemberlicht. So oft war sie schon daran vorbeigelaufen! Hatte sich gefragt, wie die Menschen darin lebten, was sie aßen und tranken. Und nun würde sie alles mit eigenen Augen sehen.

Als vor zwei Tagen eine Hofdame der Königin bei ihr erschienen war, hatte sie ihr Glück nicht fassen können. Eine Feier zu Ehren des heiligen Nikolaus, und sie, Margarete, sollte die anwesenden Kinder, Hofdamen und weitere Gäste des Hofes silhouettieren. Eine größere Ehre konnte ihr nicht zuteilwerden, oder? Besondere Aufmerksamkeit sollte Margarete dabei dem Patenkind von Königin Olga widmen, einem kleinen Mädchen namens Wera. Margarete hatte verständig genickt. Kleine Mädchen waren besonders liebliche Modelle, sie würde für die Königin die schönste Kindersilhouette von allen schneiden!

Die Hofdame hatte die Runde auf zwanzig Personen geschätzt. Zwanzig Personen, die bei Hof ein und aus gingen. Margarete lächelte. Wenn sich herumsprach, dass man bei Hof von ihren Scherenschnitten angetan war, würde sie sich im neuen Jahr vor Aufträgen nicht mehr retten können.

Der rote Salon war festlich mit Tannengrün, roten Gewächshausrosen und goldfarbenen Bändern dekoriert. Zum Licht der Gaslampen gesellte sich funkelndes Kerzenlicht. Auf den Tischen ergaben das Porzellan aus der Königlichen Ludwigsburger Manufaktur, feinstes Kristall aus Österreich und russisches Tafelsilber ein prachtvolles Stillleben, das jeder Leinwand würdig gewesen wäre. Persischer Tee, schwäbischer Hefezopf, heiße Schokolade, Pralinen, Gebäck aller Art – am Stuttgarter Hof verstand man es, es sich gutgehen zu lassen, dachte Franz Xaver Winterhalter, während er sich von einem der Dienstmädchen heißen Tee einschenken ließ.

»Nein, das ist mein Platz! Ich werde heute neben der Königin sitzen!«

»Aber da sitzt doch wie immer Freifrau Evelyn, wie –«

»Hat die Königin etwa nur eine Seite? Evelyn sitzt rechts und ich links!«

»Damit Sie sich wieder bei ihr einschmeicheln können, ja? So wie letzten Freitag, als Sie …«

Seufzend versuchte Winterhalter, den Streit der Hofdamen auszublenden. Ob Stuttgart, Wien oder London – die Eifersüchteleien, das Katzbuckeln und die Intrigen waren an jedem Hof gleich.

»Ich verstehe wirklich nicht, warum schon wieder ich bei den Kindern sitzen soll«, sagte eine weitere Hofdame und schaute dabei begehrlich auf den freien Platz neben Winterhalter.

»Weil du die Jüngste bist«, erwiderte eine der älteren Damen und ließ sich auf den freien Stuhl plumpsen. »Und nun spute dich, die Kinderfrau ist nämlich schon jetzt sichtlich überfordert.« Sie nickte in Richtung des Kindertisches, an dem sich Wera und Prinz Wily gegenseitig mit Kuchenstücken bewarfen.

Die junge Frau trollte sich missmutig. Die anderen Hofdamen am Tisch kicherten schadenfroh.

»Habt ihr Weras Haare gesehen?«, fragte die Hofdame, die sich neben Winterhalter gesetzt hatte. »Wie Stroh!«

»Da helfen keine tausend Bürstenstriche, geschweige denn nur hundert«, erwiderte ihr Gegenüber. »Wie lange es wohl diese neue Kinderfrau aushalten wird?«

»Keine vier Wochen!«, erwiderte eine der Damen wie aus der Pistole geschossen. »Ein so zartes Pflänzchen wird von Großfürstin Wera niedergetrampelt wie Unkraut.«

»Was für ein trefflicher Vergleich. Dabei …«, hob das ältere Hoffräulein neben Winterhalter an, verstummte jedoch, als Königin Olga zusammen mit Evelyn von Massenbach, ihrer engsten Vertrauten, an den Tisch trat. Eilig erhoben sich alle, um einen Knicks – oder in Winterhalters Fall einen Diener – zu machen.

Winterhalter verspürte den altbekannten Stich in seiner Herzgegend, als er über den Tisch hinweg in ein Paar tiefblaue Augen schaute. Doch der Moment dauerte nur kurz an, sie schaute als Erste fort. Das Gefühl, etwas sei für immer zerronnen, erfüllte Winterhalter mit Schwermut. Alles hätte so schön sein können …

»Königliche Hoheit sehen heute wunderschön aus«, hauchte die Hofdame neben ihm. »Ein Kleid wie ein Traum …«

»Königliche Hoheit sehen *immer* wunderschön aus«, erwiderte eine andere, und auch sie beäugte unter niedergeschlagenen Lidern ausgiebig die elegante Robe, die Olga trug.

»Eine kleine Arbeit meiner neuen Schneiderin, einer talentierten jungen Frau«, winkte Olga ab, doch ihre Wangen röteten sich vor Freude.

»Der Brombeerton steht Ihnen wirklich ausgezeichnet«, sagte auch Winterhalter zu Königin Olga, um sich selbst aus seinen trüben Gedanken zu reißen.

»Und – wie geht es den Kindern? Sind sie recht brav?«, fragte Olga und reckte sich, um einen besseren Blick auf den Kindertisch zu erhaschen.

»Alle freuen sich auf die Überraschung, die Sie ihnen versprochen haben, Eure Hoheit«, sagte die Hofdame, die sich Olgas linke Seite erstritten hatte. »Und Großfürstin Wera ist heute der Liebreiz in Person.«

»Das wage ich zu bezweifeln«, antwortete Olga trocken. »Ich bin schon froh, wenn sie und Wily sich nicht mit den Kuchengabeln gegenseitig die Augen ausstechen.« Winterhalter grinste. Obwohl in Gegenwart der Königin von früh bis spät beschönigt, gesäuselt und geschmeichelt wurde, wusste Olga allem Anschein nach die Realität doch recht gut einzuschätzen.

Eine adrett gekleidete Dienstmagd trat an den Tisch und verkündete mit einem Knicks, dass »der Gast« nun da sei.

Winterhalter merkte auf. Aha, die Überraschung.

Im nächsten Moment erschien eine zierliche, unscheinbare Frau. Sie trug ein einfaches braunes Kleid und eine große Dokumentenmappe unter dem Arm. Ihre braunen Haare hatte sie zu einem Dutt weggesteckt. Ihre Hände waren unberingt, und auch sonst trug sie keinerlei Zierrat. Lediglich ein dicker Schal war um ihren Hals geschlungen. Eine Frau, der man auf der Straße keinen zweiten Blick schenken würde, und dennoch hatte sie etwas an sich, das den Maler faszinierte.

Der selbstbewusste Schritt, der gerade Rücken, der offene Blick – alles zusammen vermittelte eine innere aufrechte Haltung, als wollte sie sagen: »Ihr könnt über mich denken, was ihr wollt, es berührt mich nicht.« Eine ähnliche Haltung hatte sich Franz Xaver Winterhalter angewöhnt, sonst wäre er bei all den höfischen Scharmützeln längst zwischen die Fronten geraten.

»Margarete Schwanthaler, ich bin die Silhouettenschneiderin«, stellte sich die junge Frau vor. Ihre Stimme hatte einen melodischen Klang.

»Eine Silhouettenschneiderin!«

»Die Kunst des Scherenschnitts.«

»Was für eine reizende Überraschung …«

Unruhe kam am Tisch auf, die Damen tasteten nach ihren Haaren. Saß die Frisur, oder fiel eine Locke ungewollt auf die Stirn? Kragen wurden zurechtgerückt, Blusen glattgestrichen, Monokel und andere Sehhilfen eilig abgenommen, schließlich wollte man beim Modellsitzen die beste Figur abgeben.

Winterhalter schmunzelte. Vielleicht würde der Nachmittag doch noch ganz amüsant werden.

Wie ein Pfeil kam die kleine Wera angeschossen. Wily folgte in ihrem Schlepptau. »Hab ich das richtig mitbekommen? Eine Scherenschneiderin soll unsere Überraschung sein? Ich dachte, es kommt wieder der böse Krampus mit seiner Rute …« Mit in die Seiten gestemmten Händen schaute die kleine russische Großfürstin von ihrer Tante zu Margarete Schwanthaler. »Und warum hat die Frau so ein hässliches Kleid an? Heute ist doch Nikolaustag, da muss man sich besonders hübsch machen, hat meine Anziehfrau am Morgen gesagt.«

»Das ist *dir* ja gut gelungen«, kicherte Wily und zog

an Weras Schürzenschleife, die sich wieder einmal in einem Auflösungsprozess befand.

»Sei du bloß ruhig!«, zischte Wera zurück. »Mit deinem Matrosenanzug siehst du aus wie ein Clown.«

Die Hofdamen kicherten, aber Olga schaute missbilligend in die Runde.

»Frau Schwanthalers Kleid ist sehr hübsch und Willys Anzug auch«, wies sie Wera zurecht. »Für deine Frechheit müsste ich dich eigentlich sofort in dein Zimmer schicken ...«

Winterhalter hörte, wie die Hofdame neben ihm den Atem anhielt. Ihre Augen glänzten sensationslüstern. Ein Eklat gleich zu Beginn der Nikolausfeier?

Doch die Königin sagte: »Wenn du dich jedoch bei Frau Schwanthaler entschuldigst und fortan lieb und brav bist, darfst du bleiben.«

»Alles lässt sie der Göre durchgehen, alles«, zischte die Hofdame Winterhalter ins Ohr und lächelte dabei in die Runde.

»Tut mir leid«, sagte Wera leichthin. »Ich rede sowieso immer nur Unfug, müssen Sie wissen. Also machen Sie sich deswegen keine Gedanken.« Sie schaute die Silhouettenschneiderin fröhlich an.

Margarete Schwanthaler grinste, was ihrem Gesicht einen lausbubenhaften Ausdruck verlieh. Einen Moment lang kam es dem Maler so vor, als hätte ihr Lächeln etwas Verschwörerisches, doch im nächsten Moment wurde ihre Miene wieder regungslos. Sie knickste erneut.

»Eure Hoheit, soll ich nun mit meiner Arbeit beginnen?« Fragend hielt sie ihre papierne Mappe in die Höhe.

»Das sollen Sie«, erwiderte Olga lächelnd. »Doch

Strafe muss sein: Wera kommt wegen ihres unziemlichen Auftretens als Allerletzte an die Reihe. Am besten beginnen Sie mit den Kindern am Tisch, danach sind meine lieben Hofdamen an der Reihe. Meinen und Weras Scherenschnitt machen Sie ganz zum Schluss.«

»Das ist mir egal«, erwiderte Wera ungerührt. »Ich bin sowieso hässlich, ein Scherenschnitt von mir muss gar nicht sein.«

Die Stirn ein wenig flacher, jetzt noch die freche Locke, die Nase so weich, so rund … Konzentriert arbeitete Margarete mit ihrer Schere. Winzigste Papierschnipsel fielen zu Boden, während aus dem schwarzen Bogen in ihrer Hand die Silhouette ihres derzeitigen Modells, des siebenjährigen Moritz, entstand. Drei der anwesenden Kinder hatte sie inzwischen silhouettiert. Die Kinder und deren Mütter waren von ihren Scherenschnitten sehr angetan. Nun noch der Bub, dann würden schon die Hofdamen an die Reihe kommen.

»Das ist ja Zauberei!«, hauchte ein etwa zehnjähriges Mädchen, das ihr andächtig über die Schulter schaute. Es war eins ihrer ersten Modelle gewesen. Das Kind roch nach heißer Schokolade und Keksen. Einen Moment lang musste Margarete an ihre Kinder zu Hause denken. Hoffentlich passte Valentin gut auf die beiden Kleinen auf, nun, da Sergej nicht mehr da war. Eilig riss sie sich aus ihren Gedanken. Sie lächelte das kleine Mädchen an und sagte: »Wenn ich zaubern kann, dann aber nur mit Papier und Schere.«

»Vielleicht ist sie gar keine Zauberin, sondern eine Hexe?«, ertönte es mürrisch neben ihr. Wera. Sie roch nicht nach Schokolade, sondern nach Bohnerwachs.

Margarete schluckte. Seit sie das Kind gesehen hatte, wusste sie, dass sie ein Problem hatte. Ein Problem, für das sie bisher noch keine Lösung wusste.

»Eine Hexe, eine Hexe, eine Heeexe!«, begann Wera neben ihr zu kreischen. Gleichzeitig tanzte sie aufgeregt von einem Bein aufs andere.

Margarete schaute hoch. Am Erwachsenentisch rümpften die Damen die Nasen, die Königin schaute missbilligend zu den Kindern hinüber, aber niemand machte sich auf, Wera in ihre Schranken zu weisen, selbst das blasse Kindermädchen nicht, das so tat, als wäre es damit beschäftigt, ein Haar aus seinem Auge zu zupfen. Allem Anschein nach waren die Anwesenden an Weras Lautstärke gewöhnt …

»So wie du herumtanzt, kannst du niemals eine Hexe darstellen, sondern höchstens das Rumpelstilzchen der Brüder Grimm«, sagte Margarete zu dem wilden Kind.

»Rumpelstilzchen?« Wera hielt inne. »Kenne ich nicht. Und einen Bruder Grimm auch nicht.«

»Wie kann man in deinem Alter die Brüder Grimm nicht kennen? Liest dir denn abends niemand Märchen vor?«

Wera überlegte kurz, dann schüttelte sie den Kopf.

Margarete runzelte die Stirn. Ein königliches Schloss mit so vielen Angestellten, und niemand nahm sich die Zeit, dem Kind etwas vorzulesen? Auf einmal tat ihr das Mädchen mit den struppigen Haaren ein bisschen leid. Vielleicht führte sie sich derart auf, um Aufmerksamkeit zu erheischen?

Du und deine Gefühlsduselei!, rügte sich Margarete im selben Moment. Denk lieber darüber nach, wie es dir gelingen soll, von einem derart unansehnlichen Kind einen Scherenschnitt anzufertigen, der nicht das Missfallen der Königin erregt! Sie spürte, wie ihr der Angstschweiß auf die Stirn trat.

Ach, wäre sie bloß Aquarellmalerin geworden! Ein bisschen mehr Helligkeit hier, ein kleiner Schatten da – mit Pinsel und Farbe ließ sich trefflich schummeln. Ihre Schere jedoch war unbestechlich. Wenn sie ihr Werkzeug ansetzte, wurden aus Hängebacken nun einmal keine hohen Wangenknochen. Eine Hakennase blieb eine Hakennase. Ein Maler konnte retuschieren, verbessern, übermalen. Sie jedoch hatte stets nur einen Versuch.

Natürlich hätte auch sie schmeicheln können. Ein beherzter Schnitt, und weg war sie, die spitze Nase der arroganten Hofschauspielerin! Schnipp, schnapp, und aus dem dicken Geheimrat wurde ein junger Springinsfeld! Doch das war nicht ihre Art, die Schere zu führen. Ihre Scherenschnitte sollten die Persönlichkeit eines Menschen preisgeben, sie sollten etwas über sein Wesen aussagen. Die Strenge der hochgewachsenen Frau Lehrerin. Die Nachgiebigkeit des alten Großmütterchens, das eine ganze Schar Enkel hütete. Die Zielstrebigkeit des Geschäftsmannes – all das wollte sie allein durch ihre Silhouetten aufzeigen. Wenn überhaupt, dann erlaubte sie sich hier und da einen kleinen Kunstgriff. Setzte einem Mann mit fliehender Stirn eine Majorskappe auf. Oder portraitierte eine dickliche Dame inmitten eines Märchenwalds, um von ihrer Leibesfülle abzulenken. Nur – welches Märchen wäre das passende für Wera?

Eine halbe Stunde später bat Margarete um etwas zu trinken. Ihr Rücken war verspannt, ihre rechte Hand schmerzte, sie musste sich ein wenig erholen, bevor es mit der Arbeit weiterging. Eine Tasse heißen Tee, dazu ein Keks … Unauffällig schaute Margarete sich um. Ob sie es wohl wagen konnte, für ihre Kinder ein paar Kekse in ihrer Rocktasche verschwinden zu lassen?

»Hast du Kinder?«, ertönte plötzlich eine leise Stimme neben ihr.

Erschrocken, als wäre sie beim Stehlen ertappt worden, zuckte Margarete zusammen.

»Ja«, sagte sie zu Wera. »Zwei Buben und ein Mädchen. Es ist so alt wie du.«

Wera nickte und sah dabei viel älter aus, als sie war.

»Ich habe eine Freundin, die ist auch arm. Manchmal bringe ich ihr heimlich Essen aus der Küche. Soll ich versuchen, von den Tellern der anderen ein paar Kekse für deine Kinder zu stibitzen?«

»Du lieber Himmel, bloß nicht!« Margaretes Lachen klang künstlich, und auf einmal war sie den Tränen nahe. Spontan drückte sie das Mädchen, das ihr so viel Kopfzerbrechen machte, an sich. »Was bist du nur für ein liebes Kind!« Noch während sie sprach, erwachte eine Idee in ihrem Kopf.

Als Nächstes war die Königin an der Reihe. Ihr herrschaftliches Haupt mit seinen klaren Konturen eignete sich perfekt für einen Scherenschnitt, und so arbeitete Margarete mit sicherer Hand und voller Zuversicht. Als sie fertig war, reichte sie das entstandene Kunstwerk an eine der Hofdamen, die sich neben ihr postiert hatte.

»Was für eine wunderschöne Silhouette!«, sagte die

Hofdame, während sie den Scherenschnitt andächtig an die Königin weiterreichte. Margarete hielt den Atem an, als Olga ihn in Augenschein nahm.

»Sehr hübsch, ich danke Ihnen«, sagte sie dann zu Margarete, der ein Stein vom Herzen fiel.

»Ein wundervoller Schattenriss«, bestätigte die Hofdame, der Olga den Scherenschnitt weiterreichte.

»Die Profilphysiognomie Eurer Hoheit ist unübertroffen«, sagte auch Franz Xaver Winterhalter.

Die Hofdame, die neben Olga saß und ihr am nächsten zu stehen schien, lachte. »Noch komplizierter kannst du dich nicht ausdrücken, lieber Franz Xaver? Sag doch einfach, dass unsere Königin eine Schönheit ist.«

»›Was Schönheit ist, weiß nur Gott‹«, hat Albrecht Dürer einmal gesagt«, antwortete der Maler. »Und die Liebe«, fügte er leise an.

In dem Blick, den er und die Hofdame tauschten, lag etwas sehr Vertrautes, erkannte Margarete. Ein kleiner Seufzer kroch aus ihrer Kehle. »Meine Schönheit« – so hatte Sergej sie immer genannt, nachts, im Bett.

»Schön sein, wie sich das wohl anfühlt?« Abermals war die kleine Wera wie aus dem Nichts neben ihr aufgetaucht. Das Kind knetete unruhig seine Hände. »Meine Eltern sind auch sehr schöne Menschen, das sagt jeder, der sie kennt. Kein Wunder, dass sie mich weggegeben haben, wo ich doch so hässlich bin. Anastasia, meine alte Kinderfrau in St. Petersburg, meinte, ich bin wahrscheinlich ein Wechselbalg. Böse Geister hätten das echte Kind meiner Eltern nachts aus der Wiege gestohlen und dafür mich hineingelegt.«

»Wie können Erwachsene solch einen Unsinn erzählen! Du bist nicht hässlich!«, rief Margarete empört.

»Und böse Geister und Wechselbälger gibt es nicht, also vergiss die alten Geschichten.«

Vor lauter Entrüstung war sie laut geworden, und nun schaute nicht nur der Maler Franz Xaver Winterhalter, sondern auch die Königin zu ihr herüber.

Verlegen, aber immer noch wütend senkte Margarete den Blick. Dann zog sie einen neuen, besonders großen Bogen aus ihrer Mappe. Sie würde allen zeigen, wie wahre Schönheit aussah!

*

Franz Xaver Winterhalter verneinte, als das Serviermädchen ihm erneut die Teekanne hinhielt. Inzwischen hatte in Stuttgart die blaue Stunde begonnen, und ihm stand der Sinn eher nach einem Glas Wein oder Champagner.

Als könnte sie seine Gedanken lesen, sagte Evelyn von Massenbach laut: »Sie können jetzt den Champagner servieren, Madeline.« Leiser, so dass nur er es hören konnte, fügte sie hinzu: »Eine kleine Stärkung für unsere Nerven, wahrscheinlich haben wir sie angesichts der zu erwartenden Dramen dringend nötig.« Bang schaute sie auf die Silhouettenschneiderin, die nun schon seit über einer Stunde angestrengt über Weras Scherenschnitt hing. Auch Olgas Blick und der der anderen Anwesenden wanderte immer wieder hinüber zu der Frau mit der Schere. Eine seltsame Anspannung hatte sich im Raum breitgemacht. Alle warteten unruhig auf den letzten Scherenschnitt des Tages.

»Ich glaube, du machst dir unnötige Sorgen«, flüsterte Franz Xaver lächelnd zurück. »Die Frau versteht ihr Handwerk.«

Die Scherenschneiderin arbeitete unermüdlich weiter. Nur selten schaute sie auf, um sich einer Nuance von Weras Profil zu vergewissern. Ihr Rücken war gebeugter als zuvor, auf ihrer Stirn zeigte sich eine schmale Falte. Die Arbeit schien sie zu fordern, doch alles in allem machte sie auf Winterhalter den Eindruck eines Menschen, der mit sich selbst und seinem Tun im Reinen war. Ein Zustand, den er gut kannte.

Die Geduld der Gäste wurde weiter gefordert. Eine Champagnerflasche wurde geleert, dann eine zweite und eine dritte, während sich draußen die Nacht über die Stadt senkte. Die Kinder, bis auf Wera, wurden in die Küche geführt, wo sie nach all den Süßigkeiten eine heiße Suppe bekommen sollten.

Die Glocken der Schlosskirche läuteten sechs Uhr, als die Scherenschneiderin endlich von ihrer Arbeit aufschaute. Ihr Kleid war über und über mit schwarzen Papierschnipseln übersät, und ihre Augen glänzten, als sie Wera den Scherenschnitt reichte.

Andächtig, als hielte sie dünnstes Glas in der Hand, betrachtete Wera den Schattenriss. Im nächsten Moment kullerten dicke Tränen über ihre Wangen.

Wie eine Löwin, die ihr Junges verteidigen wollte, fuhr Königin Olga, die das Geschehen von ihrem Platz aus im Auge hatte, von ihrem Stuhl hoch.

»Was ist denn, Kind, warum weinst du?« Sie warf Margarete Schwanthaler einen zornigen Blick zu.

»Weil …«, schluchzte Wera, »weil … alles so …«, mit der nassen Hand wischte sie erst über ihre Augen und ihre Nase, dann über den Scherenschnitt, »… so schön ist!« Mit einem lauten Schluchzer hielt sie ihrer Tante das Papier hin.

Stirnrunzelnd und ohne ein Wort zu sagen, betrachtete die Königin den Scherenschnitt, während alle um sie herum den Atem anhielten.

Winterhalter, normalerweise alles andere als neugierig, reckte seinen Hals, um einen Blick auf das Werk erhaschen zu können. Dann breitete sich ein Lächeln auf seinem Gesicht aus.

Margarete Schwanthaler hatte ganze Arbeit geleistet. Statt lediglich ein Kopfportrait wie von den anderen Kindern und Erwachsenen anzufertigen, hatte die Silhouettenschneiderin ein ganzes Bild aus Licht und Schatten geschnitten. In der Mitte des Scherenschnitts saß Wera auf einer Wiese aus allerfeinsten Gräsern. Schmetterlinge umflatterten sie, große und kleine Vögel ebenfalls, in die obere linke Ecke des Rahmens hatte die Künstlerin eine Sonne gesetzt, die mit langen Strahlen auf Wera herableuchtete. In der rechten Hand hielt Wera ein stilisiertes Herz, auf dem zwei Täubchen saßen, in der linken Hand einen Blumenstrauß. Die kleinen fünfblättrigen Blüten waren wohl die des Vergissmeinnichts.

Franz Xaver Winterhalter konnte sich nicht erinnern, je einen so schönen Scherenschnitt gesehen zu haben. Er konnte sich ebenfalls nicht erinnern, schon erlebt zu haben, dass sich jemand mit so viel Liebe der kleinen Wera widmete. Ein Gefühl der Beschämung ergriff ihn, als er daran dachte, dass das Mädchen auch in seinen Augen immer nur die hässliche Wilde gewesen war.

Noch immer verharrte Olga mit dem Blatt Papier in der Hand so reglos, als wäre sie selbst eine Figur in einem Scherenschnitt. Doch schließlich erwachte sie aus ihrer Bewegungslosigkeit. Ihre Augen glänzten voller Dankbarkeit, als sie die Scherenschneiderin anschaute.

»Vielleicht hat Albrecht Dürer recht und es weiß wirklich nur der liebe Gott allein, was Schönheit ist. Dann aber haben *Sie* den göttlichen Blick.«

Margarete Schwanthaler machte einen tiefen Knicks. Ihre Wangen waren vor Freude gerötet, als sie leise sagte: »Vielleicht ist es auch so, dass man nur mit dem Herzen gut sieht.«

Für einen kurzen Moment trafen sich die Blicke der Königin und der Scherenschneiderin, und jede sah in den Augen der anderen dasselbe. Ein liebendes Herz.

Während sich die neugierigen Hofdamen den Scherenschnitt beinahe gegenseitig aus der Hand rissen, um einen Blick darauf werfen zu können, winkte die Königin ihre Vertraute Evelyn von Massenbach zu sich.

»Bitte sorge dafür, dass Frau Schwanthalers Honorar verdoppelt wird. Gute Arbeit muss auch gut entlohnt werden. Und lass in der Kleiderkammer ein paar schöne Stücke für sie herauslegen. Ein paar warme Wollkleider, ein Mantel und dazu noch ein Paar Stiefel kommen bestimmt gelegen.«

»Und eine Dose Kekse für ihre drei Kinder!«, rief Wera.

Franz Xaver Winterhalter strich Wera über den Kopf und sagte: »An dir hätte der heilige Nikolaus heute seine helle Freude gehabt, liebe Wera!«

Mehr über den Stuttgarter Hof und den Zarenhof in St. Petersburg erfahren Sie in *Die Zuckerbäckerin, Die Zarentochter, Die russische Herzogin.*

Das Weihnachtsgeschenk

Söfflingen auf der Schwäbischen Alb
vor den Toren von Ulm, 24. Dezember 1585

Obwohl es noch nicht fünf am Nachmittag war, hatte sich schon die Dunkelheit über die seit Wochen schneebedeckte Landschaft gesenkt. Die Umrisse der Bäume und der wenigen Häuser in der Umgebung warfen gespenstische Schatten auf den verschneiten Boden. Über der Schwäbischen Alb ging träge ein halber Mond auf. In seinem silbernen Schein erkannte Philip Vogel, dass es erneut leicht zu schneien begonnen hatte. Kleine Schneeflocken, die auf seinen Kragen fielen und dort in sich zusammenfielen. Aus der Ferne war gedämpft das Blöken einiger Lämmer zu hören, dazu Glockengeläut. Auf einmal fühlte sich Philip inmitten der weißen Stille so verloren, als wäre er der einzige Mensch auf Gottes Erdboden. Doch dann hörte er tief in seinem Inneren eine Frauenstimme:

»Gottes Sohn ist kommen
uns allen zu Frommen
hier auf diese Erden
in armen Gebärden
dass er uns von Sünde
freie und entbinde.«

Seine Mutter. Sie hatte gern gesungen. Und sein Vater hatte ihr gern zugehört. »Sing doch noch eins, Käthe!«, hatte er sie ermuntert, kaum dass sie die letzte Strophe eines Liedes beendet hatte. Die beiden hatten sich gemocht, sehr sogar.

Ein Ziehen ging durch Philips Brust. Wären seine Eltern noch am Leben, hätte er sich an diesem Tag nach Tübingen aufgemacht. Seine Mutter hätte etwas Gutes zu essen gekocht, und mehr Kerzen als sonst hätten die Stube seines Elternhauses erleuchtet, in der es ausnahmsweise warm gewesen wäre. An Weihnachten hatte der Vater nie an Brennholz gespart. Erinnerungen ... Schnee von gestern.

Höchste Zeit, dass er ins Warme und auf andere Gedanken kam!

Der herzogliche Kartograph hatte die Tür zur Schankstube der Poststation Söfflingen noch nicht ganz geöffnet, als ihm schon der vielstimmige Lärm von Männern und das Klirren von Bierkrügen entgegenscholl. Im nächsten Moment wurde er von einer Wolke aus Küchengerüchen, Schweiß und Tabakqualm eingehüllt. Keine weihnachtlichen Wohlgerüche, sondern alltäglicher Schankstubengestank.

Die zur Poststation Söfflingen gehörende Schankstube war zum Bersten voll. Rund um jeden Tisch saßen eng gedrängt Männer jeden Alters, aßen, tranken, lachten und tönten. Philip hatte nichts anderes erwartet. An diesem Tag waren fast alle Gasthäuser in Ulm geschlossen; die Wirte, die das ganze Jahr über keinen freien Tag hatten, wollten wenigstens den Heiligen Abend mit einem Kirchgang begehen und danach mit ihren Familien zusammen sein. Reisenden wie ihm, Philip, fremden Fuhrleuten auf der Durchfahrt und

Postillionen, die es vor dem Fest nicht mehr rechtzeitig nach Hause geschafft hatten, blieb nur die Poststation Söfflingen, vor den Toren der Stadt gelegen, um ein Nachtdomizil für sich und einen Stall für das Pferd zu finden. Philips Brauner stand schon Hafer kauend im Mietstall um die Ecke. Hoffentlich würde auch er später irgendwo seine Schlafrolle auslegen können, dachte Philip bang angesichts der vielen Gäste.

»Sieh an, der Herr Landvermesser! Auch mal wieder in der Gegend?«, fragte der Wirt, als Philip an seiner Theke vorstellig wurde. »Was darf's denn sein – nur Essen oder auch Übernachtung?«

»Beides«, erwiderte Philip.

»Kostet heute aber das Doppelte«, erwiderte der Wirt und fügte grinsend hinzu: »Feiertagszuschlag.«

Philip nickte nur. Was hätte er auch sagen sollen? Dass er den Wirt für einen Halsabschneider hielt? Dass weder die Schlafstellen noch die Qualität des Essens einen Wucherpreis rechtfertigten und er es in diesem Fall eigentlich vorzog, wie Josef und Maria in einer Scheune zu übernachten?

»Dort hinten ist noch Platz«, sagte der Wirt und nickte in Richtung eines Tisches, an dem bisher nur ein einzelner Gast saß. »Bier und Eintopf bringe ich gleich.«

Philip schnappte seinen Rucksack und ging an den anderen Männern vorbei durch den Raum. Er hatte den besagten Tisch schon fast erreicht, als er erkannte, dass der Gast, der dort saß, von dunkler Hautfarbe war. Er hatte ein rundes Gesicht, seine pechschwarzen Haare waren am Hinterkopf zu einem glänzenden Zopf zusammengebunden. Er trug eine grüne Pumphose aus Samt und dazu ein weinrotes Samtwams, das mit weißem Fell verbrämt war. Von welchem Tier das Fell stammte, konnte Philip nur erahnen, ein Lamm war es jedenfalls nicht gewesen. Der Mann wirkte seltsam und fremd zugleich. War das der Grund dafür, dass sich bisher noch niemand zu ihm gesetzt hatte? Wahrscheinlich versteht er unsere Sprache nicht, dachte Philip in einer Mischung aus Resignation und Erleichterung. Einerseits verging ein Abend schneller, wenn man ihn im angenehmen Gespräch verbrachte. Andererseits konnte er auf die Großmäulerei der Fuhrleute, die eine sagenhafte Geschichte nach der anderen von sich gaben, gerade heute gut verzichten. Dafür hätte er sich nur an einen der anderen Tische quetschen müssen.

»Darf ich?«, fragte Philip der Höflichkeit halber und zeigte auf den Stuhl auf der anderen Tischseite.

Zu seinem Erstaunen erwiderte der Mann: »Bitte setzen Sie sich, es ist mir eine Ehre. Mein Name ist Safid Rashid.«

Philip stellte sich ebenfalls vor, dann schwiegen sie. Es war ein angespanntes Schweigen, wie es unter Fremden, die gezwungenermaßen Zeit miteinander verbringen mussten, nicht unüblich war. Wer würde als Erstes ein Gespräch beginnen? Und worüber? Oder würde es still bleiben? Manchmal war das nicht die schlechteste Alternative.

Kurze Zeit später brachte die Magd, eine schmuddelige rundliche Frau mit fahler Haut und gelblichen, schmutzigen Haaren, zwei Krüge Bier und zwei Teller Eintopf an den Tisch.

Philip Vogel wünschte seinem Tischnachbarn einen guten Appetit und langte gierig zu. Wenigstens schwammen ein paar fette Würste in der Suppe und nicht nur

Gemüsestückchen. Die Wurst schmeckte nach Majoran und Pfeffer und nach mehr. Er hatte den Teller schon fast geleert, als er sah, dass der Mann ihm gegenüber so gut wie gar nichts gegessen hatte.

»Schmeckt es Ihnen nicht?«, fragte Philip.

»Doch, die Suppe ist köstlich. Aber meine Religion verbietet es mir, Schweinefleisch zu essen. Und diese Würste sehen aus, als wären sie daraus gemacht ...« Der Mann zuckte unglücklich mit den Schultern.

Dann her damit, lag es Philip auf der Zunge zu sagen. Vor lauter Arbeit hatte er den ganzen Tag über so gut wie nichts gegessen und hätte ein halbes Schwein vertilgen können! Doch als er den Hunger im Blick des anderen sah, sagte er: »Sie sind doch sicher ein weitgereister Mann, heute hier, morgen da. Ich könnte mir gut vorstellen, dass Ihr Gott gerade in einer anderen Ecke der Welt verweilt und gar nicht sieht, was Sie zu sich nehmen. Und von irgendetwas muss der Mensch ja leben, auch dafür hat Ihr Gott bestimmt Verständnis. Zudem ist es ja eine Ausnahme. Eine missliche Lage, in der Sie sich befinden. Nun langen Sie schon zu!«

Der Miene des Arabers war anzusehen, dass er angestrengt über Philips Rede nachdachte.

Philip winkte derweil mit der rechten Hand die Schankmagd herbei und bat um Nachschlag. Er hatte seine zweite Portion gerade bekommen, als der Araber plötzlich seinen Löffel in den Suppenteller tauchte und ein großes Wurststück herausfischte. Er murmelte etwas in einer fremden Sprache und schloss die Augen. Dann schob er sich den Löffel hastig in den Mund.

Philip schmunzelte.

Im nächsten Augenblick wandelte sich sein Schmunzeln in ungläubiges Staunen, als der Wirt an ihren

Tisch trat und vor jeden von ihnen einen Becher mit dampfendem Glühwein stellte. »Geht aufs Haus, heute ist schließlich Weihnachten.«

»Weihnachten ist ein wichtiges Fest in deutschen Landen, nicht wahr?«, fragte der Araber.

Philip nickte. »Man sagt, dass heute vor 1585 Jahren unser Heiland Jesu Christ geboren wurde. Jahr für Jahr wird dieses Ereignis in den Kirchen mit Gottesdiensten gefeiert, und zur Feier des Tages machen sich die Menschen gegenseitig kleine Geschenke. Sogar Geizhälse werden da schwach ...« Er wies grinsend auf die Glühweinbecher. »Und nach dem Kirchgang feiern die Familien bei einem gemeinsamen Mahl.«

Zu Philips Entsetzen stiegen bei seinen letzten Worten Tränen in die schwarzen Augen des Arabers.

»Was ist? Habe ich etwas Falsches gesagt? Ich wollte keinesfalls Ihre Gefühle verletzen.«

Der Mann schüttelte den Kopf. »Das haben Sie auch nicht getan. Aber als Sie die Familie erwähnten ... Ich ... habe so ... schreckliches Heimweh! So lange wie bei dieser Reise war ich noch nie von zu Hause fort, eigentlich sollte ich längst schon wieder zurück sein«, schluchzte er so laut, dass sich einige Köpfe nach ihnen umdrehten.

Philip warf den Männern einen unwirschen Blick zu, dann wandte er sich wieder seinem Gegenüber zu. »Heimweh kommt und vergeht wieder, glauben Sie mir, ich kenne das.« Wie hohl und leer seine Worte klangen, dachte er, noch während er sprach. In einer Geste, die aufmunternd sein sollte, klopfte er dem Araber kräftig auf die Schulter.

Der Mann wischte sich mit einem Samtärmel übers

Gesicht. »Verzeihen Sie mir. Aber Ihre Schilderung hat meine Gefühle überwältigt ... Wie egoistisch von mir. Bestimmt haben Sie selbst auch schreckliches Heimweh an diesem Abend.«

Philip zuckte mit den Schultern. Heimweh? Er? »Wie man's nimmt. Um Heimweh zu haben, benötigt es zuerst einmal ein Heim, oder?«

»Ja und?«, fragte der Araber zurück. »Jeder Mensch hat doch ein Heim.«

»Als meine Eltern vor drei Jahren starben, habe ich mein Elternhaus in Tübingen verkauft. Durch meinen Beruf bin ich ständig auf der Reise, also hätte es doch nur leer gestanden. Für mich ist es einfacher, in Herbergen zu übernachten oder bei längeren Aufenthalten ein Zimmer anzumieten, so muss ich mich um nichts kümmern«, antwortete Philip nüchtern.

Sein Tischnachbar schaute ihn fassungslos an. »Aber einen Flecken Erde, an dem man sich heimisch fühlt, hat doch jeder Mensch! Erzählen Sie mir nicht, dass es bei Ihnen anders ist.«

Philip lachte auf. »Die Menschen sind nun einmal sehr verschieden.« Als er den enttäuschten Blick des Arabers sah, seufzte er und sagte nach kurzem Überlegen: »Wenn ich's mir recht überlege ... Es gibt doch ein Haus, in dem ich mich heimisch fühle. Allerdings war ich schon viele Jahre nicht mehr dort. Es liegt in Tirol und gehört meinem alten Lehrherrn. Adalbert heißt der Mann, er war früher ebenfalls Kartograph. Heute jedoch ist er Arzt und lebt gemeinsam mit seinem Bruder Michael und einer kräuterkundigen Frau namens Xelia unter einem Dach. Sein Haus ist ein Zufluchtsort für alle Dorfbewohner, ganz gleich, ob sie körperliche Leiden oder Sorgen haben – bei den dreien ist jeder immer an der richtigen Adresse.« Noch während er sprach, stiegen vor Philips innerem Auge Bilder auf, die er längst vergessen gewähnt hatte. Ein Haus in den Bergen. Kein besonders schönes, aber eins, das seit Jahrhunderten jeder Wetterunbill trotzte. Massiv in den Fels hineingebaut, mit Mauern aus einem harten weißen Stein. Im Frühling rankte süß duftender weißer Jasmin an den Steinen empor. Im Haus gab es eine große Küche, wo auf der Feuerstelle stets etwas vor sich hinköchelte, bewacht von der Magd Guiseppa, an deren Rockzipfel immerwährend ihr vaterloses Kind hing. Dazu ein ständiger Menschenfluss, ein Kommen und Gehen – Freunde des Hauses, Patienten, Nachbarn. Ein Tollhaus!, hatte Philip bei seinen wenigen Besuchen gedacht und sich Ruhe und Alleinsein herbeigesehnt. Jetzt lächelte er gedankenverloren.

»Noch heute habe ich den Geruch dieses Hauses in der Nase, diesen Duft nach frischen und getrockneten Kräutern, der alle Räume durchzog! Nirgendwo sonst habe ich so etwas gerochen, es ist so einzigartig wie die Herrin über die Kräuter. Xelia ist ihr Name …«

»Nun wundert es mich nicht mehr, dass Sie sich in diesem Haus zu Hause fühlten.« Der Araber lächelte verständnisvoll. »Bestimmt ist diese Xelia Ihre große Liebe.«

»Wie kommen Sie darauf?« Philip lachte verlegen.

»Nun, Ihre Augen bekamen einen ganz besonderen Glanz, als Sie von der Dame sprachen …«

War er wirklich so leicht zu durchschauen? »Xelia ist eine ganz besondere Frau, eigentlich habe ich nie mehr eine wie sie kennengelernt. Eine Zeitlang habe ich wirklich geglaubt, wir hätten eine gemeinsame Zukunft, aber …« Philip zuckte mit den Schultern. »Es hat einfach nicht sein sollen, verstehen Sie? Mein Leben und ihr Leben – beide sind so verschieden wie Feuer und Wasser. Es passte einfach nicht zusammen. In unserem Fall war es am besten, dass jeder seiner Wege ging.«

Natürlich hatte er ihr beim ersten Abschied versprochen, sie zu besuchen. Einmal, gleich im darauffolgenden Jahr, war es ihm auch gelungen. Aber danach war immer wieder etwas anderes dazwischengekommen. Eine Einladung von Herzog Ludwig an den Stuttgarter Hof. Der Tod seiner Eltern. Die Jubiläumsfeier der Universität Tübingen, wo er studiert hatte. Und im Briefeschreiben war er leider auch kein Held. Tagsüber, auf seinen langen Märschen, da verfasste er im Geist schon den einen oder anderen Brief an Xelia, seine Liebe. In schnörkeligen Sätzen erzählte er von seinen kartographischen Fortschritten, aber auch von dem vielen Alleinsein, das an manchen Tagen an ihm nagte wie ein Hund an seinem Knochen. Von seiner Sehnsucht nach ihr, ihrer Haut, ihrem Duft. Aber wenn er dann nach einem langen Tag mit seinen Landkarten und Vermessungsgeräten in irgendeinem Wirtshaus saß, war er meist zu erschöpft, um zu Papier und Feder zu greifen, das war doch verständlich, oder? Wahrscheinlich hatte sie ihn sowieso längst vergessen. Er spürte ein seltsames Krampfen in der Herzgegend. Xelia ... Nun werde nicht sentimental, nur weil Weihnachten ist!, rügte er sich stumm.

»Feuer und Wasser passen nicht zusammen? Da habe ich aber andere Erfahrungen gemacht ...« Safid Rashid lächelte geheimnisvoll. »Aber immerhin sind Sie doch nicht ganz heimatlos«, sagte er und nahm einen Schluck Glühwein. »Sie sehen allerdings nicht aus wie ein fahrender Händler. Was also bringt Sie auf die Straße?«

Philip lächelte. »Ich bin Herzoglicher Kartograph. Vor fünf Jahren bekam ich von Herzog Ludwig den Auftrag, das Herzogtum Württemberg zu vermessen und alle gesammelten Daten in einem Kartenwerk festzuhalten. Tja, und seitdem vermesse ich Straßen, Brücken, Dörfer, Äcker und Berge. *Cartographica Württembergica* soll mein Werk einmal heißen, wenn es fertig ist. Es soll so detailliert und exakt sein wie keins zuvor!«

Safid Rashid nickte beeindruckt. »Die Kartographie ist wahrlich ein großes Gebiet der Wissenschaften. Und Sie sind ein auserwählter Mann.«

Die Redewendung gefiel Philip. Er lächelte. Ja, auch er sah sich als auserwählt an, als berufen. Nur jemand mit so viel Hingabe, wie er sie besaß, konnte ein solches Lebenswerk angehen!

»Aber nun erzählen doch Sie einmal! Wo kommen Sie her, wie hat es Sie ausgerechnet heute hierherverschlagen? Und vor allem – warum sprechen Sie so ausgezeichnet unsere Sprache?«, wandte er sich dann wieder an sein Gegenüber. Es wäre schließlich unhöflich gewesen, noch länger von den eigenen Heldentaten zu sprechen.

»Ich bin Weihrauchhändler und komme aus der Provinz Asch-Scharqiyya auf der Arabischen Halbinsel. Rings um mein Dorf gibt es Bäume, von denen meine Vorfahren schon seit Jahrtausenden das Harz ernten, aus dem Weihrauch gemacht wird. Dass ich Ihre Sprache spreche, habe ich meinem Beruf zu verdanken. Auf meinen vielen Reisen vom Morgenland ins Abendland und umgekehrt treffe ich viele interessante Menschen.

Seidenhändler, Gewürzhändler, aber auch Wissenschaftler und Forscher auf Entdeckungsreisen. Ich habe ein Ohr für fremde Sprachen und schnappe schnell ein paar Sätze auf. Meist sind solche Reisebekanntschaften flüchtig wie der Morgennebel. Aber hin und wieder ergibt es sich auch, dass man ein längeres Wegstück gemeinsam zurücklegt. Im letzten Jahr bin ich über einen Monat lang zusammen mit einem deutschen Dichter gereist. Er beschäftigt sich mit der arabischen Poesie. Ich lehrte ihn Arabisch und er mich im Gegenzug ein bisschen Deutsch.« Safid Rashid strahlte. »Solche Begegnungen sind stets sehr inspirierend und beglückend. Aber was rede ich da – Sie wissen doch selbst, wovon ich spreche, nicht wahr?«

Philip schwieg. Ja, auch er freute sich, wenn ihm auf der Reise andere Wissenschaftler begegneten. Doch statt eines regen Gedankenaustauschs überwog bei solchen Treffen meist die Geheimniskrämerei. Jeder behielt seine Entdeckungen eifersüchtig für sich, seine Erfahrungen teilen wollte niemand! Zu groß war die Angst, dass sich ein anderer mit den eigenen Leistungen beim Herzog hervortat. Statt bei solchen Begegnungen Glück und Inspiration zu empfinden, vertieften diese Momente in Philip eher noch das Gefühl der Einsamkeit und des Alleinseins.

»Ja, das Reisen hat viele Vorzüge«, sagte er vage. »So begeistert, wie Sie davon erzählen, wundert es mich, dass Sie überhaupt Heimweh verspüren.« Gleich darauf ärgerte er sich über seinen letzten Satz. Wie ungeschickt von ihm, den wunden Punkt des Mannes erneut zur Sprache zu bringen, wo er ihn doch gerade so erfolgreich abgelenkt hatte.

Doch der Mann schaute ihn nur aus seelenvollen

Augen an und sagte einigermaßen gefasst: »Mein Heimweh rührt nur daher, dass meine Reise fast doppelt so lange dauert wie alle Reisen zuvor. Normalerweise verkaufe ich meine Ware in der heiligen Stadt, in Rom. Aber dieses Jahr baten die Römer mich, meinen Weihrauch dem Bischof in Münster zu bringen. Man wollte dem Münsteraner Bischof damit Anerkennung erweisen, hieß es im Vatikan.«

»Münster in Westfalen?«, fragte Philip sogleich nach. Alles, was mit Geographie zu tun hatte, interessierte ihn naturgemäß besonders.

Safid Rashid nickte. »Die Domgemeinde St. Paulus plant im kommenden Jahr ein großes Kirchenfest, zu dem Kirchenvertreter aus nah und fern geladen werden.«

»Ich verstehe. Weihrauch ist ein sehr wertvolles Gut. Wahrscheinlich wird der Bischof von Münster seine Gäste beeindrucken, indem er so viel wie möglich davon verbrennt. Und ebenso wahrscheinlich werden die Gäste des Bischofs mit geröteten, tränenden Augen, aber voller Bewunderung für den Reichtum des Bistums Münster nach Hause reisen.«

Der Araber lachte schallend auf. »Wenn man Ihnen zuhört, müsste man Weihrauch eigentlich als ›Die Tränen der Götter‹ bezeichnen. Die alten Ägypter hingegen gaben unserem Weihrauch den Namen ›Schweiß der Götter‹, und dabei ist es bis heute geblieben.«

»›Schweiß der Götter‹? Das habe ich noch nie gehört«, erwiderte Philip stirnrunzelnd.

Weihrauch ... Wenn er sich richtig erinnerte, hatte Xelia bei ihren Kräutermischungen ebenfalls manchmal Weihrauch verbrannt. Kleine hellgelb durchscheinende Bröckchen. Bestimmt würde sie den Worten des

Arabers fasziniert lauschen. Philip zuckte innerlich zusammen. Nun hatte die Heilerin sich schon wieder in seine Gedanken geschlichen!

»Die alten Ägypter verwendeten Weihrauch bei kultischen Ritualen und beim Mumifizieren von Leichnamen, vielleicht rührt die Bezeichnung ›Schweiß der Götter‹ daher? Und sie nahmen nur Weihrauch von allerhöchster Güte, so wie ihn meine Familie seit Jahrhunderten herstellt.« Der Stolz in der Stimme von Safid Rashid war nicht zu überhören. »Auch heute noch wird Weihrauch von Heilern auf der ganzen Welt verwendet. Es heißt, er heile Entzündungen im menschlichen Körper.«

Philip nahm noch einen Schluck Glühwein. Er schmeckte würzig und brannte angenehm in seinem Hals. »Da gibt es doch die berühmte Weihrauchstraße, nicht wahr? Sind Sie etwa über dieselbe hierher angereist?«

Der Araber schaute Philip erfreut an. »Sie haben schon von diesem uralten Handelsweg gehört? Die Weihrauchstraße ist über dreitausend Meilen lang, und es wird längst nicht mehr allein Weihrauch auf diesem Weg transportiert, sondern Waren aller Art. Seide, Gewürze, Edelsteine. Wie unsere Urahnen sind wir Händler auch heute noch mit Karawanen von Dromedaren unterwegs. Ich selbst bin von Dhofar – das ist das Dorf, aus dem ich stamme – bis nach Gaza, dem Hafen am Mittelmeer, auf einem Dromedar gereist.«

Philip pfiff anerkennend durch die Zähne. »Das sind weiß Gott andere Entfernungen als die, mit denen ich mich beschäftige. Wie lange haben Sie für diese weite Strecke benötigt?«

»Keine hundert Tage«, sagte der Araber stolz. »Wir

reisen nur mit den besten Dromedaren. Wir füttern und pflegen die Tiere gut, damit sie solche Leistungen bringen. In Gaza wird unser Weihrauch dann verschifft und direkt nach Rom gebracht.«

Philip war beeindruckt. »Lassen Sie mich nachrechnen ... Dann haben Sie inzwischen über fünftausend Meilen Reise hinter sich.«

Safid Rashid nickte. »Und jetzt will ich nur noch nach Hause! Ich möchte endlich wieder die Sonne Arabiens auf meiner Haut spüren und nicht dieses schreckliche weiße Zeugs, das ihr Schnee nennt. Ich möchte Datteln essen und safrangelbe Speisen. Und wie es mich nach einem echten Kaffee, gewürzt mit Kardamom, gelüstet! Ich möchte wieder unter freiem Himmel schlafen können, in warmen Nächten, in denen die Sterne fast so hell scheinen wie die Sonne am Tag. Ich möchte den Sand unter meinen Füßen spüren und den wiegenden Schritt eines Dromedars im Sattel fühlen.« Im nächsten Moment füllten sich Safids Augen erneut mit Tränen. »Der Gedanke, dass es weitere vier Monate dauern wird, bis ich meine Heimat und meine Familie wiedersehen kann, bringt mich fast um ...«

Philip saß dem weinenden Gast hilflos gegenüber. »Nun beruhigen Sie sich bitte wieder, Mann«, sagte er. »Warum erzählen Sie mir nicht ein bisschen von Ihrer Familie?« Noch während er sprach, winkte Philip den Wirt zu sich heran. »Mehr Glühwein, bitte!«

Safid Rashid zog ein seidenes Tuch aus seinem Ärmel und putzte sich geräuschvoll die Nase. »Soll ich wirklich? Ich habe Angst, dass die Sehnsucht dann noch schlimmer wird.« Dennoch hob er an zu erzählen.

»Meine Frau heißt Ahlam, in meiner Sprache bedeutet ihr Name so viel wie ›Die Fantasievolle mit Träumen‹. Ich liebe sie sehr. Sie und meine drei Töchter sind mein ganzes Glück, dabei war alles ganz anders geplant gewesen. Meine Mutter hatte nämlich eine andere Frau für mich auserkoren. Benazir hieß sie und wohnte im Nachbardorf. Ihr Vater ist ein wohlhabender Kamelhändler und Benazirs Mutter die beste Freundin meiner Mutter. Also dachten sich die beiden, dass es doch sehr passend wäre, wenn ihre Kinder den Bund der Ehe eingingen. Nun, nachdem ich mir als junger Mann die Hörner abgestoßen hatte, war ich durchaus willig, dem Wunsch meiner Mutter zu folgen. Aber das erwies sich als ziemlich schwierig. Benazir heißt so viel wie ›Die Unsichtbare‹, und der Name passt sehr gut zu ihr. Als ich mit ihr im Garten ihrer Eltern Tee trank, fand ich sie jedenfalls kein bisschen anziehend – die junge Frau, die zur selben Zeit aus dem Nebenhaus trat und draußen Wäsche aufhängte, hingegen umso mehr! Immer wieder musste ich zu ihr hinüberschauen. Ich erinnere mich noch genau daran, wie ihre Haare im Sonnenlicht glänzten. Blauschwarzem Lack gleich ... Ihre Arme blitzten immer wieder aus ihrem langen weißen Gewand hervor, ich weiß noch, wie ich dachte, dass sie für eine Frau ungewöhnlich muskulös wirkten. Immer wenn sie ein Kleidungsstück auf die Wäscheleine hängte, wehte ein süßer Duft zu uns herüber, er machte mich ganz trunken. Und wie verschämt sie gelächelt hat! Am liebsten wäre ich auf der Stelle aufgestanden und zu ihr hinübergegangen.« Safid seufzte. »Natürlich bemerkte Benazir meine Blicke. ›Warum starrst du ständig zu Ahlam hinüber?‹, wollte sie wissen. ›Ihre Familie ist so arm, dass sie sich nicht einmal ein Dienstmädchen leisten kann, Ahlam muss deswegen die niedersten Tätigkeiten erledigen. Ist das nicht schrecklich?‹

Ich nickte, dachte aber dabei, dass diese Ahlam alles andere als unglücklich bei ihrer Arbeit aussah, ganz im Gegenteil: In ihrem Antlitz leuchtete eine innere Zufriedenheit, die Benazir vermissen ließ.

In den nächsten Wochen traf ich Benazir noch häufiger, aber mit jedem Mal spürte ich stärker, dass sie mein Herz nicht erobern konnte. Ständig sprach sie davon, welche neuen Stoffe sie sich wünschte. Und welche Edelsteine ihr am besten gefielen. Dass *ich* ihr gefiel – davon hat sie nie gesprochen! Und dann sah ich wieder Ahlam im Nachbarhof, und mein Herz vollführte einen Hüpfer wie ein junges Kamel. Meine Mutter war nicht sehr erfreut über diese Entwicklung, sie gab mir die Schuld daran, dass keine Gefühle zwischen Benazir und mir aufkamen. Am Ende vertraute ich mich meinem Vater an. ›Wir sind selbst so wohlhabend, wäre es da nicht auch möglich, dass ich eine arme Frau heirate?‹, fragte ich ihn.

Mein Vater schaute mich lange an und erwiderte: ›Solange sie wenigstens reich an Schönheit ist.‹

›Ahlam ist die schönste Frau unter der Sonne Arabiens!‹, antwortete ich aus vollem Herzen.

Meine Mutter, Benazir und deren Eltern waren voller Zorn. Ich habe Benazirs Ehre beschmutzt, hieß es, was natürlich nicht stimmte, denn ich habe sie kein einziges Mal berührt. Zum Glück behielt Vater das letzte Wort, und ich durfte Ahlam den Hof machen.«

Philip, der der Geschichte gebannt gelauscht hatte, lächelte. »Dann war also am Ende alles gut?«

»Nicht ganz«, antwortete der Weihrauchhändler traurig. »Meine Mutter setzte danach alles daran, meinen jüngeren Bruder Faris mit Benazir zu verheiraten. Und die beiden wurden tatsächlich ein Ehepaar. So kam es, dass Benazir doch noch in unser Haus einzog. Von Anfang an suchte sie Streit mit Ahlam. Bis zum heutigen Tag macht sie ihr das Leben schwer, wo es nur geht. Wenn Ahlam Reis aufgesetzt hat, um daraus *Muhallabia*, einen süßen Reispudding zu kochen, dann stellt Benazir direkt daneben Lamm und Bohnen auf den Herd. Wie oft habe ich Reispudding gegessen, der nach Knoblauch und Minze roch! Und wenn Ahlam beschließt, weiße Wäsche zu waschen, dann stopft Benazir am selben Tag die Decken der Dromedarsättel in den Wäschetrog. ›Oh, ich habe gar nicht gemerkt, dass Weißwäsche darin lag‹, verkündet sie mit zuckersüßer Stimme, wenn sie wieder einmal meine Gewänder ruiniert hat.«

»Das hört sich an, als wäre Ihre Schwägerin eine ganz schöne Hexe«, sagte Philip. »Warum gebietet ihr niemand Einhalt? Ein paar Ohrfeigen oder wenigstens eine strenge Rüge.«

»Das wagt doch niemand!«, rief Safid Rashid gequält aus. »Benazir und Faris haben zwei stattliche Söhne, deswegen hat Benazir eine besondere Stellung in unserer Familie. Ahlam und ich hingegen haben bisher nur drei Töchter. Und diesen Umstand reibt Benazir meiner Frau – und nicht nur ihr – ständig unter die Nase. Zu jeder sich bietenden Gelegenheit tönt sie laut herum, dass ich allem Anschein nach nicht in der Lage sei, einer Frau einen Sohn zu schenken, und dass sie meine Frau deshalb bemitleidet. Meine Mutter bestärkt sie in ihren Reden, und selbst mein Vater ist nicht sehr glücklich darüber, dass ich als sein ältester Sohn keinen männlichen Nachwuchs habe. Doch bei meiner

Abreise sagte Ahlam mir, sie sei erneut guter Hoffnung …«

»Dann stehen doch die Chancen auf einen Jungen nicht schlecht, oder?«, sagte Philip. Zu seinem Erstaunen bemerkte er, dass sein Glühweinbecher schon wieder leer war, so gefesselt war er von Safids Erzählung.

Der Weihrauchhändler seufzte tief auf. »Mir persönlich wäre eine vierte Tochter genauso lieb, aber inzwischen ist Ahlam regelrecht vergiftet worden von den anderen und ihrem Gerede. Dieses Mal muss es ein Sohn sein! Ich mag mir gar nicht vorstellen, was sein wird, wenn sie doch ein Mädchen gebärt!«

Philip schüttelte den Kopf. »Verzeihen Sie meine Offenheit, aber in meinen Ohren hört sich das alles nach viel Streit und Hader an. An Ihrer Stelle wäre ich froh, alldem entfliehen zu können.«

»Wieso denn das?« Die Augen des Arabers weiteten sich entsetzt. »Lieber Herr Kartograph, das alles ist doch völlig normal! Wir sind eine Familie wie jede andere. Wo Menschen zusammenleben, gibt es nun einmal auch Zwietracht, ist es nicht so?«

Philip zuckte mit den Schultern. »Da fragen Sie den Falschen. Vielleicht haben Sie ja recht …«

Was Safid wohl zu dem Haus in Tirol sagen würde? Würde ihm das ständige Gewusel der vielen Menschen dort auch so gegen den Strich gehen wie ihm? Oder würde der Araber das rege Treiben als »völlig normal« bezeichnen? War er, Philip, vielleicht derjenige, der nicht normal war? Ein Einzelgänger. Einer, der sich ungern an andere band. Zumindest hatte Xelia ihm das vorgeworfen, in einem ihrer vielen Streitgespräche.

»Ich habe Ihrer lebendigen Erzählung jedenfalls sehr gern gelauscht, mehr noch, ich bin fast ein wenig neidisch geworden«, sagte er und hielt dem Araber seinen Glühweinbecher hin, damit sie ein letztes Mal anstoßen konnten. »Sie tragen Ihre Heimat wirklich in Ihrem Herzen mit sich, ganz gleich, wie weit weg von zu Hause Sie sind.«

»Sie haben recht, ich trage meine Heimat *und* meine Familie im Herzen mit mir. Was für ein schönes Bild!«, rief der Araber erfreut und trank seinen Becher leer. »Warum habe ich das nicht selbst erkannt? Bisher habe ich jeden Gedanken an meine Familie so gut es ging verdrängt. Erzählt habe ich auch nicht von ihr, niemals. Ich dachte, das Heimweh würde sonst noch schlimmer werden, dabei trifft das Gegenteil zu. Es tut gut, von den Liebsten zu erzählen …« Noch während der Araber sprach, kramte er in einer seiner Taschen und zog ein kleines Päckchen hervor, das in gelbliches Wachspapier gewickelt war.

»Für Sie«, sagte er und drückte Philip das Päckchen in die Hand. »Als Dank dafür, dass Sie mir Ihr Ohr geschenkt haben.«

»Ist das Weihrauch? Für mich?«, fragte Philip ein wenig verwirrt. »Ihr Geschenk ehrt mich. Nur – was soll ich damit anfangen?«

Safid Rashid lächelte. »Vielleicht können *Sie* selbst nichts damit anfangen, aber jemand anderes schon …«

Nachdem der Wirt die Tafel aufgehoben hatte, rollten die noch verbliebenen Gäste ihre Schlafmatten auf dem Boden aus. Philip und Safid ergatterten einen Platz an der Wand zur Küche hin, wo es wärmer war als im restlichen Raum.

»Schlafen Sie gut!«, sagte Safid.

»Sie ebenfalls!«, erwiderte Philip.

Doch statt zu schlafen, lag Philip Vogel in dieser Nacht lange wach. Es war nicht das vielstimmige Schnarchen, Röcheln und Schnaufen der Männer, die wie er auf dem harten Holzboden nur schlecht zur Ruhe kamen. Es war auch nicht seine volle Blase, die danach drängte, hinter dem Haus entleert zu werden. Vielmehr waren es Gedanken an Xelia, die ihn am Einschlafen hinderten.

Vor fünf Jahren waren sie sich zum ersten Mal über den Weg gelaufen, irgendwo in den Wäldern Württembergs. Sie war von der Gendarmerie fälschlicherweise eines Mordes bezichtigt worden. Auf der Flucht vor der Obrigkeit hatte sie sich in einer Höhle im Wald versteckt. Ausgerechnet in der Nähe dieser Höhle war er vom Pferd gefallen und hatte sich das Bein gebrochen. Ohnmächtig hatte er dagelegen, als Xelia ihn entdeckte. Wie die zierliche Frau ihn in ihre Höhle geschleppt hatte, wusste er bis heute nicht. Dort hatte sie ihn gesund gepflegt, tagelang, wochenlang. Immer wieder war sie in den Wald gegangen, um Kräuter für seine Genesung zu sammeln, und hatte dabei riskiert, entdeckt zu werden. Und was hatte er ihr als Dank für ihre Hingabe geschenkt? Er hatte sich über den Gestank der Kräuterauflagen auf seinem Bein beschwert!

Ihre Liebe war zaghaft gewachsen wie ein zartes Pflänzchen. Noch nie hatte er sich in Gegenwart eines anderen Menschen so wohl gefühlt. Durch Xelia hatte er erkannt, dass ein Menschenleben nicht allein aus Arbeit bestand. Sie war seine Seelenverwandte gewesen. Und doch hatte er sie im Stich gelassen, damals, nachdem er sie in Tirol in Sicherheit gebracht hatte. Oh, er hatte sich die Entscheidung nicht einfach gemacht! Wochenlang hatte er gegrübelt, wie er ein Leben in Tirol mit seiner Arbeit als Kartograph in Einklang bringen konnte. Wenn er die Hälfte der Zeit in Württemberg fleißig Daten erhob und dann in Tirol auf Grundlage dieser Daten seine Karten zeichnete … Mit jener hoffnungsvollen Idee im Kopf war er in Richtung Heimat aufgebrochen. Er wusste ja, dass Xelia bei Adalbert und Michael gut aufgehoben war. Doch kaum war er zurück in Württemberg, war er an den Herzoglichen Hof zitiert worden, wo man seine wochenlange Abwesenheit nicht besonders gut aufgenommen hatte. Was, bitte schön, hatte ein württembergischer Kartograph in Tirol verloren? Entweder widmete er sich fortan wieder mit voller Kraft seiner Arbeit, oder man würde sich einen anderen Kartographen suchen, der sein Werk fortsetzte, hieß es. Philip, an Tadel nicht gewöhnt, hatte sich die Kritik sehr zu Herzen genommen. Bevor er sichs versah, hatte seine Arbeit ihn erneut mit Haut und Haaren verschlungen, gerade so, als hätte es Xelia und ihre Liebe nie gegeben.

Wäre es wirklich so schlimm gewesen, in Tirol zu bleiben?, fragte sich Philip nun, während Safid Rashid leise neben ihm seufzte. Bestimmt wäre er doch auch mit einer anderen Aufgabe glücklich geworden, oder?

Philip Vogel, Herzoglicher Kartograph. Wie wohlklingend das war. Der Mann mit den großen Zielen. Der Mann mit einer Lebensaufgabe. Dabei hatte er nicht einmal ein Zuhause. Er war ein Vagabund, hatte nichts und niemanden auf der Welt. Wo einst sein Herz gesessen hatte, saß heute nur noch ein Schrittezähler. Wie ein einsamer Wolf streifte er durch die Wälder und Auen Württembergs, heute hier, morgen schon wieder fort. Würde er erneut vom Pferd fallen und sich das Bein brechen – wen kümmerte das schon?

Wie lange würde er dieses Leben noch aushalten? Oder besser gesagt, wie lange *wollte* er dieses Leben noch aushalten?

Was waren das für seltsame Gedanken, die ihn da überfielen?, ärgerte er sich. Lag es an der Heiligen Nacht, dass er das Gefühl nicht mehr loswurde, irgendwo auf seinem Weg den falschen Abzweig genommen zu haben? Ausgerechnet er, der Herr Kartograph, hatte sich allem Anschein nach verlaufen. Was bot ihm sein Leben außer Arbeit, Arbeit, Arbeit? Er, der Kartenkundige, war in einer Sackgasse gelandet. Es hätte nicht viel gefehlt und Philip Vogel hätte laut aufgelacht. Ein bisschen war ihm auch nach Weinen zumute. Doch an beides war er nicht gewöhnt, also warf er sich lediglich unruhig von einer Seite zur anderen, als sich etwas in seine linke Hüfte drückte. Ein spitzer Stein? Ein vom Tisch geworfener Knochen vom Abendessen? Doch als Philip unter sich griff, um den störenden Gegenstand zu entfernen, war es kein Stein und auch kein Knochen, den er ertastete, sondern das eingepackte Stückchen Weihrauchharz, das Safid ihm geschenkt hatte. Sein Weihnachtsgeschenk. Er zog es aus seiner Hosentasche hervor und wickelte den Weihrauch im Dunkeln vorsichtig aus. Im Gegensatz zu entzündetem Weihrauch, dessen betäubend schweren Geruch Philip noch nie gemocht hatte, roch das kalte Stückchen Harz schwach nach frischen Kräutern. Philip hielt es noch näher an seine Nase und atmete tief ein. So hatte Xelia geduftet, nachts, wenn ihre Körper zusammenfanden.

Vielleicht können Sie mit dem Stück Weihrauch nichts anfangen, aber jemand anderes schon …

Philip lächelte. Der Araber war ein weiser Mann.

Als Philip am nächsten Morgen nach draußen ging, um seine Notdurft zu verrichten, begrüßte ihn ein klarer Morgen ohne den sonst für die Gegend um Ulm üblichen Nebel. Der Karthograph lächelte. Auch er fühlte sich, als habe sich ein lang anhaltender Nebel in seinem Kopf gelichtet, seine Gedanken waren klar, sein Herz pochte voller Vorfreude. Er stattete dem Mietstall einen kurzen Besuch ab, um sich zu vergewissern, dass sein Pferd genügend Hafer bekommen hatte. Sie hatten eine lange Reise vor sich, das Tier würde all seine Kraft benötigen.

Frohen Mutes ging er zurück in die Herberge, wo der Wirt inzwischen die Tische wieder in die Mitte des Raumes gerückt hatte. Safid Rashid saß am selben Tisch wie am Vorabend. Mit froher Miene setzte sich Philip neben ihn. Er wartete, bis die Schankmagd die Teller mit heißem Haferbrei vor sie gestellt hatte, dann sagte er: »Sind Sie bereit für die Heimreise?«

Der Araber seufzte auf. »Ich kann es kaum erwarten, endlich gen Süden zu reiten.«

Philip Vogel biss sich auf die Lippe. Sein Zögern war nur kurz, dann sagte er: »Wenn Sie mögen, könnten wir gemeinsam reisen. Auch ich muss die Alpen bewältigen, mein Ziel ist Meran in Tirol.«

Mehr über *Die Liebe des Kartographen* erfahren Sie im gleichnamigen Roman.

Entscheidung zwischen den Jahren

Frankfurt, 24. Dezember 2013

»Einen Teeladen wollen Sie also eröffnen.« Florentine Reiner schaute ihre Klientin über den Schreibtisch hinweg prüfend an.

Die Frau, eine Endvierzigerin mit Dauerwelle im Haar, nickte heftig. »Ja, wissen Sie, ich bin eine große Teeliebhaberin.«

Florentine lächelte. »Eine gute Voraussetzung. Nur wer mit Verstand und Herz dabei ist, wird geschäftlich erfolgreich sein. Schade, dass Sie Ihren Laden nicht rechtzeitig zum Weihnachtsgeschäft öffnen konnten. Tee zur Weihnachtszeit – Sie hätten gleich zu Beginn viele Kunden gewinnen können.« Der erste Fehler, dachte Florentine bei sich. Hoffentlich ging es nicht so weiter, wenn die Frau ihr Geschäft erst einmal gegründet hatte.

»Das stimmt, aber …« Während die Frau umständlich darlegte, warum sie nicht rechtzeitig zum Zuge gekommen war, blätterte Florentine durch die Unterlagen, die die angehende Geschäftsgründerin zu diesem Termin mitgebracht hatte. Das anvisierte Ladenlokal war ein relativ kleiner Raum mit einem einzigen Schaufenster, lag jedoch in 1-a-Lage in der Frankfurter City.

Die Miete war dementsprechend hoch. Die Dame würde große Mengen Tee umsetzen müssen, um schwarze Zahlen schreiben zu können – aber warum nicht? Bilder von aufwendigen japanischen Teezeremonien stiegen vor Florentines innerem Auge auf. Wertvoller Tee, bei dem jede einzelne Sorte eine Geschichte erzählte … Mit einem sorgfältig durchdachten Businessplan konnte so ein edles Geschäft durchaus funktionieren.

»Und dann sagte ich zu meinem Mann …«, führte die Klientin gerade aus.

Florentines Vertrauen in die geschäftlichen Fähigkeiten der Dame schwand abrupt wieder. Zu umständlich, zu langwierig. Sie unterdrückte ein Gähnen. Müde war sie. Müde vom alten Jahr. Müde von zu vielen abstrusen Geschäftsideen, die sie sich als Beraterin für angehende Geschäftsgründer, die die IHK zu ihr schickte, hatte anhören müssen. Ein Yogastudio in einer Ecke von Frankfurt, wo es schon mindestens fünf gab. Ein Laden mit Hundezubehör direkt neben dem Megastore der führenden Tierzubehörkette Deutschlands, Startkapital schlappe fünftausend Euro. Was dachten sich die Leute? War die Zahl der jährlichen Insolvenzen nicht schon hoch genug?

Warum nimmst du auch an Heiligabend noch Geschäftstermine an?, zischte ihr eine gemeine Stimme ins Ohr. Kannst du nicht wie jeder andere Mensch vernünftig gemütlich Weihnachten kommen lassen?

Anscheinend nicht. Florentine seufzte, dann unterbrach sie die Klientin mit einem gequälten Lächeln.

»Und wie soll Ihr Ladengeschäft einmal aussehen?«

Die Endvierzigerin schien auf diesen Moment nur gewartet zu haben.

»Oh, ich habe schon alles ganz genau im Kopf! Ich

möchte Früchtetees und Schwarztees mit verschiedenen Aromen anbieten, natürlich auch Grüntee und weißen Tee. Und Biotee, das ist ja die neue Mode. Alles in Blechdosen, Sie wissen schon, schön golden mit chinesischen Drachen darauf und so.«

Florentine runzelte die Stirn. Die Vision von japanischen Teezeremonien zerplatzte vor ihren Augen wie eine Seifenblase, plötzlich hatte sie den penetrant riechenden Laden vom alten Alfred Häusler vor sich, zu dem vor dreißig Jahren die Jugendlichen in ihrem Heimatort gepilgert waren, um Räucherstäbchen und grellgemusterte Baumwolltücher zu kaufen.

»... und dann eine Spielecke für die Kinder, während die Mütter sich bei einer Tasse Tee entspannen können.«

Welche Mütter?, wollte Florentine fragen. Die Frauen, die sie kannte, waren entweder gehetzte Alleinerziehende so wie sie und ständig in Zeitnot. Oder es waren wohlhabende, gelangweilte Ehefrauen, die es sich in ihren schicken Vorortvillen bequem gemacht hatten, um dort ihre und die Allergien ihrer Kinder plus sämtlicher Neurosen zu pflegen. Weder die eine noch die andere Klientel würde wegen einer Tasse Tee mit künstlichem Erdbeeraroma einen altmodischen Teeladen in der Frankfurter City aufsuchen.

»Und dann ... meine Schwägerin, die strickt so hübsche Socken, die würde ich auch in mein Sortiment aufnehmen!«

Triumphierend und um Lob heischend schaute die Dauergewellte Florentine an.

Selbstgestrickte Socken. Florentine seufzte.

»Wie viel Umsatz gedenken Sie mit Tee und Socken zu machen?«

Die Klientin zuckte mit den Schultern. »Nun ja … ich denke, dreitausend Euro im Monat sollten es schon werden. Oder was meinen Sie?«

Florentine Reiner zuckte wie vom Schlag getroffen zusammen.

»Aber die Miete beträgt doch schon zweitausendachthundert Euro!«

Kurze Zeit später warf Florentine einen letzten prüfenden Blick auf ihren Schreibtisch. Keine Vorgänge lagen mehr herum, alles war erledigt. Wenn sie im neuen Jahr wieder herkam, würde wohltuende Ordnung auf sie warten. Ein paar Fälle, für die sie bisher noch keine Zeit gehabt hatte, hatte sie in ihre Aktenmappe gepackt, vielleicht würde sie über Weihnachten oder zwischen den Jahren ein bisschen Zeit finden, um darin zu lesen.

So, und nun nichts wie weg, dachte Florentine, während sie ihr Büro in der fünfzigsten Etage des Frankfurter Main Tower abschloss. Ihre Tochter Anna, die vor einer Weile dreizehn geworden war, wartete bestimmt schon ungeduldig auf sie.

»Wer heutzutage ein Geschäft gründen möchte, ganz gleich, ob es sich um einen Internethandel oder um einen Laden handelt, muss eine zukunftsfähige Idee haben«, hatte sie ihrer Klientin zuvor erklärt. »Und er muss rechnen können.« Danach hatte sie die Frau gebeten, sich nochmals ausgiebig Gedanken zu machen.

Wahrscheinlich kommt sie im neuen Jahr wieder und eröffnet mir, dass sie zu den Socken noch selbstgestrickte Mützen ins Sortiment aufnehmen will, dachte Florentine höhnisch bei sich. Im selben Moment erschrak sie über ihren Sarkasmus. Konnte es sein, dass sie im abgelaufenen Jahr erheblich ungeduldiger geworden war?

Als die Tür des Lifts sich im Foyer öffnete, erklang das Klirren von Gläsern. Im Hintergrund ertönte wie schon zuvor im Aufzug Weihnachtsmusik. Einige im Businesslook gekleidete Damen und Herren standen an ein paar Stehtischen zusammen. Die meisten kannte Florentine vom Sehen her.

»Hi, Flo, komm, trink ein letztes Glas Sekt mit uns!«, rief Sebastian ihr zu. Er arbeitete in einem IT-Büro auf demselben Flur wie Florentine, und sie trafen sich öfter im Aufzug oder in der Mittagspause unten im winzigen Park hinter dem Hochhaus.

»Was heißt hier ›ein letztes Glas‹?!«, fragte sein Kollege Sammy, der neben ihm stand.

Lächelnd gesellte sich Florentine zu ihnen. Noch mal kurz Atem holen, warum nicht?

»Und – schon alle Geschenke gekauft?«, wollte Maike, die Assistentin der beiden, wissen. Im vergangenen Jahr hatten Flo und sie sich ein wenig angefreundet und waren ab und zu nach der Arbeit zusammen etwas trinken gegangen. Doch meist kürzte Flo diese Treffen rasch ab. Ihre Tochter Anna musste schon den ganzen Tag auf sie verzichten, da konnte sie nicht auch noch guten Gewissens auf Afterworkpartys gehen!

Florentine nippte am Sekt. »Weihnachten wird dieses Jahr völlig unspektakulär«, erklärte sie. »Anna und ich sind heute Abend bei meinen Schwiegereltern eingeladen. Wie ich die beiden kenne, ist alles perfekt vorbereitet, so dass wir uns nur hinsetzen und genießen brauchen. Und gleich nach Weihnachten fahren wir für ein paar Tage ins Schwäbische.«

Maike hob anerkennend die fein gezupften Brauen. »Dass dich deine Schwiegereltern immer noch einladen, find ich echt nett …«

Florentine lachte bitter auf. »Rolf hat mich zwar verlassen, aber deswegen sind sie immer noch Annas Großeltern, oder etwa nicht? Ich glaube, die beiden sind insgeheim stinksauer auf ihren Sohn, auch wenn sie das nie laut zugeben würden.« Wie immer, wenn sie über ihren Exmann sprach, verspürte sie einen kleinen Stich in der Herzgegend. »Ich liebe eine andere!« Zwei Jahre war es nun her, dass Rolf diese Worte zu ihr gesagt hatte. Nüchtern, beiläufig, als redete er übers Wetter.

Die »Andere« war eine zehn Jahre jüngere Marketingfrau, blond, hübsch, sie arbeitete bei Rolf in der Firma. Eine Büroliebschaft hatte Florentine ihre Ehe gekostet, wie armselig das war! Es hieß ja immer, zum Scheitern einer Ehe gehörten zwei, doch bis zum heutigen Tag war Florentine nicht klar, was sie hätte anders, besser machen können. Rolf, Anna und sie waren doch glücklich gewesen!

»Hauptsache, du hast keine Arbeit mit der blöden Weihnachtsgans«, sagte Maike. Dann wandte sie sich Sebastian zu. »Sag mal, weißt du, ob im Odeon schon dieser neue Actionfilm angelaufen ist?«

Abrupt stellte Florentine ihr Glas ab, dann kramte sie in ihrer Tasche nach dem Autoschlüssel. Genug Smalltalk für dieses Jahr!

Sie hatte die Drehtür des Bürogebäudes noch nicht verlassen, als ihr schon das übliche Dröhnen der Stadt entgegenschlug. Motorengeräusche, genervtes Autohupen, Weihnachtsmusik aus blechernen Lautsprechern, dazu das hektische Stimmengewirr der Last-Minute-Shopper.

Florentine schauderte. Auf einmal nervte sie das alles nur noch. Am liebsten hätte sie Weihnachten dieses Jahr ausfallen lassen! Wäre schon vor Tagen in einen Flieger gestiegen so wie ihr lieber Exmann und in die Karibik geflogen. Aber als sie Anna Anfang Dezember diesen Vorschlag gemacht hatte, hatte diese sich gewehrt. Sonne, Wärme, Strand und Palmen – Florentine hatte jede Verlockung in den schönsten Farben ausgemalt, und doch vergeblich. Anna wollte lieber bei ihren Großeltern unterm Tannenbaum feiern.

»Ich will dich endlich einmal für mich allein haben, ohne einen großen Pulk Touristen um uns her«, hatte Anna angefügt und damit Florentines schlechtes Gewissen geweckt.

Das ganze Jahr über hatte Anna herzlich wenig von ihr gehabt, da war ihr Wunsch, Zeit mit ihrer Mutter zu verbringen, mehr als verständlich. Ein wenig Luxusleben im Hotel, nichts organisieren zu müssen, nicht kochen und nicht aufräumen – das hätte ihr, Florentine, jedoch gutgetan. Da dies aber nicht zur Diskussion stand, konnten sie gleich das absolute Kontrastprogramm durchziehen, hatte Florentine beschlossen.

»Einverstanden. Wir feiern Heiligabend bei Oma und Opa«, hatte sie gesagt. »Und zwischen den Jahren fahren wir nach Gönningen. Nur wir zwei. Das Haus meiner Eltern – mein Geburtshaus – steht schon seit Ewigkeiten leer. Es wird wirklich Zeit, dass ich mich darum kümmere. Erholen können wir uns dort auch. Und wenn uns das Nichtstun zu langweilig wird, können wir langsam mit dem Ausräumen des Hauses beginnen. Vielleicht kann ich dann Anfang des Jahres schon mit einem Makler über den Verkauf sprechen.«

Mit angehaltenem Atem hatte sie auf Annas Widerrede gewartet.

»Wenn's sein muss« war jedoch das Einzige, was Anna ihr antwortete.

Flo war erleichtert gewesen.

»Ich versteh immer noch nicht, warum wir in die Einöde fahren müssen«, quengelte Anna, als sie am 27. Dezember in Florentines vollgepacktem BMW saßen. Zwei Koffer, dazu eine große Kunststoffbox mit Nudeln, Konservendosen, Vollkornbrot, Marmelade und mehr, eine Kiste Getränke – bei den Bergen an Lebensmitteln, die ihre Mutter eingepackt hatte, konnte man glauben, sie würden den Rest des Winters in Gönningen verbringen. Schwäbisch-Sibirien hatte es ihre beste Freundin lachend genannt. Super!

»Ich wäre tausendmal lieber in Frankfurt geblieben.«

»Ausgemacht ist ausgemacht, meine Liebe. Wir haben Weihnachten bei Oma und Opa gefeiert, so, wie du dir das gewünscht hast. Und dafür hilfst du mir nun beim Ausräumen meines Elternhauses, das ist doch mehr als fair, oder?«, bekam sie von ihrer Mutter zur Antwort.

»Wenigstens haben wir jetzt ein bisschen Zeit füreinander. Das ganze Jahr über bin ich so viel allein …«

»Jetzt hör aber auf«, erwiderte ihre Mutter. »Wenn du aus der Schule kommst, ist doch Frau Meyer für dich da. Und abends dann ich.«

Anna seufzte. »Frau Meyer!«, sagte sie abfällig. »Die hockt doch den ganzen Nachmittag vor der Glotze und guckt irgendwelche blöden Shows. Und ich langweile mich zu Tode! Am liebsten würde ich gar nicht mehr zu ihr hochgehen, sondern gleich zu uns nach Hause.«

»Ach, Anna«, kam es gequält. »Ich will einfach nicht, dass du den ganzen Nachmittag allein bist. Bei Frau Meyer bekommst du immerhin ein warmes Mittagessen. In ein, zwei Jahren sehen wir dann weiter.«

Fertigpizza konnte sie sich auch allein zubereiten, dachte Anna bei sich und beschloss, das Thema im Laufe der kommenden Tage nochmals aufzugreifen. »Warum kümmert sich eigentlich nicht Onkel Mike um das blöde Haus? Es war doch auch sein Elternhaus!«, sagte sie stattdessen.

»Weil Mike keine Zeit hat, extra von Teneriffa herüberzufliegen.«

»Sag doch gleich, dass er keine *Lust* hat«, murmelte Anna und sah, wie ihre Mutter leicht zusammenzuckte. Durch Zufall hatte sie das Telefonat, das ihre Mutter mit Onkel Mike geführt hatte, mitgehört. Florentine hatte gebügelt und den Lautsprecher auf »On« gestellt.

»In solchen Dingen bist du doch viel besser als ich«, hatte Mike ihr geantwortet, als sie ihn um seine Hilfe bat. »Wenn das Haus verkauft ist, zwackst du dir einfach ein bisschen mehr als die Hälfte ab, als Provision für deine Dienste sozusagen.«

»Ich bin doch nicht dein Dienstmädchen!«, hatte ihre Mutter gezischt, es dann aber dabei belassen.

Anna konnte sich denken, warum. Onkel Mike war zwar auf Teneriffa ein erfolgreicher DJ, aber dass er besonders gut im Organisieren war, bezweifelte sie.

Wahrscheinlich wäre er ihrer Mutter sowieso keine Hilfe gewesen.

»Das ganze Jahr über bist du in Hektik, für nichts ist richtig Zeit, und nun soll es in den Ferien auch nicht anders sein. Dabei habe ich mir so sehr gewünscht, dass wir es uns zu Hause gemütlich machen«, hob Anna erneut an.

Ihre Mutter sah aus, als hätte ihr jemand eine Ohrfeige verpasst. Schon bereute Anna ihre harschen Worte. Doch statt um Entschuldigung zu bitten, schaute sie schweigend aus dem Fenster.

Die Fahrt, für die ihre Mutter gut zwei Stunden eingeplant hatte, dauerte am Ende fast drei Stunden. Die Autobahnen gen Süden waren voll mit Skifahrern, die in die schneereichen Wintersportgebiete unterwegs waren.

»Wir hätten auch zum Skifahren gehen können«, sagte Anna und wies auf eins der Autos mit Gepäckbox auf dem Dach. Wenn sie ehrlich war, gefiel ihr allerdings der Gedanke, auf zwei schmalen Brettern einen steilen Berg hinabzufahren, nicht sonderlich. »Après-Ski soll besonders viel Spaß machen«, schob sie dennoch nach.

Ihre Mutter presste die Lippen zusammen und antwortete nicht.

Erst als sie die A8 verließen, verringerte sich das Verkehrsaufkommen etwas. Es hatte leicht zu schneien begonnen. Langsam schlängelten sie sich durch etliche schwäbische Kleinstädte, die bei Anna allesamt keinen besonderen Eindruck hinterließen. Das änderte sich, als sie durch Reutlingen fuhren, wo sie mehrere Schilder von Fastfood-Restaurants erspähte. Kinos und eine belebte Shoppingmeile gab es auch, erkannte Anna mit dem geübten Blick eines Stadtkindes. Von hier bis nach Gönningen waren es nur noch wenige Kilometer, las sie von einem Straßenschild ab. Wenn es ihr in dem Kaff zu eng wurde, konnte sie also immer noch nach Reutlingen fahren. Ein Lichtblick.

Sie hatten die Stadt gerade hinter sich gelassen, als sich das Schwabenland in eine Winterwunderwelt verwandelte. Die Wiesen und Felder abseits der Straße waren schneebedeckt, die Schwäbische Alb, an deren Fuß das Heimatdorf ihrer Mutter lag, hob sich dunkel und mächtig von der weißen Ebene ab.

»Siehst du, um Schnee zu haben, muss man nicht bis in die Alpen fahren«, sagte ihre Mutter. »Seltsam, jetzt freue ich mich doch ein bisschen darauf, mein Elternhaus wiederzusehen. Immerhin wurde ich dort geboren! Seit deine Großeltern zu Mike nach Teneriffa gezogen waren, war ich nicht mehr da, und das ist zehn Jahre her. Eigentlich hätte man das Haus schon damals verkaufen können, doch Vater wollte es behalten, für den Fall, dass es ihm auf Teneriffa nicht gefällt und er zurückkommen will.«

Was nicht der Fall gewesen war, dachte Anna. Als sie ihre Großeltern mütterlicherseits das letzte Mal gesehen hatte, waren sie ihr topfit erschienen. Braungebrannt und in kurzen Shorts hatten sie Anna und ihre Mutter vom Flughafen abgeholt, ihr Großvater hatte ihnen stolz sein neues Boot präsentiert, von dem aus er im Frühjahr vor der Küste die Wale beobachtete. Dieses neue Hobby war seine große Leidenschaft gewesen. Umso tragischer war der Umstand, dass ihre Großeltern mit genau diesem Boot im vergangenen Frühjahr ums Leben gekommen waren. Eine Jacht mit betrunkenen Touristen an Bord hatte sie gerammt, Opas Boot war binnen Sekunden untergegangen, die beiden waren unter die Jacht geraten und ertrunken. Schrecklich! Anna schauderte. Durch die räumliche Distanz hatte sie zwar kein enges Verhältnis zu diesen Großeltern gehabt, aber irgendwie vermisste sie sie doch.

»Seit Jahren steht das Haus jetzt leer, bestimmt ist es völlig verstaubt und eiskalt. Aber wenn der Kachelofen erst angeheizt ist und wir einmal durchgeputzt haben, fühlen wir uns bestimmt pudelwohl. So ein echtes Holzfeuer strahlt eine ganz besondere Wärme aus, du wirst sehen. Und heute Abend schieben wir Bratäpfel ins Rohr!«

Anna schwieg. Bratäpfel und ein Kachelofen. Das hörte sich ja fast schon romantisch an. Vielleicht würde die Woche doch einigermaßen erträglich werden.

Gönningen war völlig anders, als sie es erwartet hatte. Es war zwar ein Dorf, hatte aber so gut wie keinen dörflichen Charakter, sondern eher etwas Städtisches. Statt Traktoren und Mistfuhren waren Luxuslimousinen und teure Geländewagen unterwegs. Statt Bauernhäusern reihte sich links und rechts der Hauptstraße eine alte Villa an die andere. In der Ortsmitte gab es einen kleinen Marktplatz, auf dem das Rathaus stand, aus einem imposanten hellen Stein gebaut. Ein Schild wies auf ein Museum hin, das im Rathaus untergebracht war. Außerdem gab es etliche Wirtschaften, die aussahen, als würde dort deftige schwäbische Hausmannskost serviert. Vielleicht ging Mutter hier mit ihr zum Mittagessen?, dachte Anna, und ihr Magen knurrte zustimmend. Ein Bauernkaff hatte sie sich jedenfalls anders vorgestellt, irgendwie muffiger und nicht so schön.

»Was hatte es mit diesem Gönningen noch mal auf sich?«, fragte Anna, während sie an einer roten Ampel standen.

»Gönningen war jahrhundertelang das Dorf der Samenhändler«, erklärte ihre Mutter bereitwillig. »So gut wie alle Bewohner waren im Samenhandel tätig, die Gönninger Händler bereisten mit ihren Waren die ganze Welt, sogar die Frauen waren als fahrende Händlerinnen unterwegs. Und das zu einer Zeit, als es das Wort Emanzipation noch nicht einmal gab! Die alten Gönninger, die nicht mehr auf die Reise gehen konnten, waren in den Sämereien mit dem Abfüllen und dem Versand der Ware beschäftigt. Auch meine Familie hat sich mit dem Samenhandel ihren Lebensunterhalt verdient, die Kerners gehörten sogar zu den erfolgreichsten Samenhändlern überhaupt!«, fügte ihre Mutter stolz hinzu. »Das waren noch Zeiten …«

Anna zeigte auf ein Haus, dessen Gartenzaun von einem schönen schmiedeeisernen Tor unterbrochen war. »Die Leute scheinen damit ja gutes Geld verdient zu haben. Oder wie kommt es sonst, dass es hier lauter Villen statt Bauernhäuser gibt?«

Ihre Mutter lächelte. »Du hast recht, der Samenhandel war lange Zeit ein sehr einträgliches Geschäft. Noch als ich ein Kind war, konnte man davon gut leben. Unser Haus ist auch ganz hübsch, aber das wirst du gleich selbst sehen. Du warst ja zuletzt als kleines Kind hier und kannst dich nicht mehr daran erinnern.« Sie zeigte auf eine Bäckerei mit Stehcafé. »Wollen wir uns vorher noch eine Tasse heißen Kaffee und Kakao gönnen?«

Anna nickte. »Und eine Butterbrezel dazu!«

*

Florentines Elternhaus war ein großer quadratischer und optisch sehr gefälliger Bau mit diversen Stuckverzierungen, hohen Fenstern und einer Veranda, wie man sie eher im amerikanischen Süden vermutet hätte. Die Idee zu dieser architektonischen Besonderheit hatte ihr Großvater einst von einer Reise nach Amerika mitgebracht und zu Hause sogleich umgesetzt.

Die weiße Farbe der Hausfront war angegraut, das Dunkelblau, mit dem die Fenster einst umrandet worden waren, wirkte fast schwarz. An der Rückseite des Hauses befand sich ein langer, schmaler Anbau. Hier waren früher das Samenlager und die Packstube untergebracht gewesen. Dahinter gab es noch einen Schuppen mit alten Fahrrädern, zerschlissenen Matratzen und ausrangierten Gartenmöbeln – den Schuppen auszuräumen, davor graute es Florentine am meisten.

Ihre Hand zitterte, als sie den Schlüssel ins Türschloss steckte. Sie musste ein wenig hin und her ruckeln, bevor das Schloss aufschnappte und die Tür mit einem Knarren aufging.

Im Haus war es dunkel. Und kalt. Kälter als draußen, zumindest kam es Florentine so vor. Fröstelnd zog sie ihren Schal enger um den Hals, während sie den Hauptschalter für den Strom umlegte. Dann knipste sie das Deckenlicht an. Als Nächstes öffnete sie die Klappläden, und sogleich drang fahles Winterlicht ins Haus. Blinzelnd blieb Florentine stehen. Ihre Nasenflügel hoben und senkten sich wie bei einem Pferd, das einen schnellen Galopp hinter sich hat. Tief atmete sie den Duft ein, der noch immer das verlassene Haus durchzog.

Der Duft nach Kräutern und Erde. Das einzigartige

Parfüm der Sämereien, stets ein wenig bitter, aber auch mit etwas Süße und einem Hauch Schärfe. Der Geruch ihrer Kindheit. Früher, als kleines Mädchen, hatte sie öfter davon niesen müssen. Niesen musste sie jetzt nicht, dafür löste der Geruch einen Tumult an Gefühlen in ihr aus, die sie nicht einordnen konnte. Einerseits graute ihr vor der bevorstehenden Aufgabe, gleichzeitig jedoch freute sie sich unbändig, hier zu sein. *Wie* sehr sie sich freute, erstaunte sie selbst.

»Mama? Ist alles okay?«

Es dauerte einen Moment, bis Florentine sich von ihren Gedanken lösen konnte.

Sie lächelte Anna aufmunternd zu. »Aber ja. Lass uns zuerst unsere Sachen ins Haus tragen. Dann hole ich Holz herein, und wir heizen den Kamin an.«

»Und wo schlafe ich?«, fragte Anna und schaute sich erwartungsvoll im Haus um.

»Vielleicht willst du ja in meinem alten Mädchenzimmer übernachten? Es liegt unterm Dach, und ich fand es immer sehr gemütlich. Sobald der Kachelofen an ist, zeige ich dir alles, einverstanden?«

Entlang der Wand des Anbaus, geschützt vom überstehenden Dachvorsprung, stapelte sich perfekt gespaltenes Feuerholz meterhoch – frieren würden sie schon einmal nicht! Glücklich legte Florentine ein Scheit nach dem anderen in ihren Korb, als hinter ihr eine Männerstimme ertönte.

»Bist du's oder bist du's nicht?«

Sie drehte sich um und blinzelte. »Moritz?«

Der Mann, ein hünenhafter Mitvierziger mit markanten Gesichtszügen, nickte grinsend. Im nächsten Moment stieg er über die niedrige Hecke, die das Nachbargrundstück von ihrem trennte, kam auf Florentine zu und umarmte sie.

»Sag mal, was machst du denn hier? Ich dachte gerade, ich sehe einen Geist ...«

Florentine lachte. »Dann ging es dir wie mir. Ich habe dich im ersten Moment gar nicht erkannt.« Stirnrunzelnd zeigte sie auf Moritz' glatzköpfigen Schädel. »Was ist mit deinem Zopf passiert?«

Moritz' Irokesenfrisur mit dem langen schwarzglänzenden Zopf am Hinterkopf war in Gönningen lange Zeit ein Thema gewesen. »Weibisch« und »versponnen« hatten die Erwachsenen geurteilt, die jungen Mädchen jedoch waren allesamt der Ansicht, dass Moritz aussah wie der junge Winnetou. Es gab kaum eine, die nicht für ihn geschwärmt hatte, einschließlich ihr, Florentine. Doch Moritz hatte die Dorfmädchen links liegengelassen. Soweit Florentine wusste, hatte er sich erst während des Studiums verliebt und dann später in München geheiratet.

Moritz zuckte mit den Schultern. »Du weißt doch, wie das bei uns Männern ist. Erst werden sie grau, dann spärlich. Und irgendwann hatte ich genug von dem Elend. Außerdem finde ich, dass mein neuer Style ganz gut zu meinem Beruf als Schriftsteller passt.«

»Du bist Schriftsteller?« Florentine war nun völlig verwirrt. »Aber ... hast du nicht in München Architektur studiert? Und hattest du dort nicht sogar ein eigenes Büro?« Sie wandte sich an Anna, die in der Zwischenzeit ebenfalls aus dem Haus gekommen war. »Moritz und ich waren zusammen auf dem Gymnasium.« Sie schüttelte erneut den Kopf. »Dass wir uns hier wiedersehen ...« Dutzende von Fragen schwirrten durch ihren Kopf.

Anna war dem Wortwechsel bis dahin interessiert gefolgt. Nun sagte sie: »Mama, mir ist kalt. Soll ich schon mal versuchen, den Kachelofen anzuheizen?«

»Besser nicht!«, erwiderte Florentine eilig. »Ich zeige dir vorher lieber erst, wie das geht.«

Sie schnappte ihren Holzkorb und sagte zu Moritz: »Wir sind eine ganze Woche hier. Ich möchte das Haus ausräumen und zum Verkauf vorbereiten. Hab mir ja lange genug damit Zeit gelassen …« Sie grinste halbherzig.

»Komm doch heute Abend auf einen Sprung vorbei, dann können wir uns weiter unterhalten. Vielleicht bringst du eine Flasche Wein mit? Daran habe ich nämlich nicht gedacht, als ich unsere Vorräte einpackte.«

Der Rest des Nachmittags verging wie im Flug. Anna bestaunte die Fertigkeit ihrer Mutter beim Feuermachen, dann inspizierten sie gemeinsam das Haus. Die Küchenmöbel, das Esszimmer aus der Gründerzeit, das weinrote Kanapee im Wohnzimmer – die Möbel waren alt und abgenutzt, aber dank bester Handwerksqualität noch gut in Schuss. Florentine wäre es fast lieber gewesen, alles in einem schlechteren Zustand vorzufinden. Ein zerschlissenes Sofa auf den Müll zu werfen war jedenfalls einfacher, als ein solides schweres Möbelstück auszusortieren, das einfach nur aus der Mode gekommen war. Nun werde nicht sentimental, rügte sie sich, während sie mit ihrer rechten Hand über die Seidenvorhänge in der guten Stube strich. Dann schoss ihr durch den Kopf: Dieser Stoff hatte bestimmt einmal ein Vermögen gekostet …

In jedem Zimmer, das sie betraten, stieß Anna neue Begeisterungsseufzer aus. Die geblümten Rüschenvorhänge im Badezimmer und die dazu passende Tapete – hatte man so was schon gesehen? Und der dunkelblaue Samtsessel am Fenster mit dem kleinen runden Tischchen – was für ein hübscher Anblick!

Florentine erkannte ihre Tochter nicht mehr. »Und ich dachte immer, die IKEA-Generation kann man mit Antiquitäten nicht hinterm Ofen vorlocken.«

Anna hob tadelnd die Brauen. »Antiquitäten! Das nennt man *Shabby Chic*, Mama! Und das ist der neueste Trend.«

»Und woher weißt ausgerechnet du das?«

»Ach, Mama«, kam es gequält zurück. »Sarahs Mutter ist doch Inneneinrichterin. Wenn ich bei Sarah bin, bekomme ich zwangsläufig einiges mit. Vielleicht mache ich ja später selbst mal so etwas? Oder ich werde Designerin?«

Anna stemmte beide Arme in die Hüften und sagte: »Jedenfalls – von den Möbeln hier kommt nichts weg! Und die Kleinteile müssen wir auch genauestens durchgehen, das meiste davon ist nämlich superschön und bestimmt sehr wertvoll!«

Als wollte sie ihre Worte noch verstärken, strich sie über eine Engelsfigur aus Karlsruher Majolika.

»Wie stellst du dir das vor?«, entgegnete Florentine halb entsetzt, halb amüsiert. »Sollen wir unsere Frankfurter Wohnung mit dem ganzen Zeugs vollstopfen? Nichts da, morgen entscheiden wir bei jedem Stück, ob es verkauft wird oder gleich auf den Sperrmüll kommt. Von mir aus kannst du dir ein, zwei Erinnerungsstücke aussuchen, aber mehr nicht.«

Anna murmelte daraufhin etwas, das sich nach »Das werden wir ja noch sehen« anhörte. Florentine zog es vor, nicht nachzuhaken. Sie war froh, dass es

Anna hier einigermaßen gut gefiel, da brauchte es keinen Streit wegen irgendwelcher Kleinigkeiten.

*

Der große Kamin leistete gute Arbeit. Nach zwei Stunden war es im ganzen Haus lauschig warm. Während Anna Spaghetti mit Tomatensoße kochte, deckte Florentine den Tisch und zündete Kerzen an, die sie im Esszimmer verteilte. Zwischendurch sprang sie immer wieder ins Bad, um irgendetwas an ihren Haaren zu machen oder frischen Lippenstift aufzutragen.

Anna grinste in sich hinein. Der Besuch des Nachbarn schien Mama ja ziemlich nervös zu machen ... Eigentlich hatte sie sich ja gewünscht, den Abend allein mit der Mutter zu verbringen, aber vielleicht wurde es auch zu dritt ganz amüsant.

Anna gab noch ein wenig Cayennepfeffer in die Soße.

»... außerdem ist die Arbeit als Architekt nicht so spannend, wie viele glauben. Es ist ja nicht so, als würde man unentwegt irgendwelche aufregenden Kongresszentren entwerfen. Irgendwann sind mir die Reihenhäuser der Münchner Neubaugebiete derart auf den Nerv gegangen, dass es mir morgens schon davor gegraust hat, ins Büro zu fahren.« Moritz schob sich eine Gabel Spaghetti in den Mund.

Florentine nickte. »Das Gefühl kenne ich. In letzter Zeit hätte ich an manchen Tagen am liebsten kurz vor der Tiefgarage wieder kehrtgemacht und wäre woandershin gefahren. Egal wohin, nur nicht hoch ins Büro müssen …«

Anna schaute erstaunt auf. Ihre Mutter, das Arbeitstier, ging widerwillig ins Büro?

Auch Moritz hob erstaunt die Brauen, dann fuhr er mit seiner Geschichte fort: »Ich habe mir dann ein Jahr Auszeit genommen. Geschrieben hab ich ja schon immer gern, nun wollte ich es als freier Autor versuchen. Wäre es mir in dem Jahr nicht gelungen, einen Verlag für mindestens eins meiner Manuskripte zu finden, wäre ich ins Hamsterrad zurückgekehrt. Aber dann hat's irgendwie doch mit dem Schreiben geklappt …«

»Irgendwie hat's geklappt«, wiederholte Florentine spöttisch. »*Carlos Vargas* – dass du hinter diesem Pseudonym steckst, darauf wäre ich nie gekommen. Du gehörst doch zu den ganz Großen des Genres Krimi!«

Moritz zuckte bescheiden mit den Schultern. »Und die hast wirklich du gekocht?«, sagte er zu Anna, um von sich abzulenken. Anna nickte.

»Daumen hoch, kann ich da nur sagen.«

Anna errötete. Der Typ sah nicht nur verdammt gut aus, sondern war auch noch supernett. Wenn sie das Sarah erzählte … Sarahs Eltern waren auch geschieden, und die Mutter ihrer besten Freundin schleppte einen seltsamen Typen nach dem anderen an. Moritz hingegen war ziemlich cool.

»Noch einmal ganz von vorn anfangen …« Florentine trank einen Schluck von dem Rotwein, den Moritz mitgebracht hatte. »Wer träumt davon nicht? Aber ich glaube, dazu würde mir der Mumm fehlen. Und eigentlich macht mir meine Arbeit ja auch Spaß, nur …« Sie fuchtelte mit ihrem Weinglas durch die Luft, als wollte sie damit die passenden Worte einfangen. »Manchmal komme ich mir so ... unproduktiv vor! Immer geht es nur um die Ideen und Träume anderer ...«

Anna runzelte die Stirn. Nie hätte sie gedacht, dass ihre Mutter unzufrieden war. Der Gedanke, wie wenig sie von ihr wusste, erschreckte sie. Andererseits: Was wusste ihre Mutter schon von ihr? Von ihrer Einsamkeit an den langen Nachmittagen, an denen keine von ihren Freundinnen Zeit hatte. Von der quälenden Langeweile, die sie manchmal empfand, wenn es nichts zu tun gab, als am Küchentisch von Frau Meyer vor ihrem Laptop abzuhängen. Von dem Gefühl, eingesperrt zu sein in ihrem Hochhausapartment, lebendig begraben! Aber das alles hatte sie für sich behalten. Seit ihr Vater sie verlassen hatte, war ihre Mutter oft schon traurig genug, da wollte sie, Anna, sie nicht auch noch mit ihren Sorgen belasten. Es war eben, wie es war.

»Vielleicht ist bei dir die Zeit auch reif für etwas Neues?«, sagte Moritz.

»Wie du das sagst – als ob das so einfach wäre!«, erwiderte ihre Mutter lachend. »Was sollte *ich* schon anderes machen?«

Die Mutter sah auf einmal so verloren aus, dachte Anna. Spontan fasste sie nach Flos rechter Hand.

Moritz warf Florentine über den Rand seines Glases hinweg einen langen Blick zu.

»Jeder Mensch hat mehr als eine Fähigkeit. Vielleicht ist davon einiges im Laufe der Jahre verschüttgegangen, wurde vom Alltag aufgefressen oder so lange vernachlässigt, dass es kaum mehr spürbar ist. Aber ich bin überzeugt davon, dass du so manches Talent in dir entdecken könntest, wenn du nur intensiv in dich hineinlauschst.«

»Nun hörst du dich schon an wie der Autor eines

esoterischen Ratgebers«, spöttelte ihre Mutter erneut. »So entdecken Sie Ihr verschüttetes Selbst!«, sagte sie affektiert und untermalte ihre Worte mit einer weit ausholenden Handbewegung.

»Mach dich ruhig über mich lustig«, erwiderte Moritz lachend. »Aber dass du ausgerechnet jetzt hierhergekommen bist, ist doch kein Zufall. Die Tage zwischen Weihnachten und dem Dreikönigstag waren schon immer eine magische Zeit. Eine Zeit, um Ordnung zu schaffen, um aufzuräumen. Eine Zeit des Abschieds und des Neuanfangs. Eine Zeit, in der man den Blick in die Zukunft wagt. Deshalb heißt es ja auch, man solle in diesen sogenannten Raunächten genauer als sonst auf seine Träume achten, um nur ja kein Zeichen zu übersehen.«

Anna, die mit angehaltenem Atem zugehört hatte, platzte heraus: »Raunächte, das hört sich ja geheimnisvoll an. Davon habe ich noch nie etwas gehört. Woher wissen Sie das alles?«

»Ich habe mich schon immer gern mit altem Brauchtum beschäftigt, hier am Fuß der Schwäbischen Alb gibt es schließlich eine Menge davon. Alte Sagen, Rituale ... In meiner Bibliothek befindet sich eine Menge Literatur zu diesem Thema, wenn du Lust hast, komm doch einfach mal vorbei und leih dir was aus.«

»Nun setz meiner Tochter bloß nicht irgendwelche Flöhe ins Ohr«, erwiderte ihre Mutter streng. »Wir sind hier, um das Haus auszuräumen. Zeit für irgendwelche Träumereien habe ich wirklich nicht.«

Anna runzelte verärgert die Stirn. Was war denn falsch daran, ein wenig zu träumen?

*

Am nächsten Morgen stellten sie fest, dass es über Nacht geschneit hatte. Florentine, die zum Holzholen nach draußen ging, blinzelte staunend in die weißglänzende Pracht. So jungfräulich reinen Schnee hatte sie schon lange nicht mehr gesehen, in Frankfurt hatte er immer einen leichten Grauschleier. Wie weiße Wäsche, in die versehentlich ein Paar schwarze Socken geraten war. Unauffällig warf sie einen Blick zum Nachbarhaus, doch von Moritz war weit und breit nichts zu sehen. Wahrscheinlich schläft der Herr Schriftsteller noch, dachte Florentine und verzog den Mund zu einem kleinen Lächeln. Erst jetzt sah sie, mit wie viel Liebe zum historischen Detail Moritz sein Elternhaus renoviert hatte. Die neuen Isolierglasfenster waren den früheren Butzenscheiben genau nachempfunden, der Blütenkorb aus Stuck, bei dem sie als Kinder beim Fußballspiel eine Traube weggeschossen hatten, war perfekt aufgearbeitet worden und zierte nun die Rückwand des Hauses. Fehlende Steine in der gelben Sandsteinmauer rund um die Terrasse waren ersetzt worden. Das Haus und sein Garten strahlten etwas Ehrwürdiges und gleichzeitig sehr Gemütliches aus. Im Gegensatz dazu wirkte ihr Elternhaus wie ein ungeliebtes Waisenkind. Was es ja im Grunde auch war.

Nach dem Frühstück holte Florentine alle Aktenordner, die sie finden konnte, aus den Schränken. Von zu Hause hatte sie einen leeren Aktenordner sowie einen Stapel Trennblätter mitgebracht. Ihrer Ansicht nach war es am sinnvollsten, zuerst die Unterlagen wie Grundbucheinträge, Hausversicherungen und so weiter zu sichten und neu zu organisieren, bevor sie sich an der Einrichtung zu schaffen machte.

Anna, die ihr bei dieser Arbeit nicht helfen konnte, zog ihren E-Reader aus der Tasche und setzte sich damit in den kleinen Erker.

Eine halbe Stunde später klingelte es an der Tür. Mutter und Tochter schauten sich verwundert an. Moritz? So früh am Tag? Ärgerlich stellte Flo fest, dass ihr Herz bei diesem Gedanken schneller schlug als zuvor.

Doch es war ein junges Mädchen, das im Türrahmen stand und sich als Caroline vorstellte. Sie war die Tochter der Bäckersfrau, bei der Florentine und Anna am Vortag Kaffee und Brezeln genossen hatten, und sie wollte Anna zum Schlittenfahren abholen.

»Schlittenfahren?«, sagte Anna, als hätte die andere vorgeschlagen, in den Flieger nach Acapulco zu steigen.

»Ja und?«

»Aber ...« Verunsichert schaute Anna ihre Mutter an.

Ihre kleine Stubenhockerin! Florentine lächelte nachsichtig, sagte aber nichts.

»Was ist denn nun?«, sagte Caroline. »Ist dir das etwa zu kindisch?«

»Blödsinn!«, sagte Anna. Dann gab sie sich einen Ruck und sagte: »Ich hol nur meine Jacke, dann können wir los!«

Verdutzt schaute Flo ihrer Tochter hinterher. Anna und sportliche Betätigung? Es geschahen noch Zeichen und Wunder.

Ihr Vater war ein gut organisierter Mann gewesen, erkannte Florentine nach kürzester Zeit. Grundbuchauszüge, Grundrisse, Hausversicherungen, längst nicht mehr gültige Garantiescheine für den Rasenmäher und anderes technisches Gerät – bald hatte sie alle Unterlagen gesichtet und nach Relevanz neu geordnet. Mit ihrem Ordner würde sie beim Immobilienmakler einen guten Auftritt haben, dachte sie zufrieden. Dann ging sie in die Küche, um sich einen Kaffee zu machen. Frisch aufgebrühter Bohnenkaffee! Wie gut das duftete …

Während Florentine darauf wartete, dass der Kaffee vom Porzellanfilter in die Kanne gelaufen war, zog sie eine Schranktür nach der anderen auf. So viel Geschirr! Am besten wäre es, ein paar Kisten damit zu packen, solange Anna aus dem Haus war. Florentine hatte keine Lust, mit ihrer Tochter über jedes Milchkännchen diskutieren zu müssen. Andererseits war es Unsinn, ausgerechnet die Küche als Erstes auszuräumen, schließlich mussten sie sich hier in den nächsten Tagen noch versorgen.

Mit der Kaffeetasse in der Hand schlenderte Florentine in die gute Stube. Vielleicht hatte Anna recht und die alten Sachen waren fürs Wegwerfen wirklich zu schade, ging ihr durch den Kopf, während sie die Porzellanhunde in der Glasvitrine betrachtete. Ein Schäferhund aus Meißner Porzellan, ein Windhund aus der Königlichen Porzellanmanufaktur Ludwigsburg, ein Jagdhund von KPM in Berlin – man musste kein großer Fachmann sein, um zu erkennen, dass es sich hier um ausgesuchte und bestimmt sehr teure Sammlerstücke handelte.

Ein wenig ratlos schaute sich Florentine weiter in dem Raum um. Das weinrote Sofa hatte wirklich einen speziellen Charme. Und die Stehlampe mit dem goldenen Fuß passte ziemlich gut dazu. Dahinter das Bild mit dem Blumenstrauß … Das alles konnte sie wirklich nicht in einen Container werfen!

Florentine seufzte. So schwierig hatte sie sich die Ausräumaktion nicht vorgestellt. Vielleicht wäre es das Beste, wenn sie sich gleich im neuen Jahr an einen Reutlinger Antiquitätenhändler wandte? Tunlichst jemand, der den gesamten Hausrat kaufen würde. Das ersparte ihnen das mühevolle Sichten und Ausmisten, und sie konnten tatsächlich ein bisschen Urlaub machen. Die letzten Tage im Haus genießen …

Mit roten Wangen und völlig ausgehungert kam Anna am späten Nachmittag zurück ins Haus. Ihre Knie zitterten von der ungewohnten Anstrengung. Sie konnte nicht sagen, wie oft sie den steilen Schlittenhügel hinaufgekraxelt war! Sie konnte sich auch nicht daran erinnern, wann sie sich das letzte Mal so gut gefühlt hatte. Caro und die anderen waren allesamt supernett zu ihr gewesen! Anna verstand das immer noch nicht. Als im letzten Jahr Miriam neu in ihre Klasse gekommen war, hatten ihre Freundinnen und sie die Neue wie eine Außenseiterin behandelt. Erst nach Wochen war es Miriam erlaubt worden, sich in der Pause zu ihnen zu gesellen. Im Nachhinein musste Anna zugeben, dass ihr Verhalten ziemlich gemein gewesen war. Die Gönninger Jugendlichen jedenfalls waren da ganz anders! Sie waren neugierig gewesen, etwas über ihr Leben in Frankfurt zu erfahren, aber nachdem Anna ihre Fragen geduldig beantwortet hatte, hatten sie sie einfach wie eine der ihren behandelt, mit all den unter Jugendlichen üblichen Neckereien. Dass Anna eine

»Reing'schmeckte«, also eine Fremde war, hatte bald keine Rolle mehr gespielt. Anna freute sich schon auf morgen. Vor allem auf Marcel. Mann, hatte der Typ schöne Augen …

»Gott sei Dank, Kind! Da bist du ja endlich«, überfiel ihre Mutter sie in der Küche. »Ich habe mir schon Sorgen gemacht.«

»Wieso denn?«, erwiderte Anna lachend. »Die anderen sind immer noch auf dem Rossberg, ich bin nur heimgekommen, weil ich in meinen Jeans so jämmerlich gefroren habe. Die anderen haben alle tolle Outdoor-Klamotten, von Jack Wolfskin und so, weißt du.« Noch während sie sprach, schaute sie sich suchend in der Küche um. »Gibt's nichts zu essen?«

»Ich dachte, wir fahren heute Abend nach Reutlingen und gehen irgendwo essen.«

»Ach, Mama! In der Stadt gehen wir das ganze Jahr über so oft ins Lokal, lass uns doch lieber hierbleiben«, sagte Anna und setzte sich auf die Ofenbank. Die Wärme in ihrem Rücken tat gut.

Während ihre Mutter ein paar Brote schmierte, erzählte Anna von ihrem Tag.

»Das ist eine super Clique, in den Ferien treffen die sich jeden Tag. Und dann gehen sie zum Schlittenfahren auf dem Rossberg oder sie machen irgendetwas anderes. Die sind voll nett und voll gut drauf.«

»Aha«, kommentierte ihre Mutter trocken.

»Morgen wollen sie zum Eislaufen nach Reutlingen, und ich soll mit.« Das Schinkenbrot schon auf dem Weg zum Mund, hielt Anna inne. »Mama, darf ich?«

»Ich dachte, du hilfst mir beim Ausräumen?«

»Aber das kann ich doch hinterher noch tun, oder?«

»Okay«, sagte Florentine gedehnt. »Mich wundert

nur, dass es dich hier so sehr nach draußen zieht. Zu Hause sitzt du mit Sarah die meiste Zeit in deinem Zimmer. Oder ihr seid bei Sarah.«

»Und woran liegt das wohl?«, fragte Anna und konnte nichts gegen den leicht genervten Unterton in ihrer Stimme machen. Von manchen Dingen hatte ihre Mutter echt keine Ahnung. »Was sollen Sarah und ich auch sonst tun? Von dem bisschen Taschengeld, das ich bekomme, kann ich schließlich nicht ständig ins Kino oder zum Imbiss gehen. Und Shoppen ist schon gar nicht drin.«

»Du armes Kind«, spöttelte ihre Mutter. »Wenn du magst, können wir ja in den nächsten Tagen mal in Reutlingen shoppen gehen. Bestimmt gibt's dort auch einen Jack-Wolfskin-Laden mit coolen Anoraks!«

»Super, Mama!«, sagte Anna und fiel ihrer Mutter spontan um den Hals.

*

Nach einem gemütlichen Frühstück am Kachelofen traf sich Anna am nächsten Tag mit ihrer neuen Clique. Florentine tätigte etliche Anrufe bei Maklern und Antiquitätenhändlern, erreichte jedoch wenig, da die meisten ihre Büros und Geschäfte zwischen den Jahren geschlossen hatten. Wie es aussah, würde ihr wohl nichts anderes übrigbleiben, als mit ihren Aktivitäten bis zum neuen Jahr zu warten! In diesem Fall konnte sie genauso gut Urlaub machen, beschloss Florentine und machte es sich mit der *Wirtschaftswoche*, die sie von zu Hause mitgebracht hatte, am Kamin gemütlich.

Doch die neueste Untersuchung zur Verbraucherstimmung, die aktuellsten Trends im Bereich Konsumgüterforschung und die düsteren Prognosen bezüglich eines neuen Finanzcrashs vermochten sie heute nicht zu fesseln. Nach einer halben Stunde legte sie die Zeitschrift gelangweilt auf den Tisch. Immer dasselbe …

Florentine zog sich Mantel, Schal und Mütze an, schrieb Anna eine kurze Nachricht, für den Fall, dass diese unerwartet früh nach Hause kam, und verließ das Haus.

Ihr Weg führte sie hinaus aus dem Dorf in Richtung der Gönninger Seen. Die Sonne war gerade dabei, über die Alb zu klettern, der Schnee glitzerte golden. Florentine zog ihre Sonnenbrille aus der Tasche. Wie still und friedlich es hier war! Eine Zeitlang war nichts außer ihren Schritten und ihrem eigenen Atem zu hören. Florentine atmete tief durch.

Obwohl sie schon viele Jahre nicht mehr hier gewesen war, erinnerte sie sich noch genau an den Weg. Nach einer halben Stunde Fußmarsch hatte sie die Seen erreicht. Frostig und still lagen sie in winterlicher Kahlheit vor ihr. Wie schön war dieser Anblick im Frühjahr, wenn frisches Grün die Landschaft überzog wie ein zartes Seidentuch. Wenn auf den Streuobstwiesen weiße Blüten von den Bäumen rieselten. Wenn das junge Gras seinen unverwechselbaren Duft verströmte. Wie schade, dass sie nicht hier sein würde, um all das noch einmal zu erleben …

In ihrer Jugend hatten sie sich abends hier immer getroffen. Meist hatte jemand eine Flasche billigen Lambrusco mitgebracht, ein anderer eine Gitarre, wieder ein anderer Zigaretten. Moritz war natürlich auch mit von der Partie gewesen. Dann hatten sie geraucht, gelacht und geflirtet, was das Zeug hielt! Florentine lächelte. Ob sich die Dorfjugend heutzutage im Sommer immer noch hier traf? Annas neue Clique tat dies ganz bestimmt!

Ein wehes Sehnen zog durch Florentines Brust. War es die Sehnsucht nach einer Zeit, in der alles einfacher und weniger hektisch gewesen war?

Am Abend waren sie bei Moritz zum Essen eingeladen. Anna, müde vom Tag im Eisstadion, zog es vor, nach dem Essen wieder hinüberzugehen und noch ein bisschen im Bett zu lesen. Florentine wollte sie begleiten, doch Anna versicherte ihr, dass dies nicht nötig war. Also blieb Florentine sitzen und ließ sich von Moritz ein weiteres Glas Wein einschenken.

»Schön hast du's hier«, sagte sie und zeigte auf die gelungene Mischung aus antiken und modernen Möbeln. »Aber mal ganz ehrlich – hast du deinen Umzug von der Großstadt hierher nicht auch schon mal bereut? Ich meine, München bietet doch wesentlich mehr als Gönningen ...«

»In Reutlingen bekomme ich alles, was ich brauche. Und die nötige Ruhe fürs Schreiben finde ich hier.« Moritz lehnte sich in seinem Sessel zurück. »Wenn ich überhaupt etwas bereue, dann die Tatsache, dass ich diesen Schritt erst so spät gewagt habe. Ich hätte schon viel früher auf meine Fähigkeiten als Autor vertrauen sollen! Heute bin ich mein eigener Herr, kann mir meine Tage selbst einteilen, tue genau das, was mir gefällt, und verdiene dabei noch gutes Geld. Was will ich mehr?«

Florentine nickte. Moritz machte wirklich einen ausgesprochen aufgeräumten und zufriedenen Eindruck.

Wie wirke ich wohl auf ihn?, fragte sie sich im selben Moment. Wahrscheinlich wie eine völlig verspannte und gestresste Städterin.

»Ich war heute an den Gönninger Seen«, sagte sie unvermittelt. »Ehrlich gesagt hatte ich völlig vergessen, wie schön es hier ist.«

Moritz lachte. »Warte nur ab – bald hat der Zauber der Schwäbischen Alb auch dich gefangen genommen. Und ehe du dichs versiehst, ziehst du wieder hier ein und wir sind Nachbarn wie eh und je. Und dann trinken wir jeden Abend eine Flasche Wein zusammen. Na, wäre das nichts?«

»Wieder zurück hierher? Nie und nimmer!« Florentine lachte auf. »Was, bitte schön, sollte ich hier denn tun? Bauern bei der Gründung des nächsten Bioladens beraten?«

Moritz schaute sie amüsiert an. »Gönn dir doch ein bisschen mehr Spielraum! Wer weiß, vielleicht gibt es ja noch andere Dinge, die dir im Leben Spaß machen könnten? Die Gedanken sind frei …«

*

Der nächste Tag war ein Sonntag, und Anna traf sich erst am Nachmittag mit den anderen. Dann wollte man die große Silvesterfeier im Lokschuppen, dem heimischen Bürgerheim, besprechen. Marcel hatte versprochen, sie abzuholen, da sie ja nicht wusste, wo dieser besagte Lokschuppen war. Marcel … Anna war noch nicht ganz klar, wie sie ihre Mutter überreden sollte, sie an der Feier teilnehmen zu lassen, aber irgendwie musste ihr das gelingen, unbedingt! Ein bisschen plagte Anna dennoch das schlechte Gewissen. Konnte sie ihre Mutter ausgerechnet zum Jahreswechsel allein lassen?

Während sie noch über eine Lösung für dieses Dilemma grübelte, sagte ihre Mutter: »Dann kannst du mir heute helfen, die Packstube auszuräumen. Ich habe bisher nur einen Blick hineingeworfen, dabei aber festgestellt, dass noch Säcke uralter Sämereien herumstehen. Dazu altes Verpackungsmaterial und was weiß ich noch. Mir ist echt nicht klar, was wir mit dem ganzen alten Krempel machen sollen. Am besten bestelle ich dafür einen Müllcontainer.«

»Das bekommen wir schon hin, Mama«, sagte Anna zuversichtlich. Wenn sie fleißig mithalf, war die Mutter bestimmt milde gestimmt und würde ihr die Silvesterparty erlauben.

In der sogenannten Packstube war es kalt, und eine Heizung gab es nicht. Eingemummelt in Anorak und Handschuhe machten sich Mutter und Tochter an die Arbeit. Ausgeblichenes Packpapier, alte Samenkataloge, leere Tüten mit dem Aufdruck »Original Gönninger Samen« und »Samenhandlung Kerner« – das alles banden sie zu handlichen Bündeln zusammen, um es später in einen Papiercontainer zu werfen.

»Was ist denn das?«, fragte Anna und zeigte auf ein dünnes Holzbrett, in das kleine Vertiefungen eingelassen waren.

»Das ist eine sogenannte Keimschale«, erklärte ihre Mutter. »Hierhinein gab man früher Samen und ein wenig Wasser, dann wurde dieser Glasdeckel darübergestülpt.« Sie zeigte auf ein gläsernes Teil, das Anna bis dahin noch nicht aufgefallen war. »Nach wenigen Tagen konnte man genau erkennen, wie viele Samen aufgegangen waren, das gab Aufschluss über die Qualität des Samens. Meine Familie hat nur allerbeste Ware verkauft, alles andere mussten die Lieferanten wieder zurücknehmen.«

Wie stolz die Mutter klang, wenn sie über das ehemalige Familiengeschäft sprach! Anna beschloss, dieses Thema weiter zu vertiefen, es würde die Laune ihrer Mutter bestimmt noch mehr heben. »Warum gibt es eigentlich heute keine Samenhändler mehr?«

»Na ja, ein paar Samenhändler gibt es durchaus noch, ich schätze mal, es sind vier bis fünf Betriebe. Aber genau weiß ich das gar nicht.« Ihre Mutter schüttelte den Kopf. »Dabei waren um 1850 hier über zweitausend Menschen im Samenhandel beschäftigt, das muss man sich vorstellen …« Sie seufzte.

Anna wartete darauf, dass ihre Mutter weitersprach, doch Florentine schien auf einmal in Gedanken weit weg zu sein.

Anna gab sich ihren eigenen Gedanken hin. Was für schöne braune Augen Marcel hatte. Und wie süß er lächelte … Sarah würde große Augen machen, wenn sie ihr von ihm erzählte! Ob er sie wohl an Silvester küssen würde? Ihre Träumereien wurden von ihrer Mutter unterbrochen, die auf das große, schwere Eichenholzbüfett zeigte, dessen unzählige Schubladen mit den Namen diverser Sämereien beschriftet waren.

»Das hier war unsere Schatztruhe für ganz besonders seltene und wertvolle Sämereien. Als junges Mädchen habe ich in den Ferien immer beim Abpacken der Aufträge geholfen. Ich wusste sogar auswendig, in welcher Schublade sich was befindet. Und das Abwiegen von Hand hat mir besonders viel Spaß gemacht. Schau, diese Waage haben wir dafür genommen.«

»Die sieht ja toll aus!«, rief Anna und stellte je eins der kleinen Gewichte in die kupfernen Waagschalen. »So ein Ferienjob würde mir auch Spaß machen.«

»Tja, das waren noch Zeiten«, sagte Florentine mit einem sehnsüchtigen Seufzer. »Später wurde natürlich alles maschinell abgewogen und verpackt. Sogar eine Druckmaschine hatten wir, um unsere Etiketten zu drucken. Ach, schau, hier!« Florentine hob eine schwarze Plastikplane und zeigte auf ein großes und altmodisch anmutendes technisches Gerät.

»Ihr wart ganz schön gut ausgestattet«, sagte Anna bewundernd. Bisher hatte sie sich unter einem Samenhandel nicht viel vorstellen können, doch langsam ergab alles ein Bild für sie.

»Das stimmt, meine Familie gehörte immer zu den Ersten, die irgendeine technische Neuerung mitmachten. Aber genauso gern hat meine Mutter mir Geschichten von früher erzählt, die Traditionen wurden in unserer Familie immer sehr hochgehalten. Die Frauen waren wohl allesamt schillernde Persönlichkeiten und sehr geschickt im Verkauf! Eine von ihnen hat sogar ein Buch mit selbstgemalten Blumenbildern gestaltet. Dieses Buch konnten die Samenhändler ihren Kunden vorlegen, und so hatte der Kunde gleich eine Vorstellung davon, was aus den winzigen Samen einmal werden würde. Tja, und daraus sind dann später die bunten Sämereien-Kataloge entstanden.«

Anna nickte beeindruckt. »Und wo ist das Buch jetzt?«

»Keine Ahnung«, erwiderte ihre Mutter. »Vielleicht taucht es ja noch auf? Dann hätten wir ein wunderbares Erbstück, das wir mit nach Frankfurt nehmen könnten …«

Anna ging zur Rückwand, an der etliche große Säcke standen, und öffnete einen davon. Er war voll mit stecknadelkopfgroßen Samen, die erstaunlich frisch aussahen und würzig rochen. Gedankenverloren ließ sie eine Handvoll Samen durch ihre Finger rieseln. »Was meinst du, ob daraus noch eine Blume oder eine Pflanze werden könnte?«

»Ob der Samen noch keimfähig ist, kannst du ganz einfach testen«, erwiderte ihre Mutter und zeigte auf die Keimschale.

Anna nickte. Die Vorstellung, dass aus einem winzigen Samenkorn eine große Pflanze entstehen konnte, faszinierte sie. Sie schaute auf und sagte: »Warum haben Omi und Opi ihre Samenhandlung eigentlich aufgegeben? Und warum hast du das Geschäft nicht übernommen?«

Ihre Mutter zuckte ein wenig verlegen mit den Schultern, gerade so, als habe sie sich diese Frage schon mehr als einmal gestellt, aber keine vernünftige Antwort darauf gefunden. »Irgendwann hat sich das Geschäft einfach nicht mehr rentiert, die Aufträge gingen von Jahr zu Jahr zurück, die alten Kunden starben, und die Nachfolger hatten kein Interesse mehr am Kauf von Sämereien. Die Nachfrage bestimmt das Angebot, so ist es überall, und so war es auch hier. Heutzutage kaufen die Kunden lieber fertig gezogene Topfpflanzen im Gartencenter, als selbst mühselig Blumen aus Samen zu ziehen. Und sein Gemüse baut auch kaum mehr jemand selbst an. Der Samenhandel war irgendwann einfach nicht mehr zukunftsfähig.« In einer Geste des Bedauerns warf sie beide Arme in die Höhe.

Anna runzelte die Stirn. »Aber es ist doch wieder richtig trendy, sich sein Gemüse selbst zu ziehen! Überleg mal, in Frankfurt gibt es immer mehr Gärten auf den Dächern der Häuser. Erst kürzlich habe ich im Fernsehen einen Beitrag über das sogenannte *Guerilla Gardening* gesehen. Darin ging es um junge Leute, die heimlich über Nacht in Frankfurt Blumen anpflanzen, wo vorher eine Brachlandschaft war. Das ist doch cool, oder? Und wir ziehen unsere Kresse aus Samen auf der Küchenfensterbank.«

»Stimmt, aber ich mache das aus liebgewonnener Gewohnheit, vielleicht auch ein wenig aus Sentimentalität –«

»Und weil ein Brot mit frischer Kresse super schmeckt!«, unterbrach Anna sie.

»Das auch«, gab Florentine zu. »Trotzdem ist der Gönninger Samenhandel ausgestorben wie die Dinosaurier.«

»Aber wie kann das sein?«, fuhr Anna auf. »In jedem Samenkorn steckt Leben!«

»Da hast du recht«, sagte ihre Mutter. »Aber niemand kann die Uhr zurückdrehen.«

Oje, ihre Mutter hörte sich auf einmal sehr traurig an, befand Anna und beschloss, das Gespräch erst später auf die Silvesterfeier zu bringen.

*

Natürlich erlaubte Florentine ihrer Tochter, zu der Party zu gehen. Sie hatte zuvor mit Carolines Mutter in der Bäckerei gesprochen, und die hatte ihr versichert, dass es im Lokschuppen ganz zivilisiert zugehen würde. »Keine Drogen, kein harter Alkohol, sonst ließen wir unser Mädle bestimmt nicht gehen«, hatte die Bäckersfrau gesagt und damit Florentine beruhigt. Sie bestand jedoch darauf, Anna um halb eins am Lokschuppen abzuholen.

Florentine selbst hatte auch eine Einladung bekommen – von Moritz, der nach Reutlingen zu einer Party fahren wollte. »Komm doch mit, Sabine und Gerhard freuen sich bestimmt über einen weiteren Gast!«

Aber Florentine hatte abgewinkt. Der Gedanke, Silvester ganz allein am Kachelofen zu verbringen, erschien ihr auf einmal sehr verführerisch. Zu viele Gedanken hatten sich in den letzten Tagen in ihrem Kopf breitgemacht, vielleicht gelang es ihr in der letzten Nacht des Jahres, sie zu ordnen, so wie sie es mit den Akten im Schrank getan hatte. Dazu waren die Raunächte, wie nicht nur Moritz die Zeit zwischen den Jahren nannte, schließlich da.

Während Anna sich mit Florentines Wimperntusche die Augen schminkte, richtete Flo ein paar belegte Brote her. Eins davon schlang Anna gerade hastig hinunter, als es an der Tür klingelte. »Marcel ...«, hauchte sie entzückt und legte das angebissene Brot achtlos zur Seite.

»Dir auch einen schönen Abend!«, rief Florentine ihr hinterher, lächelte aber dabei.

Nachdem Flo ein wenig ferngesehen hatte, machte sie das Gerät wieder aus. Gedankenverloren starrte sie aus dem Fenster in die Nacht. Wie still und friedlich es hier war. So ganz anders als im hektischen Frankfurt.

Frankfurt ... Bei dem Gedanken an die Hektik und den morgendlichen Stop-and-go-Verkehr vom Vorort bis in die City lief ihr ein Schauer über den Rücken. Morgens mit dem Aufzug hoch in den Betonklotz, abends wieder hinunter und zwischendurch ein Snack im Fastfood-Imbiss. Und alles immer in Zeitnot – was für ein Leben!

Florentines Blick fiel auf die von zu Hause mitgebrachten Akten – alles Fälle, denen sie sich im neuen Jahr würde widmen müssen. Eine Restaurantkette wollte zukünftig nur noch Bio anbieten und bat um ihre Einschätzung der Erfolgschancen, ein türkischer Schneider wollte einen Online-Jeanshandel eröffnen, und dann gab es noch die Hausfrau, die ihren Traum von einer netten kleinen Boutique träumte.

Welche Träume hatte *sie* eigentlich noch?, fragte sich Florentine, während irgendwo in der Nähe ein Böller hochging. Wollte sie sich wirklich den Rest ihres Lebens mit den Geschäftsideen anderer Leute beschäftigen?

Unwillkürlich musste sie an das wohlige Gefühl denken, das sie am Vortag in der Packstube empfunden hatte. So viele vergessene Kindheitserinnerungen waren in ihr hochgekommen! Und dann der Duft der Sämereien, der nach all den Jahren noch immer in der Luft hing! Dazu die kleinen Papiertüten mit leuchtendroten Tomaten und grellgrünen Bohnen darauf – der Anblick der altmodischen Verpackungen hatte sie regelrecht gerührt.

»Der Samenhandel ist nicht zukunftsfähig«, hatte sie zu Anna gesagt. Ihre Tochter hatte sie daraufhin seltsam angeschaut. Enttäuscht und vorwurfsvoll, zumindest war es Florentine so vorgekommen. Als ob sie mit diesen Worten das Erbe ihrer Familie verraten hätte. Aber was konnte sie für den Lauf der Zeit? Die

Dinge lagen nun einmal, wie sie lagen, und daran ließ sich nicht rütteln. Käme einer ihrer Klienten zu ihr mit der Idee, sich als »Samenhändler« selbständig zu machen, würde sie ihm als Unternehmensberaterin sagen: »Der Samenhandel ist ein Relikt vergangener Zeiten. Halten Sie Ausschau nach einer zukunftsfähigen Geschäftsidee!«

Florentine runzelte die Stirn. Würde sie das wirklich sagen?

Wie oft hatte sie schon alten Traditionsunternehmen, die aus welchen Gründen auch immer kurz vor dem Ende standen, wieder Leben eingehaucht? »Tradition plus Zeitgeist« und »Das Alte bewahren und Neues integrieren« – so ähnlich lautete ihre Maxime in solchen Fällen.

Was also würde sie jemandem raten, der den Wunsch hatte, sich als Samenhändler selbständig zu machen?

Wie von Geisterhand gesteuert stand Florentine auf, nahm den Schreibblock zur Hand, auf dem sie sich die Namen der Immobilienmakler notiert hatte. Sie riss das Blatt mit den Maklern ab und legte es zur Seite. Dann begann sie sich Notizen zu machen.

Unterschiede Samenhandel einst und heute?
Sämereien modern an den Mann gebracht …
Onlinehandel als Chance?
Overheadkosten …
Tradition ja, aber mit modernem Image.
…

Anfangs war es nur Brainstorming. Ein Gedankenspiel. Das Niederschreiben der vielen Ideen, die durch ihren Kopf huschten. Doch je tiefer sich Florentine in ihr Thema verbiss, desto konkreter wurden ihre Notizen. Gab es vielleicht doch eine Zukunft für den Samenhandel?

Es war kurz vor Mitternacht, als sie von ihren Unterlagen aufschaute. Einen Moment lang wusste sie nicht einmal, wo sie war. Sie fühlte sich erhitzt, fast fiebrig. Bald musste sie los, Anna abholen. Doch noch blieb Flo sitzen, während das alte Jahr seinen Hut nahm und das neue freudestrahlend anklopfte.

Am nächsten Morgen war Anna ungewöhnlich still.

»Sag mal, hast du was auf dem Herzen? War es gestern Abend nicht schön?«, fragte Florentine besorgt. Ihre Tochter hatte doch nicht etwa einen Kater?

Aber Anna schüttelte nur stumm den Kopf.

Florentine schaute ihre Tochter mit hochgezogenen Brauen fragend an, doch als sie keine Antwort bekam, begann sie, das Neujahrsfrühstück herzurichten. Sie selbst war in bester Stimmung.

»Und dann, kurz vor Mitternacht, sind wir alle zum Marktplatz gegangen. Ihr glaubt ja nicht, was da für ein Rummel war …« Moritz lachte kopfschüttelnd auf, ehe er herzhaft in sein Lachsbrötchen biss.

»Und wie hat es dir im Lokschuppen gefallen, Anna?«, fragte er dann.

Statt zu antworten, brach Anna in Tränen aus.

Erschrocken schaute Florentine erst ihre Tochter, dann Moritz an.

»Es war so schön!«, schluchzte Anna. »So einen wundervollen Jahreswechsel habe ich noch nie erlebt …«

»Ja aber – warum weinst du dann?«, fragte Florentine verwirrt, während Erleichterung durch ihre Adern strömte. Einen Moment lang hatte sie schon befürchtet, ihrer Tochter sei irgendetwas Schlimmes widerfahren.

Mit feuchter Nase und tränennassen Augen schaute Anna sie an. »Mama, können wir nicht hierbleiben? In Gönningen ist es tausendmal schöner als in Frankfurt. Ich will nicht zurück …« Schon heulte sie wieder auf.

Moritz und Florentine wechselten einen ratlosen Blick.

»Aber Frankfurt ist doch unser Zuhause«, erwiderte Florentine. »Dort gehst du zur Schule, dort sind deine Freundinnen! Und ich habe mein Büro und meine Arbeit.«

Anna winkte unwirsch ab. »Freundinnen hätte ich hier auch«, nuschelte sie undeutlich.

»Und was ist mit Papa und euren Wochenenden?«

»Den kann ich auch von hier aus besuchen. Mama, bitte, hier hätten wir es viel schöner! Und einen Job findest du in Reutlingen bestimmt. Du hast doch vor ein paar Tagen selbst gesagt, dass dir deine Arbeit keinen echten Spaß mehr macht.«

»Und hast *du* nicht gesagt, Gönningen sei ein Bauernkaff?«

»Da hab ich mich halt getäuscht«, erwiderte Anna. »Gönningen ist echt super. Und die anderen sind voll gut drauf. Die hocken nicht die ganze Zeit vor dem PC, sondern unternehmen alles Mögliche. Und das Gymnasium in Reutlingen ist eine Ganztagsschule mit einer richtig tollen Theater-AG, sagt Marcel.«

Marcel, aha, daher wehte der Wind. Florentine konnte sich ein Grinsen kaum verkneifen.

»Also, ich würde mich freuen, euch als Nachbarn zu bekommen«, sagte Moritz und lächelte breit.

Sogleich schaute Anna ihn hoffnungsvoll an. »Vielleicht kannst du ja Mama überreden …«

»Deine Mama zu etwas überreden? Sorry, aber das versuche ich erst gar nicht! Ich bin mir jedoch sicher, dass ihr dein Wohl sehr am Herzen liegt.« Er warf Florentine unter gesenkten Lidern einen schelmischen Blick zu.

Flo hatte schon eine Erwiderung auf den Lippen, schluckte sie jedoch hinunter. Normalerweise schätzte sie es ganz und gar nicht, derart in die Ecke gedrängt zu werden, doch in diesem besonderen Fall stimmte es, was Moritz gesagt hatte: Annas Wohl ging ihr wirklich über alles.

Angespanntes Schweigen breitete sich am Tisch aus.

Tausend Gedanken rasten durch Florentines Kopf. Aufregende, gefährliche Gedanken. Vielleicht hatte Anna recht und sie konnten hier wirklich ein besseres Leben führen als in Frankfurt? Mehr Zeit zu zweit. Ein naturverbundenes, einfaches Leben ohne morgendlichen Berufsverkehr. Eingebunden in eine Dorfgemeinschaft, mit einem sehr sympathischen Nachbarn …

Sie schaute unauffällig zu Moritz hinüber, der seelenruhig noch ein Brötchen aß. Er fing ihren Blick auf und lächelte sie an.

Unwillkürlich musste auch Flo lächeln. »Ihr zwei seid echt unmöglich!«, sagte sie, dann legte sie ihre Serviette zur Seite und stand auf. Ihr Gang, mit dem sie ins Wohnzimmer hinüberging, hatte etwas Leichtes.

Ich muss verrückt sein, dachte sie.

Als sie gleich darauf zurückkam, hatte sie ihren Notizblock vom Vorabend in der Hand. Sie lachte in sich hinein, als sie das ratlose Stirnrunzeln der beiden anderen sah.

»Ob ihr es glaubt oder nicht«, sagte sie zu Anna und Moritz, »auch mir ist schon der Gedanke gekommen hierzubleiben.« Ihr Blick fiel aus dem Fenster, wo Sonnenschein dem Neujahrsmorgen ein hoffnungsvolles Strahlen verlieh. »Vielleicht hat der Samenhandel ja doch eine Zukunft? Darüber habe ich gestern Abend ein wenig nachgedacht …«

»Ja und?«, sagten ihre Tochter und Moritz wie aus einem Mund.

Florentine lächelte. »Erinnerst du dich, Anna, dass du meintest, jemand müsse den Menschen dringend das Wunder, das in einem Samenkorn verborgen liegt, wieder nahebringen? Das hat mich auf eine Idee gebracht.«

Sie schaute in zwei erwartungsvolle Augenpaare und fuhr fort: »Vielleicht ist es wirklich an der Zeit, im Samenhandel neue Wege zu gehen. Ich denke an Werbung bei Facebook und anderen Onlineportalen, überhaupt müsste man den Internethandel nutzen! Man könnte Sortimente für Leute mit nur sehr kleinem Stadtbalkon anbieten. Oder Mischungen, die auch Menschen ohne grünen Daumen ein Erfolgserlebnis garantieren. Man könnte Sämereien für Schulklassen zusammenstellen, damit die Schüler auf der Fensterbank ein wenig mit keimenden Pflanzen experimentieren können. Oder Samentütchen, speziell bedruckt mit Firmenlogos, Werbegeschenke der besonderen Art sozusagen.«

Ohne ein einziges Mal auf ihre Unterlagen schauen zu müssen, fuhr sie fort, ihre Verkaufs- und Marketingideen vorzustellen.

»Man könnte auch Samentütchen für verschiedene

Anlässe bedrucken: für Geburtstage, Hochzeitstage oder zum Valentinstag. Man könnte einen Glückwunschkartenhersteller ansprechen und ihm vorschlagen, Samentütchen auf Karten zu kleben. Dazu ein sinniger Spruch, zum jeweiligen Anlass passend … Oder mit Geschenkboutiquen zusammenarbeiten. Oder Samenmischungen fürs *Guerilla Gardening* anbieten. Sämereien, die garantiert in jeder Betonritze aufgehen! Die Kontakte zu unseren alten Samenlieferanten wären schnell wiederhergestellt. Die Räumlichkeiten sind auch da, und mit ein bisschen Glück bekämen wir sogar die Druckmaschine wieder in Gang …«

»Mama«, hauchte Anna, als Flo schließlich zum Ende gekommen war.

Moritz stieß einen anerkennenden Pfiff aus. »Wie viele Monate hast du an diesem Konzept gearbeitet? Oder waren es die sagenhaften Raunächte, die dir diese Eingebungen beschert haben?«

Florentine lachte. »Weder noch, mir war gestern Nacht einfach danach, und da habe ich ein bisschen Brainstorming betrieben. Das Ganze ist noch lange nicht ausgereift, aber …« Auf einmal war sie unsicher. Sie blinzelte erst Anna, dann Moritz an. »Meint ihr wirklich, das könnte klappen?«

»Und ob!«, kam es erneut wie aus einem Mund.

Florentine lachte überwältigt auf. »Oje, ich glaube, ich habe mich gerade um Kopf und Kragen geredet …«

War sie wirklich im Begriff, einen eigenen Traum zu träumen? Sie, die sich immer nur den Träumen anderer widmete? Ihr wurde ganz schwindlig von ihrem eigenen Mut. Gleichzeitig genoss sie das wohlige Gefühl von Hoffnung, Zuversicht und Unternehmergeist, das sich in ihrer Magengrube ausbreitete.

Sie schenkte Moritz und sich Sekt nach und goss Anna frischen Orangensaft ein.

»Wahrscheinlich erklärt mich der Rest der Welt für völlig verrückt, aber was soll's. Lasst uns auf unser neues Leben anstoßen!«

»Auf unser neues Leben!«, rief Anna und lachte glücklich.

»Auf gute Nachbarschaft«, sagte Moritz und drückte Florentine einen Kuss auf den Mund, von dem ihr noch schwindliger wurde.

»Auf unser neues Geschäft *Samenkorn* – möge es gedeihen!«, sagte Florentine und spürte, dass sie genau das Richtige tat.

Mehr über die historische Geschichte des Gönninger Samenhandels erfahren Sie in *Die Samenhändlerin* und *Das Blumenorakel.*

Das Glitzern im Wald

Waldkirch im Schwarzwald, 1. November 1904

Mit angehaltenem Atem schaute Opal ihrem Vater über die Schulter, während sie ihren Rosenkranz durch die Finger gleiten ließ. Bitte, lieber Gott, mach, dass alles gut wird, betete sie immer und immer wieder.

Ihre ältere Schwester Safir, die neben ihr stand, krallte sich so fest in ihren linken Arm, dass es weh tat. Auch ihr Blick war wie gebannt auf den Vater gerichtet.

Rubin hingegen, mit ihren dreizehn Jahren die jüngste der drei Schwestern, schaute angestrengt aus dem Fenster, als ginge sie das Geschehen im Raum gar nichts an.

Laut pfiff der Wind durch die Gassen von Waldkirch, rüttelte an den Fensterläden und huschte durch jede Ritze ins Haus. Ein Stück die Straße hinauf hatte der Sturm einen Baum gefällt, ins Scheunendach vom Fritz Kindler war er gefallen. Man konnte von Glück sagen, dass niemand darunter begraben worden war, lautete die einhellige Meinung der Nachbarn. Glück im Unglück sozusagen.

Opal fröstelte. Wie düster es heute in der Edelsteinschleiferei war! Die ganzen letzten Wochen über hatten sie goldenes Oktoberwetter genossen. Die Sonne hatte den Schwarzwald in seinem schönsten Licht erstrahlen lassen, und die Waldkircher Bürger hatten mindestens so gestrahlt. Und nun, am ersten Novembertag, ein solch bösartiger Sturm. Hoffentlich war das kein schlechtes Omen.

Heute war der Tag der Tage.

Würde es ihrem Vater gelingen, den riesigen rohen Rubin, den er ehrfurchtsvoll in seinen Händen hielt, so zu schleifen, dass all seine noch verborgene Schönheit zutage trat? Ein kleiner Fehler nur … Ach, es konnte so viel schiefgehen. Opal erschauerte. Bitte, lieber Gott …

Auch die anderen Angestellten der Schleifmühle schauten angestrengt auf den Arbeitstisch ihres Meisters Gottfried Scheible. Sie alle waren Meister ihres Fachs: Die sogenannten Ballierer waren die Ersten, die die verschiedenen Edelsteine an riesigen Schleifscheiben bearbeiteten. Böhmische Granate, Jaspis aus dem Markgräfler Land, Bergkristalle aus der Schweiz und aus Österreich und andere Steine, die Gottfried Scheible zuvor auf Edelsteinbörsen oder bei Händlern gekauft hatte. Nach den Ballierern kamen die Feinschleifer an die Reihe. An ihren Schleifmaschinen gaben sie den Edelsteinen den letzten Schliff. Jeder Stein sollte das einfallende Licht auf die bestmögliche Art reflektieren! Granate im Rosettenschliff, Bergkristalle im Treppenschliff, zu einem ovalen Cabochon oder gar einer Herzform geschliffen. Sollten die Edelsteine zu Ketten oder Rosenkränzen aufgefädelt werden, waren die Edelsteinbohrer gefordert. Besonders große Rohsteine wurden jedoch nicht durchbohrt, sondern den Hohlwerkern übergeben, die daraus wertvolle Gefäße fertigten – Trink- und Taufbecher mit aufwendigen Steingravuren oder wertvolle Schmuckschatullen.

Das Auffädeln der Edelsteine war schon immer Frauensache gewesen. Damit waren die achtzehnjährige Opal und ihre Schwestern Rubin und Safir tagtäglich beschäftigt. Sie fertigten kleine Halsketten und vor allem die Rosenkränze an. Verkauft wurden all diese Schätze an Juweliergeschäfte im ganzen Herzogtum, aber auch an die Reisenden, die neuerdings in immer größeren Scharen in den Schwarzwald kamen. Für sie hatte der Vater sogar einen hübschen kleinen Verkaufsraum eingerichtet. Auf roten und schwarzen Kissen und in Glasvitrinen wurden die Schmuckstücke den Touristen präsentiert, gut ausgeleuchtet vom Schein der Gaslaternen. Meist war es Opal, die die Reisenden fachkundig und liebenswert beriet.

Dass der Edelsteinschleifer Scheible seinen Töchtern die Namen von Edelsteinen gegeben hatte, amüsierte die Fremden sehr. Dass die drei Töchter allesamt bildhübsch waren und stets Schürzen in den Farben der Schmucksteine trugen, nach denen sie benannt worden waren – auch davon erzählten sie später zu Hause und machten so neue Kunden auf die Schleiferei neugierig. Diese kamen oft im Jahr darauf vorbei und bescherten dem Betrieb einen steten Zufluss neuer Interessenten. Die Konkurrenz unter den Edelsteinschleifereien war groß, im Laufe der Jahre schlossen immer mehr Betriebe, doch der von Gottfried Scheible wuchs stetig und bescherte Wohlstand und Freude.

Wie lange noch?, fragte sich Opal jetzt besorgt.

Noch immer saß ihr Vater reglos da und starrte den Rubin an. Opal wandte ihren Blick einen Moment lang von ihrem Vater ab und zu den anderen Edelsteinschleifern hin. Wie angespannt der Schellen-Hans aussah! Dabei war er doch normalerweise durch nichts aus der Ruhe zu bringen. Und wie nervös sich der Rauners-Karl die Hände knetete. Die bei ihnen beschäftigten Männer waren erfahrene Schleifer mit ruhiger Hand und eisernen Nerven, aber kein einziger von ihnen hätte sich an die Aufgabe gewagt, die nun vor ihrem Vater lag: aus dem herzoglichen Rubin, der so groß war wie ein Wachtelei, einen Schmuckstein zu schleifen. Je größer ein Stein war, desto größer war das Risiko, dass er beim Schleifen Schaden nahm. Und dieser Rubin war unfassbar groß. Einmal den Schleifer falsch angesetzt und –

Opal runzelte die Stirn. Bloß nicht daran denken.

Noch nie in ihrer dreihundertjährigen Geschichte hatte die Edelsteinschleiferei Scheible einen solch wichtigen Auftrag erhalten.

Opal würde diesen Tag im vergangenen August niemals vergessen …

In der Werkstatt war die Luft vom Staub der Edelsteine und der Hitze der einfallenden Sonne stickig, fast unerträglich gewesen. Rubin und sie hatten gerade Granatkugeln für Rosenkränze aufgefädelt, und immer wieder war ihr eine der winzigen Kugeln aus ihren schweißfeuchten Händen geglitten und unter die Werkbank gekullert, wo sie mühevoll danach hatte suchen müssen. Auch von den anderen Werkbänken war immer wieder ein Fluchen zu hören, die Hitze hatte die Männer ungeduldig und ihre Hände unruhig gemacht. Wie schön wäre es, jetzt hinter dem Haus einfach die Füße im kühlen Wasser der Elz baumeln zu lassen, hatte Opal bei sich gedacht. Doch dann kam ihr ihre ältere Schwester Safir in den Sinn, die wie jeden Tag seit dem Tod ihrer Mutter im Vorjahr in der Küche zugange war, um für die Familie und die Arbeiter der Werkstatt ein Mittagessen zuzubereiten. Bei dieser Hitze Rüben und Kartoffeln zu kochen war gewiss auch kein Zuckerschlecken! Dann doch lieber Granatkügelchen auffädeln …

Alle schauten erstaunt von ihren Werkbänken auf, als vor der Werkstatt plötzlich das Trappeln vieler Pferdehufe ertönte. Laute Stimmen, aufgeregte Rufe. Wer verirrte sich an einem solch heißen Tag ausgerechnet in eine Edelsteinschleiferei? Die Reisenden hielten sich an Tagen wie diesem meist an einem kühlen Bachlauf auf. Ein Granatkreuz konnte man auch noch kaufen, wenn es kühler war!

Opal und Rubin waren nach draußen gerannt, ihr Vater und ein paar der Männer waren gefolgt. Das Staunen der Ballierer und Edelsteinschleifer wurde noch größer, als sie den stattlichen Herrn erblickten, der wohl zwischen fünfzig und sechzig Jahre alt war. Auch ohne zu wissen, dass es sich bei dem Herrn um den Erbgroßherzog handelte, waren sie von der Erscheinung in der Uniform eines Generalobersts äußerst beeindruckt. So hoher Besuch bei ihnen?

Mit erstaunlicher Bescheidenheit – fast Schüchternheit – stellte sich der Erbgroßherzog vor und formulierte sein Anliegen.

»Ihr Ruf ist ausgezeichnet, ich vertraue Ihnen«, mit diesen Worten legte er den Stein ihrem Vater in die rechte Hand.

Der Rubin, im Augenblick noch ein eher unansehnlicher bräunlicher Stein, sollte das prunkvolle Mittelstück eines Colliers werden, das Erbgroßherzog Friedrich seiner Frau Hilda zum vierzigsten Geburtstag schenken wollte. Das Collier selbst war von einem der besten badischen Goldschmiede angefertigt worden. Laut der Zeichnung, die der Erbgroßherzog zusammen mit dem Stein gebracht hatte, war es eine sehr aufwendige Arbeit.

Gottfried Scheible, wie vom Schlag getroffen, betrachtete ihn kritisch. Das Schweigen, das danach folgte, kam Opal wie eine halbe Ewigkeit vor. Schließlich schaute ihr Vater auf. Ein leises Lächeln, selbstbewusst, fast triumphierend, hellte seine Miene auf, als er sagte: »Ich werde Eure Hoheit nicht enttäuschen!«

Kaum war der herzogliche Tross wieder verschwunden, erhob sich unter den Versammelten ein aufgeregtes Gemurmel. »Dieser Rubin wird mein Triumph«, sagte der Vater. »Mein Lebenswerk. Damit werde ich in aller Munde sein!«

Jeder hatte den Rubin einmal in die Hände nehmen wollen. Die Edelsteinschleifer und die Ballierer hatten dem Vater Ratschläge erteilt, wie man mit solch einem Stein umzugehen habe. Am Ende durften sogar Opal und ihre Schwestern den Stein einmal halten. Warm und fast lebendig war er Opal vorgekommen. Wie ein kleines Tier, das es sich in ihren Handinnenflächen gemütlich machte.

»Einmal ein Schmuckstück mit solch einem Rubin tragen zu dürfen …«, hatte Safir geseufzt.

Ihr Vater hatte laut gelacht und gemeint, dass sie sich die schönsten Edelsteine aussuchen durften, wenn er mit diesem Auftrag erst einmal fertig war.

Danach hatte er verkündet, dass er sich nun ganz in den Stein vertiefen wolle, bevor er an die Bearbeitung denken könne. Seitdem hatte er den Rubin nicht mehr aus der Hand gegeben.

Doch nun waren es bis zum Geburtstag von Prinzessin Hilda am fünften November nur noch vier Tage. Spätestens morgen erwartete der Juwelier den noch fehlenden großen Mittelstein, um damit das Collier endlich fertigstellen zu können.

Wie so oft in letzter Zeit spürte Opal, dass die Panik sie ansprang wie ein wildes Tier. Seit dem Sommer hatte ihr Vater den rohen Edelstein nun schon in seinen Händen! Täglich hatte er ihn viele Stunden lang nur angestarrt, ihn von jeder Seite studiert, ja er war regelrecht in ihn hineingeschlüpft, um ein Gefühl für die innere Kristallstruktur zu bekommen. Jede Woche war ein herzoglicher Bote vorbeigekommen, um sich nach dem Stand der Dinge zu erkundigen. Der Vater hatte ihn jedes Mal mit vagen Bemerkungen wie »Gut Ding will Weile haben« und »Gut vorbereitet ist halb gewonnen« beschwichtigt.

»Wird es dir nicht langweilig, den Stein so lange anzuschauen?«, hatte Rubin ihren Vater irgendwann gefragt. Dass sie und der Stein denselben Namen trugen, fand sie außerordentlich aufregend.

Ihr Vater hatte lächelnd erklärt: »Jeder Edelstein hat ein eigenes und sehr kompliziertes Innenleben. Seine Kristalle wachsen an Achsen heran, die sich gegenseitig kreuzen und durchdringen. Wenn ich den Schleifer ansetze, muss ich genau die richtige Stelle treffen, sonst –« Er hatte seinen Satz nicht beendet.

Atemlos beobachtete Opal nun, wie Gottfried Scheible ein letztes Mal tief Luft holte. Dann setzte er den Schleifer in Gang. Vorsichtig schob er den rohen Rubin auf der steinernen Unterlage ein wenig nach links, bevor er ihn mit dem Schleifer in Kontakt brachte.

Unwillkürlich kniff Opal die Augen zusammen. Bitte, lieber Gott ...

Das schrille Pfeifen des Schleifers war zu hören, es klang wie immer. Vorsichtig öffnete Opal die Augen wieder. Sie blinzelte einmal. Sie blinzelte ein zweites Mal.

In den Händen ihres Vaters lagen statt des wachteleigroßen Steins zwei kleine Brocken. Gleich beim ersten Kontakt mit der Schleifscheibe war der Edelstein in der Mitte zerbrochen.

Ein Jahr später

Mit schwerem Schritt ging Opal von der guten Stube hinüber in den Verkaufsraum, wo sie wie jeden Morgen die Tür aufschloss. Genauso gut hätte sie sie zugesperrt lassen können, denn nur noch selten verirrte sich ein Kunde zu ihnen. Ebenfalls wie jeden Morgen steckte sie ihren Kopf durch die Tür nach draußen. Es war ein frischer Novembermorgen, der schon eine winterliche Schärfe in sich trug. Die Straßen von Waldkirch waren menschenleer, lediglich aus einigen Häusern ertönte das schrille Pfeifen der Edelsteinschleifen, ein Geräusch, das bei ihnen selten geworden war. Nur noch freitags kam ihr ältester Edelsteinschleifer vorbei, um eine Handvoll Granate zu schleifen, die Opal und Rubin dann im Laufe der Woche zu günstigen Halsketten auffädelten. Mit ein bisschen Glück verirrte sich hin und wieder ein Reisender zu ihnen und kaufte eine der Ketten. Das Geld, das sie damit einnahmen, war zum Leben zu wenig und zum Sterben zu viel.

Seufzend lief Opal in die Küche und setzte Wasser auf, um Kräutertee zu kochen. Mit knurrendem Magen schaute sie in die Brotlade. Leer. Wovon hätte sie auch Brot kaufen sollen? Wer im Winter in den Schwarzwald reiste, zog schneereiche und bergige Regionen vor – Waldkirch war in der kalten Jahreszeit so gut wie ausgestorben. In früheren Jahren, vor der Katastrophe, war die Familie damit gut zurechtgekommen. Zum einen hatten sie stets ein gutes Geldpolster vom Sommergeschäft gehabt, zum anderen war der Vater des Öfteren nach Baden-Baden oder München gefahren, um dort ihre Waren an Juweliere zu verkaufen. Doch seit dem letzten Jahr war alles anders …

Opal strich sich über den Hals, aber das Gefühl, das ihr die Luft abschnürte, ließ sich nicht so einfach fortwischen.

»Sag bitte nicht, dass kein Brot mehr da ist.« Rubin, die nun ebenfalls in der Küche erschienen war, klang wütend und vorwurfsvoll zugleich. Auf der Stirn der Vierzehnjährigen zeigte sich eine tiefe Sorgenfalte.

Opal schluckte. »Ich dachte, ich koche uns einen schönen Grießbrei. Mit Zucker und Zimt, das magst du doch.« Zu ihrer Erleichterung hellte sich Rubins Miene ein wenig auf. Mit zitternder Hand schüttete sie das letzte bisschen Grieß zu der aufwallenden Milch in den Topf, Zucker hingegen fand sie so gut wie keinen mehr in der Lade. Was würden sie morgen früh essen? Und übermorgen?

»Ich gehe nachher zu Vater auf den Friedhof, kommst du mit?«

Wie erwartet verneinte Rubin. Sie hatte das Grab noch kein einziges Mal besucht, doch statt sie dafür zu rügen, ließ Opal sie gewähren.

»Ich möchte lieber Safir besuchen, bei ihr gibt's wenigstens immer etwas zu essen.«

»Als ob das ein Katzensprung wäre«, sagte Opal gepresst.

Die älteste der drei Schwestern hatte im Sommer einen wohlhabenden Waldbauern geheiratet und lebte inzwischen fünfzig Kilometer entfernt im Hochschwarzwald auf einem ansehnlichen Gut. Seitdem führte sie ein Leben, das völlig anders war als ihr früheres. »Und das ist auch gut so«, sagte sie bei jeder sich bietenden Gelegenheit. »Die Edelsteine haben uns doch nur Unglück gebracht.«

Tief in Gedanken versunken verzehrten die Schwestern ihr Morgenmahl. Der Brei war so trocken, dass er an Opals Gaumen kleben blieb. Angewidert warf sie den Löffel auf den Tisch.

»Was meinst du, soll ich es machen wie Safir und heiraten? Dann hätte das Elend hier ein Ende. Der Sohn von Karl Merkel hat ein Auge auf mich geworfen, wenn ich dem ein wenig schöntue, könnten schon bald die Hochzeitsglocken klingen.«

Rubin schaute sie entgeistert an. »Den jungen Merkel willst du heiraten? Hast du nicht jahrelang behauptet, der sei dumm wie Bohnenstroh? Und willst du dein Leben in einer Getreidemühle verbringen?«

»Immerhin hätten wir dann stets genügend Brot im Haus«, erwiderte Opal gelassen. »Im Ernst. Wenn ich ihn heirate, würde es uns nicht schlecht ergehen ...«

»Uns?«

Opal nickte. »Du würdest natürlich bei uns wohnen, das ist doch klar.«

»Heiraten, um versorgt zu sein – von dir hätte ich das am allerwenigsten erwartet!«, rief Rubin voller Abscheu. »Und was soll aus dem Haus hier werden? Die Edelsteinschleiferei Scheible gibt es seit Jahrhunderten. Und nun soll alles aus und vorbei sein? Wenn du schon heiraten willst, dann bitte einen Edelsteinschleifer, der uns dabei hilft, das Erbe zu bewahren.« Sie machte eine ausholende Handbewegung, mit der sie das Haus und die stillgelegte Edelsteinschleiferei einschloss. »Zuerst lässt Vater uns im Stich, und nun willst du es ihm gleichtun.«

»Davon kann nun wirklich keine Rede sein! Hast du vielleicht eine bessere Idee?«, fuhr Opal auf. »Der Winter steht vor der Tür, und unser Geldpolster vom Sommergeschäft ist längst aufgebraucht. Vaters Beerdigung …« Opal schüttelte den Kopf. »Ich hätte nie gedacht, dass Sterben so teuer ist.«

»Allem Anschein nach hat Vater auch nicht daran gedacht, als er sich den Strick nahm, um sich oben auf dem Dachboden aufzuhängen. Und wie es mit uns weitergehen soll, war ihm wohl auch völlig egal«, sagte Rubin bitter.

Opal schwieg. Noch heute, ein Jahr nach Vaters Freitod, wusste sie nicht, welches Gefühl in ihr überwog: die Trauer um seinen Tod oder die Wut darüber, dass er sich den Folgen seiner Niederlage auf diese Art entzogen hatte.

Mit dem herzoglichen Rubin war auch Gottfried Scheible zerbrochen. Aus dem stolzen und selbstbewussten Edelsteinschleifer wurde ein Häufchen Elend, aus dem erwarteten Triumph die größte Niederlage. Zum Herzog zu gehen und seine Schmach eingestehen zu müssen war zu viel für Gottfried Scheible gewesen. Noch am selben Tag, an dem das Unglück passierte, hatte er sich das Leben genommen. Es war Safir gewesen, die ihn fand.

Opal und ihre Schwestern hatten keine Zeit zum Trauern. Der Vater war noch nicht unter der Erde gewesen, als Opal und Safir nach Karlsruhe reisen mussten, um das Drama zu erklären. Mit zitternder Hand hatte Opal dem Herzog die zwei Rubinstücke zurückgegeben. Der Erbgroßherzog hatte sie fassungslos angeschaut und wollte ihnen zuerst gar nicht glauben. Der Rubin zerbrochen? Der Edelsteinschleifer tot? Das war doch sicher nur ein böser Scherz? Opal und Safir hatten mit gesenkten Häuptern verneint. Wenigstens hatte der Herzog keinen Regress eingefordert. Beim Edelsteinschleifen konnte selbst dem versiertesten und sorgfältigsten Handwerker ein Missgeschick unterlaufen. Dieses Risiko musste der Besitzer eines Steines in Kauf nehmen, so lautete ein uraltes ungeschriebenes Gesetz. Und weil dem so war, hätte Gottlieb Scheible sich zwar den Spott seiner Kollegen anhören müssen, aber verteufelt hätte ihn wegen seines Fehlers gewiss niemand. Dass ihm ausgerechnet dieser wertvolle Stein zerbrach, war unglücklich, aber doch kein Grund, sich umzubringen!

Doch genau das hatte ihr Vater getan. Und die Leute nahmen es ihm übel. Sich das Leben zu nehmen, das einem der Herrgott geschenkt hatte – in den Augen der Schwarzwälder war das die größte Sünde von allen.

Opal und Safir hatten mit Engelszungen auf den Pfarrer einreden müssen, damit er den Vater überhaupt auf geweihtem Grund zu Grabe trug. Nur eine Handvoll Menschen waren zu seiner Beerdigung erschienen – mit einem Selbstmörder wollte niemand etwas zu tun haben. Dass die drei Töchter nichts für die Feigheit des Vaters konnten, übersahen die Leute in diesem Moment.

Ohne den väterlichen Geschäftssinn, ohne sein Geschick beim Einkauf der Edelsteine waren die Kosten gestiegen und die Umsätze rapide gefallen. Alte Kunden blieben fort, und selbst die Reisenden, die von dem ganzen Unglück eigentlich nichts wissen konnten, mieden das Haus, als hätte jemand ein Pestzeichen daraufgepinselt. Das hübsche Verkaufszimmer verwaiste, und der Berg an geschliffenen und gebohrten Edelsteinen wuchs immer weiter an. Opal und ihre Schwestern waren reich an Steinen, aber arm an Geld. Safir, die mit der neuen Situation am schlechtesten zurechtkam, flüchtete sich in die Ehe. Zurück blieben Opal und Rubin.

Im Spätsommer schließlich war Opal nichts übriggeblieben, als ihre langjährigen Angestellten zu entlassen. Nun schlugen sie sich alleine durch, unterstützt nur noch von Josef, der sich immer freitags an die Arbeit machte. »Ein Teller Suppe reicht aus«, hatte er geantwortet, als Opal den alten Edelsteinschleifer nach seinen Lohnforderungen fragte.

»Ich weiß doch auch nicht, was richtig und was falsch ist. Aber wir lassen uns nicht unterkriegen, wir nicht, niemals!«, sagte Opal jetzt über den Frühstückstisch hinweg zu ihrer Schwester. Sie ergriff Rubins rechte Hand und drückte sie aufmunternd.

»Wir nicht, niemals!«, wiederholte Rubin, und es klang wie ein Kampfruf. »Aber eins sag ich dir gleich: Als Magd oder Küchenhilfe verdinge ich mich nicht. Es muss uns irgendwie gelingen, das Altbewährte aufrechtzuerhalten. Wir sind Töchter eines Edelsteinschleifers, und das bleiben wir auch!«

Das Altbewährte erhalten? Opal schaute ihre Schwester fasziniert und verwundert zugleich an. Für eine Vierzehnjährige redete Rubin ziemlich klug daher. Oder sollte man eher sagen altklug?

Sie trank einen Schluck Kräutertee.

»Die Frage ist nur, wie wir den Winter überstehen. Jetzt kommt niemand mehr nach Waldkirch. Wenn wir unsere Waren verkaufen wollen, müssen wir dorthin, wo wir Käufer finden!«

Rubin runzelte die Stirn. »Aber kostet Reisen nicht viel Geld? Wir müssen übernachten, in Gasthöfen essen, und wenn wir mit dem Zug oder der Postkutsche fahren, auch noch die Billetts bezahlen.«

»Wir dürften halt nicht allzu weit fortfahren«, erwiderte Opal. »Eine Verkaufsreise nach München oder Baden-Baden, so wie Vater sie früher getätigt hat, ist ausgeschlossen. Wir müssten versuchen, unsere Granatketten und die Rosenkränze in der näheren Umgebung zu verkaufen.«

Für einen langen Moment herrschte nachdenkliches Schweigen.

»Ich glaube, ich habe eine Idee«, murmelte Opal schließlich. »Was würdest du davon halten, wenn wir unser Bündel packen und zu Safir fahren? Der Bauernhof ihres Mannes liegt auf tausend Meter Höhe im Schwarzwald, wo die Leute Ski fahren und Schneeschuhwanderungen machen.«

»Wir könnten bei Safir übernachten und versuchen, unsere Schmuckstücke in kleinen Hotels und Pensionen zu verkaufen«, hauchte Rubin entzückt. »Und dann kommen wir mit Taschen voller Geld zurück.« Sie lachte auf. »Womöglich können wir sogar unsere Arbeiter wieder einstellen?«

Wenige Tage später machten sich die beiden jungen Frauen schwer bepackt auf den Weg in den Hochschwarzwald. Im Gepäck hatten sie nicht nur eine große Auswahl an Schmuckstücken, sondern auch ihre Festtagstrachten. Zu Opals Tracht gehörte eine cremefarbene Schürze, zu Rubins eine rubinrote. Reisende mochten das Urtümliche am Schwarzwald, und die Schwestern hatten vor, auf ihre zukünftigen Kunden den bestmöglichen Eindruck zu machen.

Das Wiedersehen mit ihrer ältesten Schwester war herzlich. Sie fielen sich um den Hals, lachten und weinten zur selben Zeit und wollten voneinander wissen, was in letzter Zeit hier wie dort vorgefallen war. Und auch ihr Schwager, dem Opal bisher eher mit zurückhaltender Skepsis gegenübergestanden hatte, war ausgesprochen freundlich. Während des Abendessens, bei dem sich Opal und Rubin zum ersten Mal seit Wochen wieder satt essen konnten, riet er ihnen: »Besucht den ›Ochsen‹ in Menzenschwand! Und die ›Krone‹ in Titisee. Und dann könnt ihr es noch beim Seewirt vom Schluchsee versuchen.«

Opal schrieb sich alle Adressen sorgfältig auf.

»Aber das schönste Schmuckstück von allen, das kaufe ich gleich hier und jetzt«, sagte ihr Schwager. Fast ehrfürchtig legte er dann das aufwendige Granatcollier Safir um den Hals, woraufhin diese ihren Mann stürmisch küsste.

Opal schaute verlegen zur Seite. Allmählich verstand sie, dass Safir nicht allein eines besseren Lebens wegen, sondern aus echter Zuneigung geheiratet hatte.

»Was wollen Sie? Schmuck verkaufen?« Die Ochsenwirtin schaute die beiden jungen Frauen mit in die Seite gestemmten Armen an. »Da wäre ich ja schön dumm, wenn ich das zuließe!« Sie lachte. »Mein Alois macht hübsche Holzschnitzarbeiten, die werden bei uns im Speisesaal ausgestellt. Wenn unsere Gäste ihr Geld für etwas ausgeben, dann bitte schön dafür!«

Mit diesen Worten knallte sie Opal und Rubin die Tür vor der Nase zu.

Niedergeschlagen machten sich die beiden jungen Frauen wieder auf den Weg. Das war nun schon die dritte Abfuhr, die sie an diesem Tag kassierten. Doch so klare Worte wie die Ochsenwirtin hatte bisher niemand gefunden. Die anderen Gastwirte, die sie mit ihrem Anliegen aufgesucht hatten, waren ein wenig höflicher gewesen. »Wir haben leider keinen Platz!«, hieß es beim einen. Und beim anderen: »Unsere Gäste sind allesamt sportliche Skifahrer, die haben bestimmt kein Interesse an Schmuck.« Auch »Der Goldschmied am Ort ist mein Bruder« hatten Opal und Rubin hier in Rombach zu hören bekommen.

»Und nun?«, fragte Rubin mutlos.

»Nun trinken wir erst einmal eine heiße Schokolade«, sagte Opal und zeigte auf ein kleines Café, dessen Scheiben so beschlagen waren, dass man kaum hineinschauen konnte. »Bärbels Café« stand in geschwungenen Lettern über der Eingangstür. Eigentlich konnten sie sich solch einen Luxus gar nicht leisten, doch sie hatten eine kleine Aufmunterung dringend nötig.

Das Café war winzig klein und besaß nur fünf Tische. Opal und Rubin hatten Glück, dass gerade einer davon frei wurde. Eilig setzten sie sich auf die noch warmen Stühle. Opal war so durchgefroren, dass sie ihre Füße in den dicken Stiefeln kaum mehr spürte.

Die Wirtin, eine hübsche junge Frau mit roten Wangen, schien Opals Frösteln zu bemerken. Als sie an ihren Tisch kam, brachte sie nicht nur ihren Bestellblock mit, sondern auch noch eine Decke für die beiden jungen Frauen. »Wenn Sie sich die über die Beine legen, werden Sie schneller wieder warm«, sagte sie.

Opal und Rubin lächelten dankbar, dann bestellte Opal die heiße Schokolade.

»Darf's auch ein Stück Kuchen sein?« Die Wirtin zeigte auf die Theke, auf der eine einladende Auswahl an Kuchen stand.

Opal lief beim Anblick der süßen Köstlichkeiten das Wasser im Mund zusammen. Trotzdem sagte sie: »Heute nicht, danke schön. Aber wenn wir mit unserem Geschäft doch noch erfolgreich sein sollten, kommen wir wieder und probieren alle Kuchen und Torten, die Sie haben.«

Kurze Zeit später kehrte die junge Wirtin mit zwei Bechern dampfendem Kakao zurück. In der anderen Hand trug sie außerdem einen Teller mit einem kleinen Stück Kuchen.

»Zum Probieren«, sagte sie freundlich. »Der Nusskuchen passt so gut zur heißen Schokolade.«

Zu Opals Erstaunen setzte sich die junge Frau dann zu ihnen an den Tisch. »Im Augenblick sind alle Gäste versorgt, ich habe also einen Moment Zeit. Sie dürfen es mir gern sagen, wenn ich Ihnen zu aufdringlich erscheine, aber mich würde sehr interessieren, von welchem Geschäft Sie vorhin sprachen. Wissen Sie, auch ich habe mich erst kürzlich getraut, dieses Café zu eröffnen. Ein großes Wagnis, aber es hat sich gelohnt.« Der Stolz in der Stimme der jungen Frau war nicht zu überhören. »Hier in der Gegend gibt es etliche junge Frauen, die ihr eigenes Geschäft betreiben, müssen Sie wissen.«

Nun ja, ganz so weit war es bei ihnen ja noch nicht, dachte Opal. Um ein wenig Zeit zu schinden, trank sie genussvoll einen Schluck des cremig-süßen Kakaos, dann begann sie zu erzählen. Von ihrer Edelsteinschleiferei. Davon, dass Rubin und sie Waisen waren und es an ihnen lag, den Betrieb zu retten oder damit unterzugehen. Und von ihren bisherigen Misserfolgen erzählte sie auch.

Die junge Wirtin hörte aufmerksam zu. Zwischendurch sprang sie einmal auf, um an einem Tisch zu kassieren.

»Ich habe genau die richtige Adresse für Sie!«, sagte sie, als sie anschließend zu ihnen zurückkam. »Oberhalb von Rombach gibt es ein Hotel, es trägt den ungewöhnlichen Namen ›Kuckucksnest‹. Rosanna Moritz, eine Frau in meinem Alter, hat es vor wenigen Jahren eröffnet. Es ist ein wirklich magischer Platz …« Die Augen der Wirtin glänzten. »Rosanna Moritz hat eine ganz besondere Ausstrahlung, sie verzaubert die Menschen, die zu ihr kommen. Jeder fühlt sich bei ihr wie zu Hause. Ich kann mir zwar eine Übernachtung im ›Kuckucksnest‹ nicht leisten, aber wann immer es meine Zeit zulässt, gehe ich hinauf auf den Berg, trinke einen Schoppen und plaudere ein bisschen mit Rosanna. Danach fühle ich mich, als hätte ich einen erholsamen Urlaub hinter mir.« Die Frau lachte vergnügt.

»Das hört sich wirklich interessant an«, sagte Opal.

»Aber wie kommen Sie darauf, dass ausgerechnet diese Frau Moritz uns mit offenen Armen begrüßt?«

Es war Nachmittag, als Opal und Rubin den Berghof »Kuckucksnest« schließlich erreichten. Bärbel, die Wirtin des kleinen Cafés, hatte nicht übertrieben, als sie sagte, der Ort sei ein magischer Platz, dachte Opal, während sie über die Hochfläche auf den Berghof zuliefen, in dem das Hotel untergebracht war. Hier oben lag schon Schnee, das Haus mit seinem dunklen Schindeldach wirkte darum noch imposanter. Die vielen Fenster glänzten wie Augen, die ihnen verheißungsvoll zuzwinkerten. Die Fensterbänke waren allesamt mit Tannenreisig und dicken Zapfen geschmückt, so wie man es sonst nur im Sommer mit Geranien und anderen Blumen tat. Hinter den Fenstern erkannte Opal geblümte Vorhänge, die üppig gerafft waren. Rosanna Moritz hatte wirklich ein Auge fürs Detail, ging es Opal bewundernd durch den Sinn. Dieser Eindruck verstärkte sich beim Näherkommen noch, als sie erkannte, dass links und rechts vom Eingangsportal zwei riesige Kerzen brannten. Das Kerzenlicht wirkte heimelig und einladend. Hier musste man sich als Gast einfach willkommen fühlen.

Im nächsten Moment erblickte Opal ein Stück weiter rechts ein seltsames Gestell aus metallischen Verstrebungen, die in den Boden gerammt waren und zwischen denen ein dickes Eisenseil gespannt war.

»Schau mal, das ist bestimmt einer dieser neuen Skilifte, über die die Leute so viel erzählen«, sagte sie zu Rubin. »Er führt vom Tal unten bis hierherauf.« Rosanna Moritz verstand es allem Anschein nach nicht nur, ihren Gästen ein gemütliches Heim zu bieten, sondern auch noch den neuesten technischen Komfort.

»Und guck mal, da drüben, die kleine Hütte!« Rubin wies mit ihrem Kinn in Richtung eines aufwendig mit Schnitzereien verzierten Unterstands, vor dem ein kleines Lagerfeuer brannte. Skifahrer und Wanderer, in dicke Jacken eingemummelt, standen um das Feuer herum, wärmten sich die Hände und tranken etwas aus dickwandigen Tassen. Die Stimmung war ausgelassen, immer wieder perlte frohes Gelächter durch die Winterluft.

»Die Leute scheinen sich hier oben wirklich sehr wohl zu fühlen ...«

»Das würde mir genauso gehen«, sagte Opal und seufzte sehnsüchtig. Vielleicht waren sie hier wirklich an der richtigen Adresse?

»Hier ist unsere Bibliothek, die Gäste dürfen sich die Bücher ausleihen. Das hier ist das Spielezimmer – Schach und Kartenspiele, alles ist vorhanden. Und hier ist unser Salon mit dem schönen Flügel.«

Entgeistert starrte Opal das schwarzglänzende Instrument an. »Wie um alles in der Welt haben Sie den Flügel auf den Berg hinaufgebracht?«

Rosanna Moritz zuckte lächelnd mit den Schultern. »Fragen Sie lieber nicht ... Wir haben jede Woche einen anderen Pianisten zu Besuch, der dann für unsere Gäste spielt. Die Abende hier oben auf dem Berg sind dunkel und lang, das empfinden vor allem die Städter schnell als ungemütlich. Doch ein wenig Musik verzaubert jeden Abend«, erklärte die junge und sehr attraktive Hotelwirtin, während sie Opal und Rubin durch etliche Räume des Hotels in ihr Büro führte.

Dort bat sie die beiden, Platz zu nehmen. Konzentriert und interessiert zugleich hörte sie sich dann Opals Anliegen an.

»Sie wollen also in meinem Hotel Schmuck verkaufen …«

Opal nickte. Bitte, lieber Gott, mach, dass die Zweifel aus Rosanna Moritz' Stimme verschwinden.

»Und diesen Schmuck stellen Sie zu Hause in Ihrer Werkstatt her?«

»Schon von Kindesbeinen an«, bestätigte Rubin. »Mein Vater hat meinen Schwestern und mir nicht umsonst die Namen von Edelsteinen gegeben, wir verstehen etwas von unserem Fach.«

»Aber …« *Wir fädeln die Steine doch nur auf!*, wollte Opal widersprechen, doch dann schluckte sie ihre Worte hinunter. Vielleicht half ihnen die kleine Flunkerei ja weiter. »Unser Betrieb hat eine jahrhundertealte Tradition, und nach dem Tod unseres Vaters wollen meine Schwester und ich diese Familientradition gern fortsetzen«, fügte sie hinzu.

»Das hört sich sehr aufregend an«, sagte Rosanna Moritz. »Ich –« Sie brach ab, weil es an der Tür klopfte. Eine wenig attraktive Frau steckte ihren Kopf herein. »Rosanna, es gibt ein Problem.«

»Jetzt nicht, Simone«, sagte Rosanna freundlich, aber bestimmt.

Die andere Frau runzelte die Stirn, verschwand jedoch wieder.

»Ich könnte mir durchaus vorstellen, dass Sie Ihren Schmuck hier im ›Kuckucksnest‹ anbieten«, nahm Rosanna Moritz den Faden wieder auf. »Ihre Granatketten und Rosenkränze sind wunderschön. Sie erinnern mich von der Farbe her an die Himbeeren, aus denen wir unseren Schnaps brennen.« Sie lachte auf. »Unsere Gäste nehmen gern ein Stück Schwarzwald mit nach Hause, sei es eine Flasche mit Schnaps oder ein Glas Marmelade. Bestimmt würde der eine oder andere auch Edelsteinschmuck kaufen.«

Opal und Rubin tauschten einen hoffnungsvollen Blick.

»Aber ein Verkaufsstand kommt nicht in Frage, mir schwebt vielmehr etwas ganz Besonderes vor …«

»Und was?«, fragte Opal aufgeregt. Rosanna Moritz hatte wirklich eine spezielle Art, einen in ihren Bann zu ziehen.

Die schöne Hotelwirtin ließ ihren Blick aus dem Fenster schweifen und sah dann wieder die Schwestern an, bevor sie sagte: »Nun, unsere Gäste erwarten stets das Besondere, und das dürfen sie auch, weil sie selbst etwas Besonderes sind. Bei uns kehren viele Geschäftsleute ein, aber auch schwer arbeitende Handwerker, Schauspieler, Maler, Bildhauer … Sie alle haben einen Blick für das gewisse Extra. Und sie alle schätzen ehrliche und qualitativ hochwertige Handarbeit.« Rosanna Moritz' Augen blitzten vor Begeisterung. »Ich stelle mir das so vor: Sie müssten Ihre Werkstatt zumindest zeitweise hierherauf auf den Berg verlegen. Ich würde dafür in einem der Nebengebäude einen geeigneten Raum herrichten lassen. Gemütlich sollte diese Schauwerkstatt sein, hell ausgeleuchtet, so dass die Gäste Ihnen genau auf die Hände schauen können, wenn Sie die Edelsteine durchbohren und zu Ketten weiterverarbeiten. Ihre Granate und Achate würden so manchem Regentag ein bisschen Farbe verleihen. Wer weiß – vielleicht hat der eine oder andere Gast sogar Lust, sich selbst als Edelsteinschleifer zu versuchen?«

Rosanna schien von ihrer Idee sehr angetan. »Wir könnten auch einen Tisch und ein paar Stühle in die Werkstatt stellen. Dann lassen sich die Hotelgäste dort nieder und treffen in aller Ruhe aus verschiedenen Schmuckstücken ihre Wahl. Und sehen Ihnen bei der Arbeit zu. Ehrlich gesagt, auch ich habe noch nie beobachtet, wie ein Edelstein geschliffen wird.«

»Aber –«, hob Rubin an.

»Edelsteine schleifen können wir hier oben nicht«, fiel Opal ihr ins Wort. »Dafür benötigt man eine große Schleifscheibe, die von starker Wasserkraft angetrieben wird, so wie wir sie in unserem Haus direkt an der Elz haben.«

Rosanna Moritz lächelte milde. »Das ist kein Problem. Haben Sie den reißenden Bergbach links vom Hotel nicht gesehen? Und eine Schleifscheibe und alles, was Sie sonst noch benötigen, bringen Sie einfach mit.« Sie nahm einen Kalender zur Hand, blätterte darin und sagte: »Wenn meine Handwerker sich bemühen, könnten wir Ihre neue Werkstatt bis zum Beginn der Adventszeit fertigstellen. Das würde bedeuten, dass Sie reichlich Weihnachtsgeschenke verkaufen, und ich hätte für die Weihnachtszeit eine neue Attraktion in meinem Hotel. Und wenn alles so läuft, wie wir es uns vorstellen, denken wir im Januar über eine dauerhafte Zusammenarbeit nach.«

»Aber –«, hob Rubin erneut an.

»Schlafen werden Sie natürlich bei uns im Hotel, unterm Dach habe ich noch eine hübsche Kammer frei.«

Rubin schaute verzweifelt zu Opal hinüber, doch die hielt Rosanna Moritz ihre rechte Hand hin. »Abgemacht!«

»Bist du völlig verrückt geworden? Wir können doch gar keine Edelsteine schleifen!«, überfiel Rubin ihre Schwester, kaum dass sie das Hotel verlassen hatten.

»Wer hat denn mit der Flunkerei angefangen? Das warst doch du, oder etwa nicht?«, gab Opal entrüstet zurück.

»Ja schon ... Aber ich wollte uns doch nur ein bisschen interessanter machen. Hätte ich gewusst, dass Rosanna Moritz meine Worte für bare Münze nimmt, hätte ich den Mund nicht so voll genommen.« Abrupt blieb Rubin stehen und blinzelte in der untergehenden Sonne ihre Schwester an. »Das Edelsteinschleifen ist seit Jahrhunderten Männersache, noch nie hat sich eine Frau an eine Schleifscheibe gesetzt – das hätten wir ihr sagen sollen!«

»Männersache – wenn ich das schon höre«, gab Opal zurück. »Es gibt bei uns keine Männer. Der Vater ist tot, einen Ehemann haben wir nicht, ja nicht einmal einen Bruder. Wenn wir die Chance nutzen wollen, die Rosanna Moritz uns auf dem Silbertablett bietet, bleibt uns wohl nichts anderes übrig, als so schnell wie möglich das Edelsteinschleifen selbst in die Hand zu nehmen.«

»Als ob das so einfach wäre«, sagte Rubin, klang dabei aber nicht mehr ganz so ablehnend.

Opal nutzte den Moment und setzte hinzu: »Denk doch mal nach – jahrelang haben wir den Schleifern bei der Arbeit über die Schulter geschaut. Ich kenne jeden Handgriff in- und auswendig, und du doch sicher auch! Dasselbe gilt fürs Edelsteinbohren. Warum sollten wir das nicht können? Nur weil wir es noch nie versucht haben? Oder etwa, weil wir Frauen sind?«

»Und was sagen die anderen im Dorf, wenn wir uns plötzlich selbst an die Schleifscheibe setzen?«

»Das ist mir ehrlich gesagt egal«, erwiderte Opal trocken. »Als Vater sich das Leben nahm, hat sich auch keiner um uns geschert. Nicht einmal zur Beerdigung sind die Leute gekommen. Damals wurde mir klar, dass wir fortan auf uns allein gestellt sind. Das ist Fluch und Segen zugleich. Fluch, weil wir niemanden haben, der uns hilfreich zur Seite steht. Aber auch ein Segen, weil uns niemand dreinredet.«

Rubin schwieg nachdenklich. »Vielleicht hast du recht und wir sollten uns das wirklich zutrauen«, sagte sie, während schon das Dorf Rombach in Sichtweite kam. »Vielleicht können Frauen wirklich mehr als Perlen auffädeln. Diese Bärbel hat ihr eigenes Café eröffnet, Rosanna Moritz sogar ein großes Hotel, warum sollte es uns da nicht gelingen, eine Schauwerkstatt fürs Edelsteinschleifen zu führen?«

Opal schaute ihre jüngere Schwester anerkennend an. »So gefällst du mir!« Lachend fassten sie sich an der Hand. Ihre Schritte wurden schneller, sie hatten es nun sehr eilig, nach Hause zu kommen.

Mehr über das Hotel »Kuckucksnest« und seine schöne, unternehmungslustige Wirtin erfahren Sie in *Antonias Wille*.

Das Erbe der Glasbläserin

Dienstag, 1. Mai 1990, Lauscha in Thüringen

Als an diesem Tag morgens um sechs der Wecker klingelte, war alles wie immer: die angegraute Gardine, die »Wasch mich!« schrie, der Blick hinaus in den Garten mit den kümmerlichen Obstbäumen. Das Zwitschern der Waldvögel, das durchs geschlossene Fenster zu hören war. Am Fußende des Bettes meine beiden Wolfshunde, Sam und Taiga, die erwartungsvoll mit dem Schwanz auf den Boden klopften. Der Duft nach Kaffee, *echtem* Bohnenkaffee, wie meine Mutter nicht müde wurde zu betonen, der vom Erdgeschoss nach oben drang.

Ich stellte den Wecker aus, sprang aus dem Bett, bürstete meine langen braunen Haare und band sie mit einem dünnen Gummi zu einem Zopf. Duschen wollte ich wie immer erst nach der allmorgendlichen Gassirunde, also stieg ich gleich in meine ältesten Klamotten.

Mein Blick fiel auf die neue Jeansjacke, die ich mir von meinem ersten »richtigen« Gehalt geleistet hatte. Ein Stadtbummel in Coburg – vor zwei, drei Jahren wäre das wegen der Grenze noch unmöglich gewesen, heute gönnten wir uns diesen Luxus mindestens einmal im Monat. Die Jeansjacke und dazu ein sauberes Paar Jeans – ebenfalls neu – würde ich später zur Arbeit anziehen.

Vor dem Haus leinte ich die Hunde an und atmete tief die kristallklare Luft ein. Die steile Hauptstraße, die durch Lauscha führte, war um diese Zeit noch menschenleer. Auch im nahe gelegenen Wald waren Sam, Taiga und ich mutterseelenallein unterwegs. Dass die Menschen es so lange in ihren Betten aushielten, war für mich ein Mysterium. Ich stand sogar am Wochenende freiwillig mit dem ersten Hahnenschrei auf. So hatte man wenigstens etwas vom Tag!

Mit der Welt im Reinen, ging ich zwei Stunden später auf das Tor des VEB Glaskunst zu. Über den Job meckern? Das gab's bei mir nicht, ich mochte meine Arbeit und meine Kollegen. Nach drei Jahren Lehrzeit hatte ich im März meine Lehre beendet und war seitdem staatlich geprüfte Glasbläserin im »Volkseigenen Betrieb Glaskunst«. Zusammen mit fast hundert Kollegen stellten wir Glaswaren für den russischen Markt her. Die Glasbläser aus Lauscha waren schon immer für ihre Kunstfertigkeit berühmt gewesen, und ich war stolz darauf, diese Tradition fortführen zu können. Meine Urgroßeltern und deren Eltern waren Glasbläser gewesen, meine Großeltern, mein verstorbener Vater – einzig meine Mutter arbeitete in der Verwaltung des VEB Glaskunst. Wie sich jemand lieber freiwillig mit Zahlen als mit Glas und Feuer beschäftigen konnte, war mir schleierhaft. Und wenn man meiner Mutter ins Gesicht schaute, sah man darin auch nicht gerade Lebensfreude, sondern Sorgenfalten und eine Art grimmiger Resignation. In letzter Zeit erschien sie mir noch gramgebeugter als sonst, doch als ich sie fragte, ob sie etwas bedrücke, schüttelte sie nur den Kopf. Hilde Steinmann war eine Frau, die Probleme lieber mit sich als mit anderen ausmachte. Ich verstand das.

Nichts deutete darauf hin, dass an diesem Tag etwas anders sein würde als sonst. Ganz im Gegenteil, der alte Erwin rief mir grinsend aus seinem Pförtnerhaus sein »Guten Morgen, Christinchen!« zu, und als ich durch die große Halle lief, in der die Glasbläser am riesigen Schmelzofen zugange waren, brach mir wegen der Hitze wie immer der Schweiß aus. Wie jeden Tag war ich froh, unsere kleine Produktionshalle, wo jeder Arbeitsplatz mit einer eigenen Flamme ausgestattet war, zu erreichen. Ich nickte meinen Kollegen freundlich zu und hielt einen kurzen Schwatz mit meiner Freundin Edda, die zwei Reihen vor mir saß. Dann ließ ich mich an meinem Bolg, wie der Arbeitsplatz von uns Glasbläsern genannt wurde, nieder. Schon am Vorabend hatte ich mir aus der Vorratskammer die für den heutigen Tag benötigten Glasrohlinge besorgt, so dass ich gleich mit der Arbeit beginnen konnte. Kleine Glastiere – Pferde, Tiger und Elefanten – sollten heute hergestellt werden.

Ich war gerade dabei, meinen ersten Elefanten zu fertigen, als VEB-Leiter Horst Schwaneke erschien und um unsere Aufmerksamkeit bat. Ich verpasste meinem Elefanten noch schnell seinen Rüssel, dann legte ich die Arbeit nieder. Erst jetzt erkannte ich, dass neben Schwaneke meine Mutter stand. Seltsam, sie hatte beim Frühstück gar nichts von einer Ansprache gesagt … Ich wollte ihr über die Köpfe der anderen hinweg zuwinken, doch sie schaute mit versteinerter Miene stur geradeaus.

»... nach der Öffnung der Märkte ... Angebot und Nachfrage ... nicht mehr gefragt ... Preiskampf ... schweren Herzens mussten wir leider erkennen, dass unsere Produktion veraltet ... seid ihr, liebe Genossen, ab jetzt freigestellt ... Schließung ... meine guten Wünsche für eure Zukunft ...«

Wie betäubt lauschte ich Schwanekes Worten. Sie ergaben für mich in diesem Moment noch keinen Sinn. Der VEB Glaskunst sollte geschlossen werden? Das konnte doch nicht sein! Wer sollte denn dann die Glaselefanten für die Russen herstellen? Ein schlechter Witz. Ein Aprilscherz, der einen Monat zu spät kam. Alles andere konnte, durfte nicht sein. Wäre unser Betrieb von einer Schließung betroffen, hätte Mutter mich doch sicher vorgewarnt, oder etwa nicht?

»Christine, so versteh doch, ich durfte dir nichts sagen«, jammerte meine Mutter händeringend. Wir saßen am Küchentisch, auf dem noch die Tassen mit den kalten Kaffeeresten vom Frühstück standen.

Ich trank einen Schluck. Er schmeckte bitter. Und allmählich wurde mir klar, dass es sich nicht um einen bösen Scherz handelte.

»Dass es um die ›Glaskunst‹ schlecht steht, weiß ich nicht erst seit gestern. Aufträge haben wir seit Monaten so gut wie keine mehr bekommen, wir produzieren nur noch auf Halde. Aber Schwaneke hatte mich und die anderen Buchhalter auf absolute Geheimhaltung eingeschworen. Du glaubst ja nicht, was der Mann alles versucht hat, um unseren Betrieb zu retten! Von Pontius zu Pilatus ist er gerannt. Früher, da haben sich die Herren Genossen mit unserem ertragreichen VEB Glaskunst gerne geschmückt, aber plötzlich will niemand mehr für uns zuständig sein. ›Eure Waren sind zu altmodisch‹, heißt es jetzt, ›die Leute wollen moderne Westware und nicht mehr euren langweiligen Kram.‹ Und ›Glaswaren aus Taiwan sind viel günstiger …‹« Mutter wedelte hilflos mit der rechten Hand durch die Luft. »Keiner von den Schlaumeiern hatte eine Lösung für unseren Betrieb parat. Wir sollen auf einen Investor aus dem Westen warten, hieß es bei den Behörden. Wovon wir bis dahin die Gehälter bezahlen sollen, wurde uns allerdings nicht gesagt.«

»Aber vielleicht findet sich ja solch ein Investor noch?«, fragte ich hoffnungsvoll. Taiga legte ihre Schnauze auf mein Knie. Ihr Blick war noch hoffnungsvoller als meiner. Dass ihr Frauchen am helllichten Tag nach Hause kam, konnte nur einen zusätzlichen Spaziergang bedeuten.

Mutter winkte müde ab. »Schwaneke hat doch schon Anfang des Jahres Inserate in allen möglichen Zeitungen aufgegeben, in der *FAZ*, in der *Süddeutschen* und was weiß ich wo noch. *›Alteingeführter Glasbläserbetrieb in Thüringen zu verkaufen!‹* Es haben sich tatsächlich ein paar Herren gemeldet, aber seriös war von denen keiner. Der eine wollte unsere Ausrüstung kaufen, der andere einfach mal schauen, wie wir in der DDR so vor uns hinwursteln. Seine Worte! Ein Glasproduzent aus dem Bayerischen Wald war auch unter den Interessenten, er wollte wissen, ob wir ein paar außergewöhnliche Patente zu verkaufen hätten. So wie der geredet hat, hätte der als Erster den Schlüssel umgedreht!«

»Und warum suchen wir uns nicht einfach neue Kunden? Schwaneke könnte ein paar gute Verkäufer einstellen, von mir aus auch aus dem Westen, die verstehen davon doch was. Oder ... Wir könnten im Westen ein paar Geschäfte aufmachen und unsere Glaswaren dort verkaufen.« Bestimmt hatte der alte Schwaneke viel zu früh aufgegeben, dachte ich wütend bei mir.

»Ach, Christine«, sagte meine Mutter gequält. »Das Schlimme ist, dass all die Miesmacher recht haben! Schau dich doch in den Geschäften in Coburg um: Die Glaswaren, die dort verkauft werden, sind wirklich moderner und vielfältiger als unsere langweiligen Sektgläser und die nutzlosen Glastiere.«

Nutzlose Glastiere? Meine Elefanten waren wunderschön! Ich wollte gerade protestieren, als meine Mutter weitersprach: »Natürlich könnten wir auch auf modernere Artikel umstellen. Aber wir wären damit viel zu teuer. Die niedrigen Preise, zu denen wir unsere Glaswaren bisher in Osteuropa angeboten haben, waren doch nur möglich, weil der Staat uns heftig subventionierte. Ehrlich gesagt war mir schon immer schleierhaft, wie sich das alles rechnet. Aber da die Herren Genossen unsere Produktivität stets als hoch eingeschätzt haben, hatte sicher alles seine Ordnung, dachte ich. Nun aber ...« Schulterzuckend ließ Mutter den Satz ausklingen. »Mir kommt es vor, als säßen wir in einem Kartenhaus, das über uns zusammengefallen ist.«

»Oder in einem sinkenden Schiff, und keinen kümmert es, dass wir untergehen«, ergänzte ich bitter.

Die Herren Genossen, die früher das Sagen hatten, waren weg vom Fenster. Es gab auch keine Planwirtschaft mehr. Nun herrschte Marktwirtschaft, was immer das auch war.

Ich schaute auf und stellte die alles entscheidende Frage. »Und was soll jetzt aus uns werden?«

Die Ratlosigkeit im Gesicht meiner Mutter war mir Antwort genug.

Am nächsten Tag sprang ich wie gewohnt bei Sonnenaufgang aus dem Bett und machte meinen Spaziergang mit den Hunden. Als ich danach unter der Dusche stand, befiel mich ein erster Anflug von Panik. Der Gedanke, dass ich heute nicht in den Betrieb gehen würde, war fast unerträglich. Heute nicht und niemals mehr. Wie es meinen Kollegen damit wohl erging? Was machte Sieglind Scholze, die am Bolg neben mir gesessen hatte und die drei Kinder, aber keinen Mann hatte? Wie erging es Edda? Und wovon würden Mutter und ich leben, wenn das Überbrückungsgeld, das der VEB uns noch drei Monate lang zahlen wollte, ausblieb?

Mit bangem Herzen ging ich hinunter in die Küche, wo meine Mutter damit beschäftigt war, die Küchenschränke auszuräumen und mit frischem Papier auszulegen.

»Ein Großputz in deinem Zimmer wäre auch keine schlechte Idee«, sagte sie. »Schwere Hände machen ein leichtes Herz, heißt es nicht so?«

»Ich finde das alles gar nicht so schlimm«, verkündete Edda, als ich sie nach dem Frühstück besuchte. »Glasbläserin bin ich nur geworden, weil es nichts anderes gab, was ich hätte tun können. Aber mein Herz hing nie daran.«

Alles nicht so schlimm? Ich schaute Edda entsetzt an. »Was redest du denn da? Du warst doch die Beste in unserer Klasse!«

Edda zuckte mit den Schultern. »Das Glasblasen hat mir trotzdem nie richtig Spaß gemacht. Aber von allein hätte ich den Absprung wahrscheinlich nicht geschafft – dass nun alles zu Ende sein soll, sehe ich deshalb als gnädigen Wink des Schicksals.«

»Und was hast du jetzt vor?«, fragte ich stirnrunzelnd. Gegen den vorwurfsvollen Ton in meiner Stimme konnte ich nichts tun.

»Gleich nachher fahre ich nach Coburg und suche mir einen Job als Verkäuferin in einer schicken Boutique. Etwas mit Mode zu tun haben – das war schon immer mein Traum.«

Ich schwieg betroffen. Wie wenig ich von meiner besten Freundin wusste.

»Komm doch mit, du findest bestimmt auch einen Job«, sagte Edda. »Da fällt mir ein – habt ihr nicht Verwandtschaft im Westen?«

»Doch, in München«, antwortete ich. »Eine Tante meines verstorbenen Vaters lebt dort. Sie hat uns regelmäßig Westpakete geschickt. Mutter und ich wollen sie irgendwann mal besuchen.«

»Warum macht ihr das nicht jetzt? München soll eine tolle Stadt sein! Und Arbeit findet ihr dort bestimmt auch. Ich für meinen Teil kann es kaum erwarten, dieses Kaff hier so schnell wie möglich zu verlassen.«

Der Besuch bei Edda hatte mich deprimiert. Zu Hause angekommen, rief ich die Hunde und marschierte mit ihnen hinauf in den Wald. Doch heute funktionierte mein Geheimrezept gegen alle Unbill des Lebens ausnahmsweise nicht. Statt die würzige Waldluft zu genießen, schnürte mir Angst die Kehle zu. Alle paar Schritte musste ich innehalten, um wieder zu Atem zu kommen, was mir sogar die erstaunten Blicke meiner

Hunde eintrug. Den steilen Aufstieg zum Aussichtspunkt hoch oben im Wald empfand ich nicht wie sonst als sportliche Herausforderung, sondern als Sinnbild für meine Zukunft: Würde fortan alles so quälend vor sich gehen?

Endlich hatte ich die Bank am Aussichtspunkt erreicht. Erschöpft ließ ich mich darauf nieder. Mein Blick fiel hinunter ins Tal, auf Lauscha, mein Zuhause. Ein »Kaff« hatte Edda unser Dorf genannt. Was war so falsch an Lauscha?, fragte ich mich. Ich mochte das kleine Dorf mit seinen schieferverkleideten Häusern, die sich an die Berghänge anschmiegten. Vor allem im Winter, wenn die Berghänge tief verschneit waren, wirkten die Häuser vor dem weißen Hintergrund so eindrucksvoll wie ein besonders schöner Scherenschnitt. Wenn aus jedem Kamin eine kleine Wolke emporstieg, war es in unseren Glasbläserhäusern so gemütlich wie zu keiner anderen Jahreszeit. Die Winter in Lauscha waren voller Magie …

Uns Lauschaern war es selbst zu Zeiten der DDR nicht schlecht ergangen. Der SED-Überwachungsstaat mit seinen Spitzeln schien weit fort, hier oben in den Bergen hielten die Menschen noch zusammen. Und Glas war schon immer ein beliebtes Tauschobjekt gewesen. »Du brauchst ein neues Waschbecken? Gib mir zwölf Sektgläser und du bekommst eins!« »Wolle für eine neue Strickjacke willst du haben? Ich hätte welche gegen ein Dutzend Christbaumkugeln einzutauschen.« So einfach war es gewesen.

Weggehen? Allein der Gedanke erschreckte mich. Das hier war mein Zuhause! Außerdem – wie würden sich die Hunde in München oder einer anderen Großstadt fühlen?

»Etwas mit Mode machen – das war schon immer mein Traum« – plötzlich hatte ich wieder Eddas Worte im Ohr.

Und was war mein Traum?, fragte ich mich stumm.

Nun, Glas blasen – das war mein Traum! Ich wollte nichts anderes sein als eine Glasbläserin. Im Gegenteil, ich war stolz darauf, als Frau am Bolg sitzen zu dürfen! Dafür hatten sich meine Vorfahren ins Zeug gelegt, für dieses Recht hatten meine Urgroßmutter und ihre Zeitgenossinnen viel riskiert. In früheren Zeiten war das Glasblasen nämlich nur Männern erlaubt gewesen. Erst gegen 1890 hatten es die ersten Frauen gewagt, dieses jahrhundertealte Privileg der Männer zu brechen. Auch Frauen aus meiner Familie waren daran beteiligt gewesen, die Glasbläserinnen Johanna und Marie Steinmann. Beide waren jedoch nicht wie ich in einem großen Glasbläserbetrieb beschäftigt gewesen. Sie hatten ihre Glaswaren in Heimarbeit hergestellt und waren damit anscheinend ganz erfolgreich gewesen. Dank dieser Wegbereiterinnen von einst durften heute junge Mädchen die Glasbläserschule besuchen, und niemand dachte sich mehr etwas dabei.

Gedankenverloren rupfte ich einen Grashalm ab, während die Hunde sich im Gras wälzten.

Nein, ich wollte es Edda nicht gleichtun. Ich wollte nicht in irgendeinem Laden stehen und von früh bis spät T-Shirts falten. Ich wollte auch nicht in irgendeinem Büro hocken und Schreibmaschine schreiben. Genauso wenig wollte ich in den Westen ziehen, wie so viele es jetzt taten. So wie es auch mein Exfreund getan hatte. Keine fünf Tage nach dem Mauerfall hatte Ricky Lauscha verlassen. Er wollte sein Glück in Berlin versuchen, und ich sollte mit ihm gehen. Ich mochte

Ricky, vielleicht liebte ich ihn sogar, doch ich konnte nicht einfach auf und davon gehen.

»Dann ziehe ich allein nach Berlin, und wenn ich Job und eine passende Wohnung gefunden habe, kommst du nach«, hatte er gesagt. Ich hatte nur vage genickt. In den ersten Wochen telefonierten wir noch regelmäßig miteinander, doch dann begann Ricky mit Schichtarbeit in einer großen Druckerei. Wenn ich ihn anrief, erwischte ich immer öfter nur seinen Anrufbeantworter. Anfang Februar kam ein Brief von ihm an. Wenige Zeilen nur. Er habe eine neue Freundin gefunden, Katrin hieß sie und sie war Sekretärin in der Druckerei. Sie wollten zusammenziehen. Er wünschte mir alles Gute. Ich weinte wochenlang, und seitdem war ich allein. Die Männerauswahl in Lauscha war nicht gerade groß. Nicht, dass das im Augenblick mein drängendstes Problem gewesen wäre.

Wenn ich nicht wegziehen wollte, blieb mir nichts anderes übrig, als mir hier in der Gegend einen Job zu suchen. Irgendetwas würde sich da schon finden lassen.

Nach einer guten Stunde raffte ich mich wieder auf. Die Magie des Waldes hatte auch dieses Mal nicht versagt. Als ich den Berg hinabging, war mir tatsächlich ein wenig leichter ums Herz. Ich wusste zwar immer noch nicht, was aus mir werden sollte, aber immerhin wusste ich schon einmal, was ich *nicht* tun wollte!

Gleich am nächsten Tag fuhr ich mit der Bahn nach Sonneberg zum dortigen Arbeitsamt, wo ich in einer nicht enden wollenden Schlange anderer Arbeitssuchender Stunde über Stunde mit Warten verbrachte.

Das Beratungsgespräch hingegen war kurz und knapp. Frau Röcker, die für mich zuständige Sachbearbeiterin, schaute mich mit einem so sorgenvollen Blick an, dass ich versucht war, sie mit irgendeinem dummen Witz aufzuheitern. »Als Glasbläserin können Sie es natürlich in den anderen glasverarbeitenden Betrieben versuchen«, sagte sie. Dann schrieb sie mir eilig aus dem Telefonbuch dieselben Adressen ab, die ich mir am Abend zuvor ebenfalls schon aufgeschrieben hatte: VEB Farbglaswerk, VEB Thüringer Glasschmuck-Verlag und VEB Christbaumschmuck.

»Die Betriebe liegen ja alle in Ihrer Nähe. Fahren Sie hin, stellen Sie sich vor und fragen Sie nach Arbeit. Und danach kommen Sie wieder zu mir, damit wir über eine Umschulungsmaßnahme nachdenken.«

Die Dame ging allem Anschein nach davon aus, dass meine Arbeitssuche erfolglos sein würde. Sehr motivierend.

Frau Röcker sollte recht behalten. Die anderen Volkseigenen Betriebe, die mit Glas zu tun hatten, machten entweder selbst dicht oder bauten massiv Stellen ab. Mich einstellen wollte niemand. Wohin ich auch ging, überall traf ich auf niedergeschlagene Menschen, die die Welt nicht mehr verstanden.

»Nun nimm dir das bloß nicht zu sehr zu Herzen«, sagte meine Mutter, als ich wieder einmal deprimiert nach einem langen Tag der Arbeitssuche nach Hause kam. »Die Situation ist derzeit für alle ziemlich bescheiden. Aber es kommen auch wieder bessere Zeiten, glaub mir. In jeder Krise stecke eine Chance, haben die im Fernsehen gestern gesagt.«

Woher Mutter ihren Optimismus nahm, war mir

schleierhaft. Auch sie rannte sich die Hacken ab auf der Suche nach Arbeit. Aber so wenig die Leute eine Glasbläserin einstellen wollten, genauso wenig Interesse hatten sie an einer ostdeutschen Buchhalterin mittleren Alters.

Der Sommer ging ins Land, Mutters Optimismus nahm ab, und meine Stimmung wurde auch immer mieser. Immerhin hatte das Amt meiner Mutter ab Oktober eine Umschulungsmaßnahme in Aussicht gestellt. Worum genau es sich dabei handelte, war keinem der Beteiligten klar. Ob sie in dieser Zeit von irgendwoher Geld bekommen würde, war auch noch nicht sicher. Allmählich sah ich uns schon am Hungertuch nagen.

Die Großtante aus München fragte an, ob wir sie nicht endlich einmal besuchen wollten, jetzt, da wir nicht mehr »eingesperrt« waren. Mutter schrieb einen umständlichen Brief zurück, in dem sie unsere angespannte finanzielle Lage andeutete, die weder kurze noch längere Bahnfahrten erlaubte. Daraufhin meldete sich die Großtante nicht mehr. Wahrscheinlich befürchtete sie, die arme Verwandtschaft bald auf ihrem Münchner Sofa hocken zu haben.

Es war wirklich paradox: Nun konnten wir endlich grenzenlos reisen – und hockten mehr zu Hause als je zuvor. Sogar unseren monatlichen Einkaufsbummel in Coburg gab es nicht mehr. Uns reute das Geld für die Fahrkarte. Und ein Stadtbummel, bei dem man keinen einzigen Pfennig ausgeben durfte, machte ungefähr so viel Spaß wie ein Sommer ohne Eiskrem. Lauscha würde bald ein neues, modernes Freibad bekommen, mit Riesenrutsche und allem Schnickschnack, las ich eines Tages in der Zeitung. Wer sich diesen Schnickschnack leisten sollte, stand nicht dort.

Die einzige Abwechslung, die Mutter und ich noch hatten, war der wöchentliche Besuch im Faschingsverein, wo wir die Abende damit verbrachten, Tänze einzustudieren und neue Kostüme zu nähen. Aber nicht einmal die eingefleischten Lauschaer Faschingsanhänger waren in diesen Tagen mit Herzblut dabei, ständig kreisten die Gespräche um dieselben Themen. Die Lauschaer Glashütte hatte weitere dreißig Leute entlassen, und man munkelte, dass auch VEB Glasschmuck kurz vor dem Aus stand. Bei so vielen schlechten Nachrichten konnte mich nicht einmal die Aussicht, beim nächsten Fasching als Räuberin zu gehen, fröhlich machen. Vielmehr hatte ich das Gefühl, selbst beraubt worden zu sein, um meine Zukunft nämlich.

Aber es gab auch gute Nachrichten. Der Greiners Josef hatte vor, fortan in Heimarbeit auf eigene Rechnung zu arbeiten. Seine Glastiere wollte er auf westdeutschen Künstlermärkten verkaufen. Und Anna Köhler, die zusammen mit mir die Arbeit verloren hatte, spielte mit dem Gedanken, einen Laden mit Glaswaren zu eröffnen.

»Und wer soll deine Glaswaren kaufen?«, fragte ich sie.

»Die Touristen!«, antwortete sie wie aus der Pistole geschossen.

»Welche Touristen?«, fragte ich zurück. »Lauscha liegt doch am Ende der Welt, wer soll sich denn zu uns verirren?«

»Die kommen schon noch, warte nur ab. Wenn die Menschen erst einmal erkennen, wie schön es in unserem Thüringer Wald ist, werden wir genauso von Touristen überrannt wie das Allgäu oder der Schwarzwald«, erwiderte Anna Köhler mit einem Optimismus, der dem meiner Mutter den Rang ablief.

Um etwas zu tun zu haben und um Geld zu sparen, pflegte Mutter wieder den winzigen Gemüsegarten am steilen Hang hinter unserem Haus. Und so kam neben den ewigen Kartoffelgerichten auch einmal etwas Exotisches wie ein Zucchiniauflauf oder ein Rucolasalat mit Schafskäse auf den Tisch. Diese Gerichte und noch viele mehr sah Mutter in diversen Kochsendungen im Fernsehen. Als Nächstes wollte sie sich an eine Lasagne wagen.

Jupp Greiner, Anna Köhler, meine Mutter – vielleicht brauchte man ein gewisses Alter, um Krisen besser zu bewältigen, mutmaßte ich. Ich hingegen kam mir wie eine nutzlose Versagerin ohne jegliche Zukunftsvisionen vor. Um überhaupt noch aus dem Haus zu kommen, war ich so viel mit den Hunden unterwegs wie noch nie. Während wir durch die Wälder streiften, zerbrach ich mir meinen Kopf, was ich mit meiner Zukunft anstellen konnte.

»Du könntest heiraten und Kinder bekommen«, sagte Edda bei einem unserer selten gewordenen Treffen. Seit sie bei »Mode am Eck« in Coburg arbeitete, kam sie nur noch an den Wochenenden heim. Unter der Woche teilte sie sich mit einer anderen Verkäuferin ein winziges Zimmer im Dachgeschoss des Modehauses. Abend für Abend zogen sie durch die Kneipen, tranken Cocktails mit Namen wie »Sex on the Beach« und flirteten auf Teufel komm raus.

»Such dir einen Mann mit Geld, dann bist du alle Sorgen los«, fügte Edda hinzu, während sie ihre perfekt lackierten Fingernägel bewunderte.

Seufzend schaute ich meine beste Freundin an. »Deine Ratschläge haben auch schon einmal besser geklungen«, sagte ich traurig, dabei hätte es ironisch klingen sollen.

Wie so oft in diesem Sommer saßen Mutter und ich an einem Abend draußen im Garten, wo wir unsere Füße in einem Waschzuber mit kaltem Wasser badeten. Es war Ende August, seit Stunden war die Luft so drückend schwül, als wäre ein Gewitter im Anmarsch. Dunkle Wolken ballten sich am Himmel zusammen, doch die ersehnte Erleichterung wollte einfach nicht kommen. Inzwischen sah ich in jeder Wolkenformation, in jedem Donnerknall ein Sinnbild für meine Lage. Dumme Kuh, schalt ich mich und wandte meinen Blick vom düsteren Himmel ab und hin zu meiner Mutter.

»Was würdest du davon halten, wenn ich mich selbständig mache und zu Hause Glas blase?« Die Frage kam wie aus dem Nichts. Der Gedanke jedoch war mir schon vor Tagen in den Sinn gekommen, nur hatte ich bisher keinen Mut gehabt, ihn auszusprechen.

»Glasblasen in Heimarbeit?« Mutter runzelte die Stirn.

»Ja«, erwiderte ich, bevor sie etwas Negatives sagen konnte. »Zurück zu den Wurzeln sozusagen. In früheren Zeiten hat es doch in fast jedem Lauschaer Haus Heimarbeiter gegeben. Sogar deine Großeltern haben hier im Haus noch Glas vor der Flamme geblasen, oder etwa nicht?«

Ich machte eine Handbewegung in Richtung der Rumpelkammer, von der Mutter behauptete, dass sie in ihrer Kindheit eine Glasbläserwerkstatt gewesen sei.

Ich hingegen kannte den langgezogenen Raum mit seinen Milchglasfenstern nur als Abstellraum.

»Wir könnten die alte Werkstatt wiederbeleben. Um Glastiere herzustellen, brauche ich nur eine kleine Flamme, die Kosten würden sich also im Rahmen halten. Und dann könnte ich auf Flohmärkte fahren und sie dort verkaufen.«

Mutter runzelte die Stirn und schwieg. Da mir im Augenblick weitere Argumente fehlten, wartete ich ab.

»Keine schlechte Idee …«, sagte sie nach einer halben Ewigkeit. »Aber warum Glastiere? Wenn du wirklich zurück zu den Wurzeln willst, wie du es nennst, dann wäre mundgeblasener Christbaumschmuck nach original Lauschaer Vorbildern das Richtige. Damit hat unsere Familie lange Zeit gutes Geld verdient. Sie hatte Kunden in ganz Deutschland und sogar in Amerika! Der gläserne Christbaumschmuck der Familie Steinmann war überaus beliebt. Wenn ich mich nicht täusche, stehen auf dem Dachboden noch irgendwo Kisten mit den Original-Porzellanformen herum. Kleine Engel, Nüsse, Nikoläuse …«

Original-Porzellanformen? Mein Herz begann zu rasen wie nach einem langen Marsch.

»Du meinst, es gibt noch …«

Keine zehn Minuten später knieten wir auf dem verstaubten Dachboden und wühlten sämtliche Kartons nach den besagten Formen durch. Der Schweiß rann mir zwischen den Brüsten hinab, das T-Shirt klebte feucht an meinem Leib. Es war mir egal. Ich wollte diese verdammten Formen finden, jetzt, sofort.

»Ich hab sie«, ertönte die dumpfe Stimme meiner

Mutter, deren Kopf in einer großen Holzkiste steckte. Im nächsten Moment hielt sie ein Stück grauschwarzes Porzellan hoch, das die Rückseite einer Nikolausfigur darstellen sollte. »Irgendwo muss es dazu auch noch die passende Vorderseite geben«, sagte sie und tauchte erneut in den Tiefen der Kiste ab.

Ich krabbelte auf den Knien zu ihr hinüber und tat es ihr gleich.

Vögel in allen möglichen Formen, Nüsse, Kugeln mit Erhöhungen oder Vertiefungen, kleine Herzformen, Engel, Nikoläuse ... Aufgeregt, mit fiebrig heißen Händen bargen wir immer neue Schätze aus der Kiste. Am Ende war der Dachboden übersät mit den einzigartigen Porzellanformen. Alle schienen gut erhalten und vollständig zu sein, lediglich bei einem Engel fehlte das Rückenteil.

»Wie liebevoll die Formen ausgearbeitet wurden. Bestimmt sind die heute ein kleines Vermögen wert«, hauchte ich andächtig. Während ich noch die einzelnen Stücke bewunderte, stellte meine Mutter den Dachboden weiter auf den Kopf. Triumphierend hielt sie mir kurze Zeit später eine alte Glasbläserlampe unter die Nase.

»Was meinst du, kannst du damit noch etwas anfangen?«

»Die neueste Technik ist das zwar nicht, aber für den Anfang würde es bestimmt reichen«, sagte ich nach kurzer Betrachtung. »Und das alles stammt von Urgroßmutter und ihren Schwestern?«

Mutter nickte stolz. »Schau mal, hier steht sogar noch eine Kiste mit uralten Glasrohlingen.«

Mit glänzenden Augen betrachtete ich diesen alten Familienschatz, von dessen Existenz ich bis vor einer

Stunde nichts gewusst hatte. War dieses Stück Vergangenheit etwa meine Zukunft?

»Mundgeblasener und von Hand verzierter Weihnachtsschmuck aus Lauscha. Nach alten Originalvorlagen gefertigt«, sagte meine Mutter andachtsvoll. Sie ergriff meine rechte Hand und drückte sie so fest, dass es weh tat. Dann grinste sie spitzbübisch. »Christine, ich glaube, daraus könnte etwas werden ...«

Gleich am nächsten Tag fuhren Mutter und ich mit Simone, unserem altersschwachen Trabbi, den wir nur in den seltensten Fällen aus dem Schuppen holten, nach Sonneberg. Doch dieses Mal war unser Ziel nicht das Arbeitsamt, sondern die Eisenwarenhandlung von Otto Groß. Eine Gasflasche wollten wir haben, und zwar die größte, die es gab! Denn ohne Gas keine Glasbläserflamme, so einfach war das.

Wieder zu Hause, stellten wir in der Rumpelkammer etliche Kisten und Kartons so um, dass ein Platz am Fenster frei wurde. Dorthin schoben wir einen großen Holztisch, der höchstwahrscheinlich früher schon einmal ein Bolg gewesen war. Andächtig platzierte ich die alten Glasrohlinge links auf dem Tisch, die Glasbläserlampe stellte ich in die Mitte, ein Päckchen Streichhölzer, um die Flamme anzuzünden, daneben. Während meiner Ausbildung hatte ich auch schon formgeblasenen Christbaumschmuck hergestellt, aber ob ich das heute noch hinbekam?

Mit einem Rumoren im Magen, als stünde mir ein Rendezvous bevor, ging ich hinters Haus, wo Mutter mit Wurzelbürste und Seifenwasser den jahrhundertealten Staub aus den Fugen der Porzellanformen schrubbte.

Und dann war es so weit. Vorsichtig drehte ich den Gashahn auf. Erst eine Umdrehung, dann zwei. Ich zündete ein Streichholz an, hielt es an die Öffnung der Glasbläserlampe. Mit einem leisen Wusch erwachte die Flamme zum Leben.

Zitternd und lächelnd zugleich nahm ich einen der Rohlinge in die Hand, während meine Mutter eine Nikolausform in eine metallische Klammer einspannte, die ich zuvor am Tischrand befestigt hatte.

Ich begann den Rohling in der Flamme zu erwärmen. Während ich ihn gleichmäßig drehte, blies ich vorsichtig hinein. Als das Glas weich und geschmeidig wurde, spannte ich eilig die Porzellanform ringsherum und blies erneut in den Rohling. Hoffentlich würde er das Innere der Gussform vollständig ausfüllen …

»Sehr gut«, flüsterte meine Mutter. »Du kannst das, Christine!«

Kurze Zeit später hielt ich meinen ersten Nikolaus in die Höhe. Kritisch betrachtete ich ihn von allen Seiten. Ein, zwei Luftblasen hatten sich gebildet, und die oberste Spitze der Nikolausmütze war nicht so ausgeformt, wie sie hätte sein sollen. Aber alles in allem war dies für einen ersten Versuch schon ganz manierlich.

»Unser Glücksbringer«, sagte ich grinsend und gab dem Nikolaus einen Kuss.

Mutter lachte. »Jetzt bin ich an der Reihe und muss lernen, wie man den Weihnachtsschmuck versilbert und bemalt, damit unserer eigenen Weihnachtsschmuckproduktion nichts mehr im Wege steht.«

»*Du* willst mir helfen?«, sagte ich überrascht.

»Was dachtest du denn? Dass ich in irgendeinem langweiligen Büro versauere, während du das Abenteuer deines Lebens genießt?« Die Augen meiner Mutter blitzten so spitzbübisch, wie ich es noch nie gesehen hatte. »Schließlich brauchst du jemanden, der dir den Rücken freihält, damit du dich ganz aufs Glasblasen konzentrieren kannst. Ich werde außerdem deine Buchhaltung machen. Und um Kundschaft werde ich mich auch bemühen. In Rothenburg ob der Tauber gibt es ein Geschäft, in dem das ganze Jahr über Weihnachten ist. Eine Rose Baumgärtner hat den Laden schon in den sechziger Jahren gegründet. Seitdem rennen Touristen aus der ganzen Welt diesem Geschäft die Tür ein. Das habe ich erst kürzlich im Fernsehen gesehen. Gleich nachher werde ich versuchen, die Adresse herauszufinden. Wer weiß? Vielleicht wird Frau Baumgärtner unsere erste Kundin.«

»Frau Baumgärtner ist in einer Sitzung. Können Sie später noch einmal anrufen?«

»Frau Baumgärtner ist außer Haus.«

»Tut mir leid, aber Frau Baumgärtner ist gerade in einem Lieferantengespräch.«

»Aber …« Hilflos brach ich ab. Ich wollte auch Lieferantin werden! Nur wie sollte mir das gelingen, wenn ich nicht einmal einen Termin mit der heißbegehrten Frau Baumgärtner vereinbaren konnte? Mein Blick fiel aus dem Fenster, wo im dicken Schneegestöber kaum die Nachbarhäuser zu erkennen waren. Wenn nicht jetzt, wann sollte ich dann meine Glaswaren verkaufen?

Den ganzen August und September über hatten Mutter und ich in der wiederbelebten Werkstatt geschwitzt und geschuftet. Nun, Ende Oktober, war mein erstes Verkaufssortiment an Nikoläusen, Zapfen, verschiedenen Waldvögeln und Engelsfiguren fertig. Dank der Hilfe einer alten Nachbarin, die in ihrer Jugend selbst am Silberbad einer Glasbläserwerkstatt gestanden hatte, hatte Mutter das Versilbern und Verzieren des Christbaumschmucks in Windeseile erlernt. Es machte ihr einen Riesenspaß, und mir erging es am Bolg nicht anders.

Stolz, aber auch nachdenklich betrachtete ich die liebevoll in Seidenpapier verpackten Christbaumkugeln. Wenn wir vom Weihnachtsgeschäft noch etwas abbekommen wollten, mussten wir eher heute als morgen einen Käufer für die Stücke finden!

»Wenn ich an unsere Telefonrechnung denke, wird mir ganz elend«, sagte ich zu Mutter, nachdem ich auch am nächsten Tag vergeblich hinter Rose Baumgärtner hertelefoniert hatte. »Warum fahren wir nicht einfach hin? Mit ein bisschen Glück treffen wir Frau Baumgärtner in ihrem Geschäft an. Ein paar Minuten Zeit wird sie hoffentlich für uns haben, nicht wahr?«

Aufgeregt machten wir uns am nächsten Tag auf den Weg. Es war Donnertag, der erste November. Lauscha war inzwischen vollständig eingeschneit, selbst auf den Straßen lag eine dichte Schneedecke. Mutter war zwar wie alle Lauschaer das Fahren bei winterlichen Verhältnissen gewohnt, doch unter normalen Umständen hätten wir das Dorf an einem Tag wie diesem nicht verlassen. Wir mussten schließlich auch an Simone, unsern Trabbi, denken! Würden wir den in den Graben setzen, wäre es mit der Freiheit aus und vorbei, denn ein neues Auto konnten wir uns derzeit nie und nimmer leisten.

Simone war so hoch mit Kartons voller Christbaumschmuck beladen, dass Mutter kaum aus dem Rückfenster schauen konnte. Als wir in Lauscha losfuhren, schneite es immer noch heftig, doch kaum hatten wir den Thüringer Wald hinter uns gelassen, beruhigte sich das Wetter. Die Hauptstraßen waren gut geräumt, und so kamen wir zügig voran. Coburg, Lichtenfels, Bamberg – bei jedem Schlagloch, durch das Simone fuhr, zuckte ich zusammen. Hoffentlich würden wir am Ende der Fahrt nicht nur einen Scherbenhaufen aus den Kartons heben ... Und hoffentlich hielt Simone durch. Da! War da nicht ein seltsames Klopfen zu hören? Ein Ächzen und ein Stöhnen? Oder war das nur der eisige Ostwind, der hier draußen, auf dem freien Feld, über die Straßen fegte? Halt durch, Simone, heute geht es um alles, flüsterte ich dem Auto im Geist zu.

Mutter, an derart lange Fahrten nicht gewöhnt, schaute verbissen auf die Straße. Und auch mir war nicht nach einer Unterhaltung zumute, zu viele Gedanken rasten mir durch den Sinn. Ob wir das Geschäft auf Anhieb finden würden? Und hatte Frau Baumgärtner wohl Zeit für uns?

Nach vier bangen Stunden Fahrt hatten wir Rothenburg endlich erreicht. Mutter war vor Anstrengung ganz grau im Gesicht.

»Wollen wir zuerst einen Kaffee trinken?«, schlug ich vor.

Doch Mutter lehnte ab. »Lass uns gleich in dieses ›Weihnachtsland‹ fahren. Wenn wir erfolgreich sind, können wir immer noch Kaffee trinken. Schau, hier geht's zum Marktplatz.«

»Hier ist ja noch weniger los als in Lauscha«, murmelte ich vor mich hin, als wir durch die menschenleeren Straßen der mittelalterlichen Stadt fuhren. Die Dächer der Häuser waren mit einer leicht silbrigen Frostschicht überzogen, es wehte ein eisiger Wind.

»Es ist ein Uhr mittags. Vielleicht haben alle gerade Mittagspause«, sagte meine Mutter unsicher.

»Die schließen in der Mittagspause ihre Läden zu? Sehr geschäftstüchtig wäre das aber nicht!« Stirnrunzelnd betrachtete ich die uralten Fachwerkhäuser, in deren Erdgeschossen kleine Läden untergebracht waren. In keinem der Läden war irgendwo Licht oder gar eine Menschenseele zu sehen. Lediglich ein paar japanische Touristen huschten mit aufgestellten Kragen über den Marktplatz und verschwanden in einem der Cafés.

Mein Magen grummelte nervös, als wir kurz darauf unser Ziel erreichten. »Rose Baumgärtner – Weihnachtsland« stand in großen Lettern über dem Ladengeschäft, das sich über die Erdgeschosse von drei Fachwerkhäusern zog. Doch in keinem der mindestens zwölf Schaufenster brannte Licht. Als ich an der Tür rüttelte, tat sich nichts. Der Laden war geschlossen.

»Und nun?«, fragte ich meine Mutter und fühlte mich plötzlich wieder so hilflos wie eine Fünfjährige. Zitternd trat ich von einem Bein aufs andere.

Mutter biss sich auf die Lippe. »Vielleicht –«

»Entschuldigen Sie, kann ich Ihnen helfen?«, ertönte hinter uns eine Männerstimme.

Der Mann, ich schätzte ihn auf Ende zwanzig, trug einen Trainingsanzug und ein Schweißband um die Stirn. Wie kann man nur bei dieser eisigen Kälte joggen?, fragte ich mich unwillkürlich.

»Wir wollen zu Rose Baumgärtner«, sagten Mutter und ich wie aus einem Mund.

»Da haben Sie sich aber einen schlechten Tag ausgesucht. Heute ist doch Allerheiligen. Da sind alle Läden geschlossen«, sagte der Läufer, während er weiter auf der Stelle trabte.

Allerheiligen? Mutter und ich tauschten einen Blick. Dass heute im Westen ein Feiertag war, daran hatten wir nicht gedacht …

»Sie könnten höchstens versuchen, Rose in ihrer Wohnung zu erwischen. Der Hauseingang liegt hinten im Hof.« Er zeigte auf eine Einfahrt, die so schmal war, dass Simone gerade hindurchpasste. Dann wünschte er uns noch viel Glück und joggte wieder los.

Mutter und ich schauten uns erneut an. »Zu verlieren haben wir nichts, oder?«

Ich nickte.

Wir stiegen ins Auto, und Mutter bugsierte Simone heldenhaft durch die schmale Einfahrt in den Hinterhof des Weihnachtslandes.

Mein Herz klopfte bis zum Hals, als ich den weißen Porzellanknopf drückte, der als Türklingel fungierte. Am liebsten wäre ich auf der Stelle umgekehrt. Wie konnten wir es wagen, eine vielbeschäftigte Geschäftsfrau an einem Feiertag zu stören? Und dann auch noch erwarten, dass sie uns wohlgesinnt empfing?

Ich war so in meine Gedanken verstrickt, dass ich den Kopf, der aus einem der oberen Fenster schaute, erst gar nicht bemerkte.

»Ja bitte?«

Erschrocken blickten wir nach oben.

»Verzeihen Sie die Störung, aber … wir kommen aus Lauscha«, sagte ich und zeigte auf unseren Trabbi. »Dass hier heute ein Feiertag ist, haben wir nicht bedacht. Wir … wir wollten eigentlich zu Frau Rose Baumgärtner …«

Ich hatte auf einmal viel zu viel Spucke im Mund und schluckte mühsam, während ich auf eine Abfuhr wartete.

Die Frau oben am Fenster sagte etwas, das ich nicht verstand, dann klappte das Fenster zu. Und nun?

»Hat sie gesagt, sie würde nach unten kommen?«

Mutter zuckte nur mit den Schultern. Wir blieben ratlos stehen.

Meine Erleichterung war überwältigend, als endlich die Haustür aufging. Die Frau hatte Jeans und ein verwaschenes T-Shirt an, und die Haare standen von ihrem Kopf ab, als hätte sie das Bett gerade erst verlassen.

»Ich bin Rose Baumgärtner. Was gibt es denn, das nicht bis morgen warten kann?«, sagte sie geschäftig und nicht sehr freundlich.

Hastig riss ich die Autotür auf und zog ein paar Kartons hervor, breitete diese auf der Motorhaube aus. Meine Hände zitterten so sehr, dass ich Angst hatte, alles fallen zu lassen.

»Mein Name ist Christine Steinmann, ich bin Glasbläserin und habe mich vor kurzem selbständig gemacht. Zusammen mit meiner Mutter stelle ich formgeblasenen Christbaumschmuck her. Die Formen, die wir verwenden, sind über hundert Jahre alt, sie sind uralter Familienbesitz. Ich möchte damit die alte Tradition wiederbeleben und … ich dachte mir … also … vielleicht …« Noch während ich vor mich hinstotterte, nahm Rose Baumgärtner einen der gläsernen Waldvögel in die Hand.

»Genau die gleichen Vögel saßen bei uns im Weihnachtsbaum, als ich noch ein Kind war«, sagte sie. Schon langte sie nach dem nächsten Stück, einem Nikolaus. »Und solch einen Nikolaus hatten wir auch! Er hat mir mit seiner grimmigen Miene immer ein wenig Angst eingejagt.« Sie lächelte versonnen, während sie fast zärtlich über den Nikolaus strich.

Verstohlen drückte ich Mutters rechte Hand.

»Wir haben auch noch Tannenzapfen und gläserne Eicheln. Die Lauschaer liebten schon immer alles, was mit dem Wald zu tun hat«, sagte ich und legte der Frau einen besonders schönen versilberten Tannenzapfen in die Hand.

Rose Baumgärtner nickte nachdenklich. »Steinmann heißen Sie? Der Name kommt mir irgendwie bekannt vor …«

»Das kann gut sein«, ergriff nun Mutter das Wort. »Meine Urgroßmutter war eine berühmte Glasbläserin. Ihr Christbaumschmuck wurde in die ganze Welt verkauft, das Unternehmen Steinmann war sehr erfolgreich. Doch dann … Sie wissen ja, alles wurde verstaatlicht …«

»Die Steinmann-Schwestern, genau! Jetzt erinnere ich mich!« Rose Baumgärtner lachte auf. »Christbaumschmuck aus dieser Manufaktur wird heute bei Antiquitätenhändlern zu sehr hohen Preisen gehandelt, es sind wahre Sammelobjekte geworden. Sie haben nicht zufällig auch antike Stücke zu verkaufen?«

Ich verneinte, während mein Herz eine Etage tiefer rutschte. Dabei hatte alles so gut angefangen …

Doch Rose Baumgärtner winkte ab. »Egal. Was kümmert uns das Gestern. Erfreuen wir uns lieber am Hier und Jetzt, nicht wahr?«

Sie zeigte auf die mit Kartons übersäte Motorhaube.

»Ihr Angebot gefällt mir außerordentlich gut. Die Vögel und die anderen Stücke wären eine wunderbare Ergänzung zu meinem Sortiment. Wenn wir uns einig werden, könnte ich sie sogar noch im diesjährigen Weihnachtsgeschäft anbieten. Wie schaut's aus? Wollen Sie nicht nach oben kommen, damit wir bei einer Tasse Kaffee über alle weiteren Modalitäten sprechen können?«

In meinem Leben hatten Träume bis zu diesem Zeitpunkt nur wenig Platz gehabt. Und wenn ich mir doch einmal einen Traum erlaubt hatte, war er meistens geplatzt wie eine Seifenblase. Aber jetzt fühlte ich tief in meinem Inneren, dass gerade ein großer Traum Wirklichkeit wurde.

Mein Traum aus Glas …

Diese Geschichte ist entstanden in Anlehnung an die wahre Geschichte des Thüringers Michael Haberland. Wie so viele Lauschaer Glasbläser hat auch er sich nach der Wende auf die Wurzeln der Glasbläserei zurückbesonnen.

Mehr über die Anfänge des gläsernen Christbaumschmucks erfahren Sie in *Die Glasbläserin, Die Amerikanerin* und *Das gläserne Paradies.*

Weißes Gold

In der Nähe von Schwäbisch Hall
im Hohenloher Land,
Januar 1910

Seufzend schaute Helene Schleier aus dem Fenster. Wieder einer dieser grauen Tage, an denen es hier draußen auf dem Land nicht hell werden wollte. Wie viel heller war es da in der belebten Stadt mit ihren beleuchteten Schaufenstern und Straßenlaternen gewesen! Aber ihre Urlaubstage in Stuttgart waren vorbei, der Winter hingegen noch lange nicht. Frühestens ab dem zweiten Februar – zur Lichtmess – würden die Tage wieder heller werden. Doch bis dahin waren es noch mehr als drei Wochen.

Wie hatte ihre Mutter früher immer gesagt? »An Lichtmess fängt der Bauersmann neu mit des Jahres Arbeit an!«

Helene gab sich einen Ruck. Genug der Tagträumerei! Sie war Gott sei Dank weder Magd noch Bäuerin, sondern Privatlehrerin, und ihr neues Schuljahr fing heute an. Ihre Schülerinnen waren vier junge Mädchen, Christine, Hannah, Maria und Elfie Braun – die Töchter von Joseph Braun, Ziegeleibesitzer vor den Toren von Schwäbisch Hall –, und sie schauten ihre Lehrerin am ersten Schultag des neuen Jahres mehr oder weniger erwartungsvoll an.

»Guten Morgen, Kinder, ich hoffe, ihr wart recht brav in euren Ferien?« Noch während sie sprach, ging Helene zum Kachelofen, der in der linken Ecke der Bibliothek stand, und legte prüfend eine Hand auf die wertvollen Delfter Kacheln. Wie schon den ganzen Winter über war der Ofen lauschig warm. Helene lächelte. Die Zeiten, in denen sie eigenhändig Kohle aus irgendeinem Keller holen musste, um ein zugiges Schulzimmer notdürftig zu heizen, waren zum Glück vorbei. Wenn es nach ihr ging, für immer!

Da das Braun'sche Anwesen ein gutes Stück außerhalb von Schwäbisch Hall lag, besuchten die vier Mädchen keine öffentliche Schule, sondern waren von Anfang an zu Hause unterrichtet worden. Früher hatte Magda Braun diese Aufgabe übernommen, doch nachdem die Frau des Ziegeleibesitzers bei der Geburt der jüngsten Tochter Elfie vor acht Jahren gestorben war, hatte man Ausschau gehalten nach einer Hauslehrerin. Einen Haus*lehrer* hatte Joseph Braun nie in Erwägung gezogen, die Mädchen brauchten schließlich einen Mutterersatz. Keine der jungen Lehrerinnen hatte es lange ausgehalten. Der ersten lag das Braun'sche Landgut zu abgelegen, sie vermisste das Stadtleben. Die nächste verliebte sich einen Vorarbeiter des Sägewerks und heiratete, was eine weitere Ausübung des Lehrerinnenberufs unmöglich machte. Die dritte war ebenfalls nach nur zwei Jahren gegangen, niemand wusste, warum. Vielleicht war es das Lehrerinnendasein selbst, das den jungen Frauen missfiel? Heutzutage gab es so viele Möglichkeiten, sein Geld zu verdienen. Als Fräulein vom Amt, in der Fabrik oder in einem der vielen Büros. Auch Helene hatte schon mit dem Gedanken gespielt, sich nach einer anderen Arbeit umzuschauen.

Doch dann war alles ganz anders gekommen. Denn im vergangenen Herbst hatte Joseph Braun wieder einmal eine Hauslehrerin gesucht. Sie, Helene Schleier, war zu dieser Zeit im nahe liegenden Internat Höhenborn angestellt gewesen. Doch innerhalb der dicken Mauern des ehemaligen Klosters hatte sie sich nie wohl gefühlt. Übervolle Klassen, schlecht geheizte Räume, dünne Suppen und missmutige Kolleginnen – da hätte sie ja gleich auf dem Bauernhof ihrer Eltern bleiben können, dort hatten sie wenigstens immer genug zu essen gehabt. In Höhenborn würde sie nicht länger als nötig arbeiten, hatte sie gleich am ersten Tag beschlossen. Dann hatte sie die Zeitungsannonce von Joseph Braun entdeckt, mit der er nach einer neuen Hauslehrerin suchte. Das war ihre Chance, hatte sie sogleich erkannt und mit kälteklammen Händen zu Papier und Feder gegriffen und ihre Bewerbung geschrieben. Nur wenige Tage später hatte sie eine Einladung auf das Braun'sche Anwesen erhalten.

Was für ein imposantes Haus!, dachte sie, als sie das langgestreckte Gutsgebäude zum ersten Mal sah. So viele Fenster, in denen üppige Spitzengardinen hingen, dazu ein parkähnlicher Garten mit Marmorstatuen. Eine schwarzgekleidete Haushälterin öffnete ihr. Im Haus selbst gab es wertvolle Perserteppiche, riesengroße Ölgemälde, Silbervasen und opulente Kronleuchter. Hier war Geld im Haus, nahm Helene an, während sie die überladen wirkende Einrichtung betrachtete.

Eine halbe Stunde hatte sie in der Bibliothek auf Herrn Braun warten müssen, in der sie sich noch einmal auf das kommende Gespräch einstimmen konnte. Allem Anschein nach war Herr Braun ein Mann, der gern zeigte, was er besaß. Solche Männer schätzten es meist, bewundert und gelobt zu werden. Also würde sie genau das tun.

Dann wurde die Tür aufgerissen, und ein großer schlanker Mann mit herrischer Miene trat ein. Er schüttelte ihre Hand so fest, dass sie fast aufgeschrien hätte. Ein Notfall in der Brennerei der Ziegelei, viel Zeit habe er nicht. Keine Entschuldigung, kein Lächeln.

Mit einem sanftmütigen Lächeln auf den Lippen beantwortete Helene seine eiligen Fragen. Ja, sie hatte Erfahrung bei der Erziehung junger Damen. Ja, sie war gewillt, hier im Haus zu wohnen, derzeit wohnte sie ja auch im Internat. Und ja, mit seinem Gehaltsvorschlag bei freier Kost und Logis war sie einverstanden. Sie betrachte es als großes Glück, bei einem solch erfolgreichen Unternehmer in Stellung gehen zu dürfen. Der Liebreiz sowie die Schönheit der Braun'schen Töchter sei allerorts bekannt. Es sei ihr eine Ehre, die Begabung solch herausragender junger Damen aufs beste zu fördern. Latein, Mathematik, Philosophie – sie konnte in jedem Fach solide Grundlagen und mehr aufweisen.

So willig Joseph Braun ihren Ausführungen bisher auch gefolgt war – an dieser Stelle hatte er leicht verärgert die Stirn gerunzelt.

»Natürlich sollen meine Töchter eine gute Bildung erhalten«, hatte er gemeint. »Aber noch wichtiger ist, dass sie später einmal genügend Charme und Anmut haben, um die entsprechenden Ehemänner in ihren Bann ziehen zu können. Blaustrümpfe hat das Land wirklich schon genügend.«

»Wie recht Sie haben«, sagte Helene eilig. Sah er in

ihr auch einen Blaustrumpf?, fragte sie sich im selben Moment. »Für Ihre Töchter würde ich natürlich ein maßgeschneidertes Unterrichtsprogramm erstellen. Parlierunterricht, ein wenig Französisch und Englisch, Feinstickereien und Stunden am Piano, dazu die schönen Künste und Tanzstunden. Ihre Töchter werden später auf jedem Parkett glänzen!«

Genau das hatte Joseph Braun hören wollen. Eine Woche später hatte Helene ihr behaglich eingerichtetes Zimmer im Braun'schen Haus bezogen.

Mit den älteren drei Mädchen war sie vom ersten Tag an zurechtgekommen. Christine, Hannah und Maria waren hübsche kleine Damen, die nicht allzu viel im Kopf hatten, es aber verstanden, sich stets im besten Licht zu präsentieren. »Allerliebster Papa« war die beliebteste Anrede, wenn eine von ihnen etwas vom Vater wollte. »Wenn ich jemals heiraten werde, muss der Herr sein wie du«, sagten die Mädchen häufig. Oder: »Allerliebster Papa, wie kann es sein, dass ein Mann so erfolgreich und klug ist wie du?« Bei solchen Schmeicheleien wurde der ausgebuffte Geschäftsmann vor Freude rot im Gesicht. Ein neues Reitpferd? Ein Flügel statt des alten Pianos? Die teure Schokolade vom Schweizer Chocolatier? Nur selten schlug er seinen Töchtern einen Wunsch ab. Und so besaßen die drei Mädchen im Alter von elf, dreizehn und vierzehn Jahren schon mehr Schmuck und schöne Kleider als die meisten erwachsenen Frauen. Sie aßen die feinsten Köstlichkeiten, tranken Mineralwasser aus einer speziellen Quelle, und zwar aus wertvollen Kristallpokalen.

Es hatte nicht lange gedauert, bis dieser Reichtum auch in ihr, Helene, gewisse Begehrlichkeiten weckte. Der Posten als Hauslehrerin war zwar schön und gut, aber um wie vieles besser wäre erst ein Ehering am Finger … Es wäre nicht das erste Mal, dass ein Witwer die Betreuerin seiner Kinder heiratete. Den einen oder anderen Damenbesuch gab es zwar, aber Joseph Braun war ein Mann, der die meisten Frauen mit seiner nüchternen und humorlosen Art abschreckte. Nicht jedoch Helene. In ihren Augen machten das schöne Haus und das behagliche Leben Brauns Gefühllosigkeit mehr als wett. Sie würde den Mädchen eine gute Stiefmutter und Joseph Braun eine gute Ehefrau sein, dessen war sich Helene Schleier fast sicher. Dieses »fast« war einzig der achtjährigen Elfie, der jüngsten Tochter, geschuldet. Sie war der Stachel in Helenes Fleisch.

Denn die kleine Elfie scherte sich weder um hübsche Kleider noch um Perlenketten. Statt Mineralwasser trank sie Brunnenwasser. Ihre erdbeerroten wirren Locken trug sie nicht zu kunstvollen Zöpfen frisiert, sondern offen, wodurch sie wie ein kleiner Waldschrat aussah. Und statt ihrem Vater zu schmeicheln, so wie ihre Schwestern es taten, schwieg sie oft trotzig. Anfangs hatte Helene sich noch Mühe gegeben herauszufinden, was hinter der breiten Stirn des Kindes vor sich ging. War das Kind so seltsam, weil es nie die Mutter kennengelernt hatte? Spürte das Mädchen, dass es das hässliche Entlein neben drei schönen Schwänen war? Joseph Braun ignorierte seine jüngste Tochter weitgehend. Gab er dem Kind etwa die Schuld am Tod der Mutter? Steckte Elfie jede freie Minute ihren Kopf in ein Buch, weil sie dem Hier und Jetzt entfliehen wollte?

Doch auf ihre Fragen antwortete Elfie sehr einsilbig. Sie selbst stellte allerdings stets eine Frage nach der anderen. »Warum zerfließt ein Wassertropfen nicht?« »Warum lebt ein Regenwurm weiter, wenn man seinen

Leib in der Mitte entzweit hat?« »Warum sind die Tage im Winter so viel kürzer als im Sommer?« »Warum müssen wir die Zeit mit Feinstickereien vertrödeln, wo es doch so viele Bücher zu lesen gibt?«

Warum, warum, warum! Inzwischen war Helene jedes Mal, wenn das Kind den Mund aufmachte, auf der Hut. Natürlich beantwortete sie jede Frage, nichts anderes wurde von ihr als Lehrerin erwartet. Dass sie dabei ab und zu ins Straucheln kam, versuchte sie in einer Fülle von Haupt- und Nebensätzen zu verbergen. Ob es ihr gelang? Wenn sie in Elfies Miene schaute, war sie sich dessen nicht sicher. So seltsam es klang – das Kind schaffte es immer wieder, sie ihre Unzulänglichkeiten spüren zu lassen.

Dieses Jahr würde sie bei Elfie eine härtere Tonart anschlagen, ging es Helene durch den Kopf, während ihre Schülerinnen aufgeregt von Schlittenfahrten und ihren Weihnachtsgeschenken erzählten. Viel zu gutmütig war sie mit der Kleinen bisher umgegangen. Ab jetzt würde sie ihre ganze Autorität als Lehrerin ausspielen.

Helene nickte vor sich hin. Zufrieden mit sich und ihrer Entscheidung, schaute sie ihre Schülerinnen an.

»Ab jetzt, liebe Kinder, wird wieder fleißig gelernt! Zu Beginn des neuen Jahres schreibt ihr einen Aufsatz zu folgendem Thema …«

*

»Wir sollen einen Aufsatz über einen wichtigen Mann und seine technische Errungenschaft schreiben.« Wie jeden Tag war Elfie nach dem Unterricht nicht wie ihre

Schwestern in ihr Zimmer gegangen, sondern in die Küche. Hier war es warm und gemütlich, hier fühlte sie sich so geborgen wie nirgends sonst im Haus.

»Einen Erfinder sozusagen. Nun, davon gibt's ja genügend. Jeden Tag werden Dinge erfunden, manche nützlich, manche unnütz. Hast du dir schon einen Herrn ausgesucht?«, fragte Kunigunde, die alte Köchin, während sie Kartoffeln in dünne Scheiben schnitt. Auf dem großen Eisenherd schmorten schon Rippchen und Wurzelgemüse vor sich hin, dazu sollte es Bratkartoffeln geben.

Elfie, die statt auf einem Stuhl auf dem Esstisch saß, ließ ihre Beine baumeln. »Ich dachte, du hättest vielleicht eine Idee …«

»Du könntest über den Erfinder der Glühbirne schreiben«, sagte die alte Köchin und nickte in Richtung der Lampe, die in der Mitte der Decke hing und die Küche mehr schlecht als recht ausleuchtete. »In meiner Jugend brannte in der Küche noch eine stinkende Ölfunzel, die elektrische Beleuchtung ist ein großer Fortschritt.« In einer liebevollen Geste strich sie Elfie eine rote Haarlocke aus der Stirn. »Und jetzt runter vom Tisch! Wenn Frau Schleier oder dein Vater eintreten und dich so undamenhaft antreffen, komm ich in Teufels Küche.«

»Teufels Küche, das ist gut«, sagte Elfie kichernd, nahm aber brav auf einem der Holzstühle Platz. »Ich habe keine Ahnung, wer die Glühbirne erfunden hat. Außerdem will Christine schon über den Herrn Daimler und sein Automobil schreiben, und Maria schreibt über einen gewissen Herrn Bell. Da wäre es doch einfallslos, wenn ich über den Herrn XY und seine Glühbirne schreibe.«

»Irgendetwas wird dir schon noch einfallen«, sagte Kunigunde tröstend, während sie mit den Fingern eine Prise Salz aus dem Salzfass holte und damit die Bratkartoffeln würzte.

Im nächsten Moment stieß Elfie bei dem Versuch, eine der knusprigen Kartoffelscheiben aus der Pfanne zu stibitzen, das Salzfass um.

»Oh, Verzeihung.« Elfie verzog das Gesicht ob ihrer Schusseligkeit. So flink, wie sie sich bewegte, kam ihr öfter einmal etwas in die Quere.

Kunigunde schaute erschrocken drein und bekreuzigte sich fahrig. »Fordere das Schicksal nicht heraus, Kind«, sagte sie. »Weißt du nicht, dass es Unglück bedeutet, ein Salzfass umzustoßen?«

»Wieso denn das?«, fragte Elfie, während sie mit beiden Händen die Salzkörner nachlässig zusammenfegte, wobei mehr Salz auf dem Boden als im Salzfass landete.

»Salz ist heilig, darum«, antwortete Kunigunde und schob Elfie zur Seite, um das verschüttete Salz selbst wieder Korn für Korn aufzuheben.

So ernst hatte sie die Köchin nur selten erlebt, dachte Elfie. Was hatte sie denn Schlimmes getan?

Erst als Kunigunde das letzte Salzkorn von Tisch und Boden aufgehoben hatte, entspannte sich ihre Miene wieder. Sie warf einen prüfenden Blick in Töpfe und Pfannen, dann setzte sie sich zu Elfie an den Tisch. »Hier in der Gegend um Schwäbisch Hall wurde schon seit Urzeiten Salz gewonnen, ganze Wälder wurden abgeholzt, um damit in den Salinen die Öfen zu befeuern. Früher standen hier überall Bäume dicht an dicht, man kann es sich gar nicht mehr vorstellen, nicht wahr?«

Elfies Blick ging aus dem Fenster, wo sich die Hohenloher Ebene als offenes Land erstreckte. Ein großer Wald – hier?

»Mein Vater arbeitete auch einst in der Saline, vielleicht habe ich deshalb eine besondere Ehrfurcht vor dem Salz. Als ich noch ein Kind war, nannte man es sogar das weiße Gold …« Fast andächtig hielt Kunigunde Elfie ein paar Salzkörner hin.

»Wegen des Salzes wurden Kriege geführt, das weiße Gold brachte Reichtum und Städte zum Erblühen. Seit jeher hatten die Menschen eine fast ehrfürchtige Beziehung zum Salz: Es ist lebensnotwendig und somit wertvoller als das teuerste Edelmetall oder das seltenste exotische Gewürz.«

»Das ist ja spannend …«, hauchte Elfie und merkte, wie sie im Nachhinein ein schlechtes Gewissen bekam, weil sie das Salzfass umgeworfen hatte.

»Schon in der Bibel wurde das ›Salz der Erde‹ erwähnt. Und auch heute noch ranken sich viele Sprichwörter und Mythen und auch so mancher Aberglaube darum«, fuhr Kunigunde fort. »Bei einem umgestoßenen Salzfass zählte meine Mutter angstvoll die verschütteten Körner: So viele Tränen würde sie weinen müssen. So viele Prügel würde die Magd beziehen. So viele magere Jahre würden der Familie ins Haus stehen.«

Der Blick der alten Köchin war plötzlich abwesend, sie schien weit entfernt in Zeit und Raum. Nach einem langen Moment kam sie wieder zu sich und zwinkerte Elfie zu. »Gott sei Dank hat sich nicht immer alles bewahrheitet. Doch der Aberglaube ist geblieben …« Mit einem Ächzen stand sie auf, um die Pfanne mit den Bratkartoffeln vom Herd zu ziehen.

»Und jetzt lass mich meine Arbeit tun. Dein Vater

wäre nicht begeistert, wenn sein Abendessen heute später als sonst auf den Tisch käme.«

Auf einmal hatte es auch Elfie eilig. Salz … Sie würde über den Erfinder des weißen Goldes schreiben! Was für eine gute Idee!

Am 7. März 1876 bekam Alexander Graham Bell das Patent für seine Erfindung, das Telefon. Seitdem hat sich das Telefon in der ganzen Welt und auch im ganzen Kaiserreich verbreitet. Die Menschen, die sich einen Telefonanschluss leisten können, müssen nun keine langen Briefe mehr schreiben, sondern können sich einfach gegenseitig anrufen, das Fräulein vom Amt hilft ihnen dabei.

Helene Schleier lächelte amüsiert. War dieser Aufsatz nicht typisch für Christine? Der Dreizehnjährigen war das Schreiben verhasst, da stellte das Telefon natürlich eine ganz besondere Faszination dar. Wahrscheinlich hätte sie am liebsten auch ihren Aufsatz telefonisch durchgegeben. Trotzdem, das junge Mädchen hatte sich gut informiert und das Aufsatzthema erfüllt.

Schwungvoll schrieb Helene die Note Zwei unter den Aufsatz.

Als Nächstes nahm sie sich die Arbeit von Maria, der zweitältesten Tochter von Joseph Braun vor. Sie hatte sich den Grafen von Zeppelin und sein Luftschiff ausgesucht. Auch ein gutes Thema, dachte Helene anerkennend. Nachdem sie alles durchgelesen hatte, gab sie ihr ebenfalls die Note Zwei. Es war das erste Mal, dass sie ihren Schülerinnen eine solche Freiheit erlaubt hatte, bisher hatte sie die Aufsatzthemen immer genau vorgegeben. Doch allem Anschein nach waren die Mädchen dieser Herausforderung gewachsen, mehr noch, sie glänzten geradezu mit ihren eigenen Ideen. Diese Überzeugung wurde noch gestärkt, als Helene den nächsten Aufsatz zu lesen begann.

Mein Vater ist ein großer Erfinder, hatte die zehnjährige Hannah geschrieben. *Früher deckten die Menschen ihre Häuser notdürftig mit Lehm und Reet ab, heutzutage gibt es dafür Dachziegel. Diese stellt mein Vater in der Ziegelei her, somit gehört er zu den größten Erfindern unserer Zeit …*

Helene musste ein Lachen unterdrücken. Sie war sich ziemlich sicher, dass es gebrannte Ziegel schon vor Joseph Brauns Zeit gegeben hatte, aber sie würde den Teufel tun und das Mädchen rügen. Im Gegenteil, dass die Kleine sich ausgerechnet ihren Vater als Vorbild herausgesucht hatte, zeugte von Klugheit und war ebenfalls eine gute Note wert. Diesen Aufsatz würde sie heute Abend bei Tisch erwähnen, nahm Helene sich vor. Er würde Joseph Braun vollends von ihren pädagogischen Fähigkeiten überzeugen, falls das überhaupt noch nötig war. Und war ihr dies gelungen, würde sie ihn sicher auch noch von ihren weiblichen Fähigkeiten überzeugen können! Ihr Blick fiel auf ihre rechte Hand. Im Geiste sah sie am schlanken Ringfinger schon das goldene Band der Ehe glänzen …

Wenn jetzt auch noch Elfies Aufsatz einigermaßen gelungen war, stand ihren privaten Plänen nichts mehr im Weg, frohlockte sie. Zufrieden mit sich und ihrer Welt griff sie zum letzten Aufsatz. Doch schon beim ersten Satz gefror Helenes Lächeln.

Für mich ist der größte Erfinder der liebe Gott. Und die größte Erfindung auf Gottes Erdboden ist das Salz. Denn ohne Salz gibt es kein Leben … Ungläubig las Helene weiter: *»Ihr seid das Salz der Erde«, steht in der Bibel, und wenn jemand ein neues Heim bezieht, schenken die Gäste ihm Brot und Salz – ein schöner Brauch. Und weil das Salz so eine wertvolle Sache ist, gibt es noch viel mehr Mythen und Geschichten darum …*

Was war das denn? Wütend starrte Helene auf das dichtbeschriebene Blatt Papier. Die krakelhafte Mädchenschrift war ihr ebenso ein Dorn im Auge wie der Inhalt des Aufsatzes. Salz die größte Erfindung auf Gottes Erdboden? *Wie kannst du es wagen, über eine derart wertlose Lappalie zu schreiben?*, schrieb Helene an den Rand des Blattes. Ihre Feder quietschte schrill, als sie ihre Benotung unter den Aufsatz schrieb.

✵

Schluchzend saß Elfie am Küchentisch. »Alle haben sie die Note Zwei bekommen, und … ich … eine F-Fünf …«

Ratlos schaute Kunigunde das zusammengesunkene Häufchen Elend an. So verzweifelt hatte sie die kleine Elfie noch nie erlebt. Normalerweise nahm sie sich die Worte ihrer Lehrerin nicht so sehr zu Herzen. Und wenn doch, dann gelang es ihr, Kunigunde, meist recht rasch, Elfie wieder aufzumuntern. »Die Menschen sind nun einmal sehr verschieden« oder »Man kann es eben nicht jedem recht machen« – mit solchen Weisheiten und einem Keks dazu zauberte sie Elfie meistens ein Lächeln ins Gesicht. Doch ausgerechnet heute wollten ihr keine tröstenden Worte einfallen.

Elfie schaute aus tränennassen Augen auf. »Ich verstehe einfach nicht, was an meinem Aufsatz so schlecht sein soll! Heißt es nicht, der liebe Gott sei der Schöpfer von allem? Was wäre die Menschheit denn ohne Salz? Dafür hätten der liebe Gott und ich wenigstens eine Note Drei verdient gehabt, oder? Vater ... hat auch nur ganz v-... verächtlich geschaut, als Frau Schleier ihm von meinem Aufsatz berichtete, auch ihm kann ich's einfach nicht recht machen ...« Schon brach das Mädchen erneut in Weinen aus.

Kunigunde presste die Lippen zusammen, um nicht vor Wut etwas Unbedachtes zu sagen. Niemand konnte es Joseph Braun recht machen, und die kleine Elfie am allerwenigsten! Seit dem Tod seiner Frau Magda war er so kalt wie ein Eisklotz. Einzig die Ziegelei zählte noch für ihn, in seinen Töchtern hingegen sah er nicht mehr als Material für den Heiratsmarkt. Hauptsache, er konnte sie einmal gewinnbringend mit anderen erfolgreichen Geschäftsmännern im Kaiserreich verheiraten und damit sein eigenes Vermögen mehren! Kunigunde wusste nicht, ob die älteren drei Mädchen unter der Haltung des Vaters litten, sie kannten ja nichts anderes. Christine, Hannah und Maria trösteten sich mit den vielen schönen Geschenken, Pralinés und feinen Kleidern über die Gefühlskälte des Vaters hinweg. Doch Elfie litt, wie nur ein achtjähriges Mädchen leiden konnte. Dabei war sie die Klügste von allen und die mit der größten Herzenswärme. Sie sehnte sich so sehr danach, dass irgendjemand sie wahrnahm. Aber würde Joseph Braun jemals erkennen, dass seine jüngste Tochter der größte Schatz von allen war?

Ein grimmiges Lächeln umspielte Kunigundes Mund. Vielleicht war die Zeit reif, dem Herrn und seinem Fräulein Lehrerin ein wenig die Augen zu öffnen …

Der nächste Sonntag war ein strahlend schöner Wintertag. Im warmen Sonnenlicht leuchteten die matten graubraunen Grasflächen des Vorjahres fast golden. Erstes Vogelzwitschern war zu hören, als Kunigunde frühmorgens die Küche betrat. In ihrer rechten Hand trug sie einen Korb mit Eiern, die sie im Hühnerhaus eingesammelt hatte. Links hatte sie die Zipfel eines vollen Kartoffelsacks in der Hand. Ächzend hievte sie die schwere Last auf den Küchentisch, dann warf sie einen Blick auf den Speiseplan für den heutigen Tag. Eine gebundene Hühnersuppe als Vorspeise. Dann ein Rehrücken aus der eigenen Jagd des Joseph Braun, dazu Spätzle und eine kräftige Rotweinsoße. Möhrengemüse und Selleriemus. Als Dessert hatte sie nichts eingeplant, das war an diesem Tag nicht nötig. Weder der Hausherr noch seine Gäste würden darauf Appetit haben. Und Helene Schleier, die sich aufführte, als wäre sie schon die neue Dame des Hauses, erst recht nicht! Mit grimmiger Bestimmtheit machte sich die Köchin ans Werk.

Es war kurz vor zwölf Uhr, als die Kutsche von Alois Michelfelder vorfuhr. Ihm gehörte das größte Sägewerk weit und breit, er und seine Frau waren häufig zu Gast im Hause Braun.

Kunigunde grinste in sich hinein, als sie durchs Küchenfenster sah, dass heute sogar die beiden schlaksigen Söhne der Familie mit von der Partie waren. Bestimmt hatte sich Joseph Braun einen davon als Ehemann für Christine oder Hannah ausgeguckt.

Kurz darauf fuhr eine zweite Kutsche vor, aus der Freiherr Martin von Großwaldstätten, Inhaber einer Saline, und seine Ehefrau Elisabeth ausstiegen. Die beiden hatten ebenfalls einen Sohn, der Zwölfjährige war heute auch dabei.

Kunigunde hörte, wie die Haushälterin das große Portal öffnete und die Gäste hereinbat. Kurz darauf ertönten die Stimmen von Joseph Braun und Helene Schleier. Die beiden begrüßten die Gäste schon wie ein altes Ehepaar.

Normalerweise übernahm Kunigunde das Servieren der Speisen selbst. Nur an Tagen wie diesem, wenn wichtige Gäste mit an der Tafel saßen, kamen von einem der benachbarten Höfe zwei junge Frauen zur Hilfe. Die beiden Schwestern freuten sich nicht nur, ein paar Groschen verdienen zu können, sondern waren auch stolz darauf, in weißer Schürze und mit Spitzenhäubchen auf dem Kopf dem großen Unternehmer Braun und seinen Gästen die Speisen servieren zu dürfen. Ob dies nach dem heutigen Tag noch der Fall sein würde, bezweifelte Kunigunde allerdings.

Mit leicht zitternder Hand füllte die alte Köchin die Hühnersuppe in die eleganten Porzellanschalen.

»Schnell raus damit, die Suppe soll heiß auf den Tisch kommen!« Mit diesen Worten scheuchte sie die beiden Serviermädchen in Richtung des Speisezimmers, aus dem frohes Gelächter drang.

Während sie die Soße zur Rehkeule mit Rotwein verfeinerte, trugen die beiden Serviermädchen die Suppenschalen bereits wieder ab.

»Seltsam«, sagte eine der beiden, »fast alle Suppenschalen sind noch halb voll. Und Frau Schleier hat gar nichts gegessen …« Ihre Miene war abweisend. So etwas würde auf ihrem Bauernhof nie vorkommen!

Kunigunde tat so, als wäre das Verhalten der Gäste ganz normal. »Die feinen Herrschaften sind nun einmal wählerisch, denen kann man es nicht immer recht machen. Hoffen wir, dass die Rehkeule besseren Anklang findet.« Sie wischte einen Soßenfleck von einem der Teller ab, dann wies sie die Serviermädchen an, den zweiten Gang hinauszutragen. »Lasst bitte die Tür zum Esszimmer einen Spalt weit offen stehen«, fügte sie leise hinzu.

Kunigunde hielt den Atem an, als kurz darauf das Klirren des Tafelsilbers ertönte. »Was zum Teufel …!«

Im nächsten Moment erschien eine kreidebleiche Helene Schleier in der Küchentür.

»Herr Braun ist äußerst echauffiert. Er möchte Sie unverzüglich im Speisezimmer sehen«, zischte sie durch zusammengepresste Lippen.

Kunigunde wischte ihre Hände an der Schürze ab, straffte die Schultern, dann folgte sie der Hauslehrerin lächelnd. Im Speisezimmer deutete sie einen kleinen Knicks an, so wie Herr Braun es gern sah.

»Haben Ihnen meine Speisen etwa nicht geschmeckt?«, fragte sie, während sie stirnrunzelnd auf die vollen Teller schaute.

»Ihr Essen ist ungenießbar!«, fuhr ihr Arbeitgeber sie ungehalten an. »Wie kommen Sie dazu, so etwas auf den Tisch zu bringen? Eine derartige Zumutung für meine Gäste …« Bedauernd und peinlich berührt zugleich schaute er zu dem Sägewerkbesitzer und dem adligen Freiherrn.

»Ich habe gekocht wie immer, lediglich das Salz habe ich weggelassen«, sagte Kunigunde betont unschuldig. Schulterzuckend schaute sie in die Tischrunde. »Und Salz ist doch wirklich nur eine Lappalie! Genau das hat zumindest Frau Schleier unter Elfies Aufsatz geschrieben. ›Wie kannst du es wagen, über eine derart wertlose Lappalie zu schreiben?‹ – So lauteten Ihre Worte, nicht wahr?« Mit einem zuckersüßen Lächeln wandte sie sich an die Hauslehrerin, die kreidebleich geworden war. Dann ließ sie ihren Blick erneut in die Runde schweifen.

»Elfie hat in einem Aufsatz über den lieben Gott und seine Erfindung, das Salz, geschrieben. Ein schönes Thema, dachte ich. Denn bisher betrachtete ich Salz immer als ›weißes Gold‹ – immerhin hat es der Gegend rund um Schwäbisch Hall über Jahrhunderte hinweg Reichtum und Wohlstand gebracht.«

Der Sägewerkbesitzer nickte. Er verkaufte sein Holz an die Saline, die dem Freiherrn gehörte. Auch dieser nickte.

»Natürlich bringt Salz Wohlstand. Salz ist wertvoller als Gold und Edelsteine«, sagte Freiherr Martin von Großwaldstätten stirnrunzelnd. »Ohne Salz kann es doch auf dieser Welt gar kein Leben geben!«

Die Köchin nickte. »Dieser Ansicht war ich auch. Aber dann hat Elfie von ihrer Lehrerin für ihren Aufsatz die Note Fünf bekommen. Und der gnädige Herr hatte gegen diese Benotung keine Einwände.« Kunigunde stemmte beide Hände in die Seiten. »Das brachte mich zum Nachdenken. Wenn Salz wirklich nur eine wertlose Lappalie ist, brauche ich es auch nicht mehr zu verwenden, dachte ich mir. Daraus können Sie mir wirklich keinen Strick drehen.«

Peinliches und zugleich ratloses Schweigen machte sich breit. Die Söhne des Sägewerkbesitzers grinsten. Christine, Hannah und Maria schauten erschrocken drein. Und Elfies Augen waren so weit aufgerissen, dass Kunigunde Angst hatte, sie würden dem Kind aus dem Kopf fallen. Sie zwinkerte Elfie kurz aufmunternd zu.

»So ... so war das nicht gemeint ...«, stotterte Helene Schleier. »Das Thema ... Im Grunde genommen ... ist es ja gut ...« Ihre Leichenblässe von gerade eben schwand, stattdessen stieg ihr Schamesröte ins Gesicht. Hilfesuchend sah sie zu Joseph Braun hinüber.

Auch Alois Michelfelder und Freiherr Martin von Großwaldstätten schauten ihren Gastgeber erwartungsvoll an. Wie konnte er es zulassen, dass die Hauslehrerin derart dumm und willkürlich urteilte?

Joseph Braun runzelte die Stirn. Dann räusperte er sich. Die Situation war ihm sichtlich peinlich. Trotzdem bedachte er seine jüngste Tochter mit einem so liebevollen Blick, wie Kunigunde ihn noch nie bei ihm gesehen hatte.

Leise, fast demütig sagte der Unternehmer zu Elfie: »Es war ein Fehler, dass ich nicht erkannt habe, wie klug du dein Aufsatzthema gewählt hast. Kannst du mir verzeihen? Dein alter Vater hat halt immer so viele andere Dinge im Kopf ...«

Der Sägewerkbesitzer und der Freiherr brummten zustimmend. Das kannten sie! Ein Mann konnte sich schließlich nicht um alles kümmern, deshalb war es ja so wichtig, gutes Personal zu haben. Sie warfen der Hauslehrerin einen unfreundlichen Blick zu.

Statt zu antworten, ergriff Elfie die rechte Hand ihres Vaters und legte sie an ihre Wange. Für einen langen Moment verharrten Vater und Tochter in dieser innigen Haltung.

Die Ehefrauen der angereisten Herren seufzten entzückt.

Christine, Hannah und Maria schauten ihren Vater entgeistert an. Elfie war doch das ungeliebte hässliche Entlein, warum beschenkte der Vater nun ausgerechnet sie mit seiner Zuneigung? Stünde das nicht eher ihnen, den schönen Schwänen, zu?

Joseph Braun tätschelte die Wange seiner Tochter ein letztes Mal, dann wandte er sich an Helene Schleier. »Sie sollten Ihre Notengebung dringend überdenken!«, sagte er streng.

Helene Schleier nickte mit zusammengepressten Lippen.

Kunigunde lächelte zufrieden, doch ihr Lächeln verschwand, als ihr Arbeitgeber sich an sie wandte.

»Ihre Lektion hat gesessen. Aber eine Belehrung dieser Art reicht, in Zukunft erwarte ich wieder vorzügliches Essen von Ihnen!«, sagte er, doch die Strenge, die zuvor noch in seiner Stimme gelegen hatte, war verschwunden.

Die Köchin schlug betont gehorsam die Lider nieder und sagte so zuckersüß wie möglich: »Soll ich jetzt vielleicht das Salzfass bringen?«

Dies ist meine ganz persönliche Variante des weltberühmten Salz-Märchens. Mehr über das »weiße Gold« erfahren Sie in *Die Salzbaronin.*

Mona Sternfeld

GIRLS-CLUB

Wir halten zusammen

Nicht ohne meine Clique

Schneider Buch
EGMONT

Bibliografische Information Der Deutschen Bibliothek
Die Deutsche Bibliothek verzeichnet diese Publikation in der Deutschen Nationalbibliografie; detaillierte bibliografische Daten sind im Internet über http://dnb.ddb.de abrufbar.

Vertrieb durch Egmont vgs verlagsgesellschaft mbH, Köln
Titelbild: Thomas Haubold
Umschlaggestaltung: Basic-Book-Design Karl Müller-Bussdorf, Herrsching
Druck und Bindung: Ebner & Spiegel, Ulm
ISBN 3-505-12154-1
ab 01.01.2007:
ISBN 978-3-505-12154-8

06 07 / 8 7 6 5 4 3 2 1

Inhalt

Klassenfahrt

„Wo sind wir hier?“, fragte Mascha.

„Keine Ahnung“, antwortete Cherry. „Irgendwo tief im Wald.“

„Mist! Wieso habe ich keine neuen Batterien mitgenommen?“, seufzte Pia und schüttelte verzweifelt die erloschene Taschenlampe.

Es hätte ein richtig tolles Nacht-Geländespiel werden sollen. Ihre Mitschüler Max, Sascha und Meike hatten es vorbereitet. Als krönenden Abschluss ihrer Klassenfahrt.

Fünf Tage hatte die Klasse im Jugendgästehaus verbracht. Fünf Tage mit Wanderungen, Schwimmbadbesuchen, Tischtennisspielen und dem Besuch eines alten Bergwerks waren natürlich weitaus angenehmer als der Schulalltag. Darin waren sich alle einig. Auch Frau Sondermann und Herr Degenhardt, die die Fahrt als Lehrer begleiteten, waren dieser Ansicht.

„Das wäre natürlich wirklich ein krönender Abschluss“, meinte Mascha jetzt. „Wenn wir hier im letzten Moment verloren gehen. Würde mich mal interessieren, was die Sondermann dann ins Klassenbuch schreibt: ‚Pia Gehrke, Christiane Hausmann und Mascha Bielenberg sind als Teilgruppe des Geländespiels im Wald verloren gegangen und werden bis zum Ende des Schuljahres fehlen. Voraussichtlich unentschuldigt‘."

„Bis zum Ende des Schuljahres hier bleiben? Das ist ja keine angenehme Aussicht", stellte Pia fest und zog schaudernd ihre Jacke enger zu. Es war nun wirklich Herbst und aus dem feuchten Waldboden stieg eine unangenehme Kälte auf.

Sie machte einen weiteren Versuch, die Taschenlampe einzuschalten. Tatsächlich fiel noch einmal für einen kurzen Moment ein schwacher Lichtstrahl auf die Baumstämme, die die drei Mädchen umgaben. Aber etwas Entscheidendes war nicht zu sehen. Kein Zeichen. Kein Pfeil, kein Kreuz, kein Kreis. Nichts.

Dann war alles wieder dunkel.

„Vielleicht sollten wir einfach den Weg, den wir gekommen sind, zurückgehen", schlug Mascha vor.

„Den Weg?", wiederholte Cherry. „Was denn für einen Weg? Von einem richtigen Weg konnte doch schon während der letzten Viertelstunde keine Rede mehr sein."

Tatsächlich war die Schneise, durch die die Mädchen anfangs gelaufen waren, immer enger geworden.

Mascha schüttelte den Kopf. „Hier stimmt irgendwas überhaupt nicht mehr."

Pia schob den Schalter der Taschenlampe hin und her. Ohne Erfolg. „Und jetzt?", fragte sie.

Es war still. Total still.

„Moment mal", sagte Cherry plötzlich. Sie schob ihr neues Haartuch, mit dem sie ihr welliges blondes Haar aus dem Gesicht hielt, nach hinten. „Hört ihr das?"

Pia und Mascha lauschten.

„Da sind Stimmen", stellte Cherry fest. „Und … sogar Töne. Musik."

„Musik?", wiederholte Mascha. „Im Wald?"

Tatsächlich klangen jetzt, sehr leise, ein paar vereinzelte Töne durch die stille Nacht. Eine Gitarre. Dazu hier und da Gelächter.

„Da sind Leute", sagte Cherry. „Kommt. Da gehen wir jetzt hin." Und sie machte schon die ersten Schritte, einfach irgendwo zwischen den Bäumen hindurch.

„Cherry, warte!“, rief Pia. „Du kannst doch nicht einfach mitten in der Nacht und mitten im Wald zu wildfremden Leuten laufen. Wer weiß, wer das ist?“

Cherry blieb stehen. Sie stützte die Arme in die Seiten. „Willst du lieber bis zum Morgengrauen hier bleiben und warten? Dann hast du natürlich die Wahl. Ob wir anfrieren oder besser Wurzeln schlagen sollen ...“

„Gut“, seufzte Pia. „Wir kommen ja schon.“

Cherry hatte sich schon wieder umgedreht und lief weiter zwischen den Bäumen hindurch voran.

„Weiß der Teufel, was das für Leute sind“, sagte Pia zu Mascha.

„Wo man singt, da lass dich nieder, sagt meine Mutter immer“, meinte Mascha und die Ironie in ihrer Stimme war unüberhörbar. „Böse Menschen kennen keine Lieder ...“

Nachdem sie sich ein Stück weit zwischen den Bäumen vorangetastet hatten, öffnete sich der Wald zu einem größeren Platz, auf dem grobe Steine zu trogartigen Gebilden aufgemauert waren. Ein öffentlicher Grillplatz.

Je näher die Mädchen gekommen waren, umso deutlicher waren die Gitarrenmusik und der Gesang geworden. Und jetzt roch es unverkennbar nach Rauch und Feuer.

Ein paar glühende Funken stoben in die Luft, als Cherry, Pia und Mascha sich einer der gemauerten Feuerstellen näherten. Sechs junge Leute saßen darum herum. Im Näherkommen stellten die Freundinnen fest, dass die Umsitzenden ungefähr ihr Alter haben mussten. Vielleicht ein bis zwei Jahre älter.

„Entschuldigung …“, begann Cherry.

Nach und nach wandten sich die Köpfe den drei Mädchen zu.

„Geht’s hier vielleicht zum Jugendgästehaus?“

„He“, antwortete eine Jungenstimme. Es schien die Stimme zu sein, die auch eben gesungen hatte. „Wer seid ihr denn?“

„Wir haben uns verlaufen“, antwortete Pia. „Wir gehören zu einer Gruppe aus dem Jugendgästehaus, und blöderweise hat unsere Taschenlampe während der Nachtwanderung den Geist aufgegeben. Jetzt haben wir komplett die Orientierung verloren.“

„Das ist natürlich Pech“, sagte eine Mädchenstimme. „Da bleibt man doch besser gleich auf dem Grillplatz, so wie wir, während die anderen durch die Nacht robben.“

„Im Jugendgästehaus wohnen wir mit unserer Klasse auch“, sagte jetzt ein anderes Mädchen. „Allerdings erst seit heute. Darum haben wir uns wahrscheinlich noch nicht gesehen.“

„Wie kommt man denn von hier aus zum Gästehaus zurück?“, fragte Mascha. „Bis morgen früh müssen wir da sein. Sonst fährt der Bus ohne uns nach Hause.“

„Das ist ganz einfach“, sagte das Mädchen. Sie deutete auf die gegenüberliegende Seite des Grillplatzes. „Da hinten geht ein Weg ab. Wenn man dem folgt, ist man in zwanzig Minuten da.“

„Na, dann nichts wie los“, meinte Pia zu ihren Freundinnen und hauchte in ihre klammen Hände. „Ich bin schon halb erfroren.“

„Das kann ich mir vorstellen“, sagte der Junge mit der Gitarre nun wieder. „Es ist ja auch eiskalt. Aber gegen das Frieren haben wir etwas. Hier. Heißer Tee.“ Er deutete auf einen Topf, der auf dem Rost über dem Feuer stand. „Mögt ihr einen Schluck? Lucy macht den besten Tee der Welt.“

„Vielen Dank, das ist nett. Aber ehrlich gesagt, eine heiße Dusche wäre mir jetzt lieber“, meinte Mascha.

„Allerdings“, stimmte Pia zu. „Und dann ab ins Bett.“

„Ins Bett?“, antwortete der Junge. Er zupfte ein paar Akkorde auf seiner Gitarre. „Im Bett könnt ihr zu Hause doch auch liegen. Kommt, bleibt lieber hier bei uns! Wir können nachher zusammen zurückgehen. Außerdem – drei Mädchen, ganz allein im Wald – gut ist das nicht. Man liest ja so viel ...“ Er schien seinen letzten Satz nicht ganz ernst zu meinen. Im Licht des Feuers war jedenfalls zu erkennen, dass er die Mädchen angrinste.

„Da ist natürlich etwas dran“, ließ Cherry sich auf sein Argument ein. „Und einmal haben wir uns ja schon verlaufen.“ Dann wandte sie sich an Pia und Mascha. „Außerdem wird von unserer Klasse noch niemand zurück sein. Was sollen wir also allein im Jugendgästehaus?“

Während Cherry sprach, hatte das Mädchen, das offenbar Lucy hieß, in einen Korb gegriffen, der zu ihren Füßen stand. Sie hatte drei Becher herausgeholt und sie mit Tee gefüllt. Jetzt reichte sie den drei Freundinnen jeweils einen davon. „Hört auf den Chef und bleibt bei uns“, sagte sie. „Und trinkt erst mal. Für jeden eine Tasse. So viel Zeit habt ihr doch bestimmt.“

Aus den Bechern dampfte es verlockend. Die drei Freundinnen spürten die Kälte in sämtlichen Knochen.

„Na gut, überredet“, meinte Pia und nahm einen Schluck aus ihrem Becher. „Aber wirklich nur eine Tasse.“

„Und wir möchten bitte ganz nah am Feuer sitzen“, setzte Mascha noch leise fröstelnd hinzu.

„Kein Problem“, murmelte die Clique.

Alle rutschten zusammen, sodass rund um das Feuer noch Platz für die drei Mädchen war. Cherry setzte sich neben den Jungen mit der Gitarre. Die eine Hälfte seines Gesichts wurde vom Feuerschein beleuchtet, während die andere Hälfte im Dunkeln lag.

Er klimperte ein paar Töne auf seiner Gitarre. „Ich heiße Dennis“, sagte er. „Und du? Wie heißt du?“

„Christiane“, antwortete Cherry und hielt ihre Teetasse fest mit beiden Händen umklammert. „Aber alle nennen mich Cherry.“

„Cherry?“, wiederholte Dennis. „Cherry klingt gut. C-H-E“, schlug er die entsprechenden Töne auf seiner Gitarre an. Dann begann er zu spielen. „Das ist der Cherry-Song“, sang er. „Der Cherry-Cherry-Cherry-Song. Leider gibt es in unserem Tonsystem kein R und kein Y“, fügte er dann wieder sprechend hinzu.

Cherry lachte. Ein wohliger Wärmeschauer durchrieselte sie. Er mochte von dem Tee herrühren, den Cherry genüsslich in kleinen Schlucken trank. Oder auch von dem Gefühl, dass dieser Cherry-Song, den Dennis spielte und sang, gerade erst in diesem Moment entstand. Ein eigener Song – exklusiv für sie!

Der folgende Tag begann grau und nebelverhangen. Cherry nahm das schlechte Wetter aber kaum wahr. Gleich beim Aufstehen war sie bester Laune. Oder besser gesagt: schon am vergangenen Abend war sie mit einem Grinsen im Gesicht unter die Bettdecke geschlüpft. Selbst die Tatsache, dass ihr trotz des Feuers und des Tees allmählich doch eiskalt geworden war, hatte daran nichts ändern können. Ihr war einfach warm ums Herz.

Als das Licht ausgeschaltet war und Pia und Mascha schon lange schliefen, hatte Cherry noch lange wach gelegen. Bis sich die Silhouette des vom Feuerschein halb erleuchteten Gesichts, das sie vor ihrem geistigen Auge sah, allmählich in die Bilder ihrer Träume eingepasst hatte.

„Na, Cherry", sagte Herr Degenhardt. Das Frühstück war beendet und die Klasse war damit beschäftigt, ihr Gepäck im Bus zu verstauen. „Du grinst ja wie ein Honigkuchenpferd. Freust du dich denn so darauf, wieder nach Hause zu kommen und zur Schule gehen zu dürfen?"

„Nein", antwortete Cherry. „Das ist es eher nicht."

„Sie ist einfach heilfroh, dass sie heute Nacht aus dem dunklen Wald wieder nach Hause gefunden hat", schaltete Max sich von der Seite ein. Natürlich war die Tatsache, dass Pia, Cherry und Mascha sich in der letzten Nacht verlaufen hatten, an diesem Morgen der allgemeine Lacherfolg. „Sonst wäre ja vielleicht der böse Wolf gekommen. Wie bei Rotkäppchen. Hu-huh!", winselte Max.

Cherry knuffte ihn in die Seite. „Pass du lieber

auf, dass nicht die böse Hexe kommt“, drohte sie lachend.

„Vom bösen Wolf kann man nicht gerade sprechen“, meinte Mascha, sobald sich die drei Freundinnen auf die Rückbank des Busses gesetzt hatten.

„Vielleicht lieber von einer Art Märchenprinz“, ergänzte Pia mit einem Grinsen. „Obwohl die normalerweise nicht mit Gitarren auftreten. Eher als Frösche mit goldenen Kugeln. Sag mal, Cherry, kannst du dir eigentlich vorstellen, einen Frosch zu küssen?“

„Ich weiß überhaupt nicht, wovon ihr redet“, sagte Cherry und wurde puterrot.

„Von wem wohl?“, antwortete Mascha. „Von Dennis.“

„Komm, Cherry, jetzt tu doch nicht so“, meinte Pia. „Wir haben doch gesehen, dass du hin und weg warst.“

„Also, ihr könnt echt froh sein, dass wir die anderen getroffen haben“, versuchte Cherry ihre Freundinnen von ihrem Hauptthema abzulenken. „Sonst wären wir sicher noch wer weiß wie lange im Wald herumgeirrt.“

Das wäre durchaus möglich gewesen. In Begleitung der Clique um Dennis aber waren Pia, Cherry und Mascha etwa gleichzeitig mit ihrer Klasse zum Gästehaus zurückgekehrt. Wenn es nach Pia und Mascha gegangen wäre, hätten die drei Freundinnen schon ein wenig früher vom Lagerfeuer aufbrechen können. Nach einer Tasse Tee, wie vereinbart. Und da der Weg vom Grillplatz zum Gästehaus beleuchtet war, wäre es auch ein vollkommen ungefährliches Unterfangen gewesen.

Aber Cherry war vom Lagerfeuer einfach nicht mehr wegzubekommen gewesen. Immer wieder hatte sie neue Vorschläge gehabt, was Dennis auf seiner Gitarre spielen sollte – nach dem eher improvisierten Cherry-Song. Und so waren sie erst aufgebrochen, als der Teekessel bis zum letzten Tropfen geleert war.

„Cherry, du kannst es doch zugeben“, sagte Mascha jetzt mit einem breiten Grinsen, während der Bus auf die Landstraße rollte. In etwa zwei Stunden würden sie wieder zu Hause sein. „Du bist verknallt.“

„Vielleicht darf ich mir darüber erst einmal selbst klar werden?“, entgegnete Cherry. Im selben Augenblick piepste ihr Handy. Eine SMS.

Cherry las sie und das Rot auf ihren Wangen wurde noch ein wenig stärker.

„Von Dennis“, stellte Pia fest, ohne auf das Display sehen zu können.

Cherry speicherte die Nachricht, beantwortete sie und steckte das Handy zurück in ihren Rucksack. „Stimmt“, sagte sie mit strahlender Miene.

„Ach, Mensch“, sagte Mascha träumerisch und lehnte sich an Pia an. „Das müsste uns auch mal passieren: Mitten im Wald einen Märchenprinzen kennen lernen. Sich huldvoll ein paar Lieder anhören. Und dann feststellen, dass man in ein- und derselben Stadt wohnt …“

„Solange er ein Märchenprinz bleibt“, meinte Pia. „Nicht dass er sich in einen Frosch zurückverwandelt, nach dem ersten Kuss.“

„Oder vielleicht doch in den bösen Wolf?“, warf Mascha wiederum kichernd ein.

Cherry sah ihre Freundinnen nachsichtig an. „Also ehrlich, ihr seid ganz schön kindisch. Die Zeit der Märchen ist doch wirklich vorbei.“

In ihrem Inneren war sie sich allerdings nicht ganz sicher, ob nicht doch gerade eins für sie begonnen hatte.

Der Rosenkavalier

Was da über sie gekommen war, traf Cherry sozusagen aus heiterem Himmel. Als völlige Überraschung, von einem Augenblick auf den anderen. Ja, sie war verliebt. Ganz plötzlich und sturzartig.

Aber was wusste sie überhaupt von Dennis? Gar nichts – bis auf die Tatsache, dass er Gitarre spielte und viel mit seinen Freunden zusammen war. Dass sie sich tatsächlich in einen Menschen verlieben konnte, der ihr mehr oder weniger unbekannt war – das hätte Cherry vorher nie für möglich gehalten.

Alles in allem hätte sie gar nicht sagen können, was genau sie an ihm faszinierte. Möglicherweise war es seine Stimme. Vielleicht auch die Tatsache, dass er offenbar so etwas wie der Anführer der Gruppe war. Vielleicht war es aber auch einfach nur die außergewöhnliche Atmosphäre, die Cherry in ihren Bann gezogen hatte: der nächtliche Grillplatz, das Feuer. Das warme

Licht im kalten Wald; überhaupt die Erleichterung, wieder einen Orientierungspunkt gefunden zu haben, nachdem sie sich mit ihren Freundinnen im Wald verlaufen hatte. Cherry hätte noch Stunden dort sitzen können, am Lagerfeuer, neben Dennis ...

Natürlich war sie auch früher schon mal verliebt gewesen. Öfter sogar. Sie kannte das Herzklopfen, die sprichwörtlichen Schmetterlinge im Bauch und das urplötzliche Rotwerden, wenn man an den Auserwählten nur dachte. Neu war aber dieses pausenlose Grinsen, das Cherry jetzt im Gesicht hing. So oft sie sich ansah – und wenn es nur ein zufälliger Blick war, den sie in einem Schaufenster auf sich erhaschte – sie grinste wie ein Honigkuchenpferd.

Das konnte auf Dauer niemandem verborgen bleiben. Und Cherrys Mutter schon gar nicht.

„Sag mal, gab es eigentlich etwas Besonderes während eurer Klassenfahrt?", fragte sie am Freitagmorgen beim Frühstück. Sie hatte noch ein wenig Zeit, während ihr Mann bereits in ihr gemeinsames Architektur-Büro oben im Dachgeschoss gegangen war.

Cherrys Klasse war seit einer Woche zurück in

der Stadt. Je näher es nun wieder auf das Wochenende zuging, umso nervöser wurde Cherry. Heute war der große Tag! Der Tag, an dem Dennis und die anderen ebenfalls wieder nach Hause kamen. Ob er sie gleich anrief, um sich mit ihr zu treffen?

„Etwas Besonderes?“, wiederholte Cherry. Dennis’ Gesicht tauchte vor ihrem geistigen Auge auf. Im Schein des Feuers. Gleich durchrieselte sie wieder dieser warme Schauer. „Also ‚etwas‘ …“ Jetzt wurde sie auch noch rot. Blöd!

„Na gut“, sagte Frau Hausmann und lächelte. „Vielleicht jemand Besonderer?“

„Das trifft es schon eher“, gab Cherry zu und grinste verlegen. „Wir haben da ein paar Leute kennen gelernt – Pia, Mascha und ich. Bei einem Lagerfeuer. Sie hatten Tee gekocht und einer spielte Gitarre …“

In diesem Moment piepste eine SMS auf Cherrys Handy. Sie las die Nachricht, ohne ihre Erzählung fortzusetzen. Dann tippte sie eine kurze Antwort und schickte sie ab.

„Etwa der Gitarrenspieler?“, fragte Cherrys Mutter, während Cherry sich wieder ihrem Brötchen zuwandte.

Sie grinste wieder. Oder immer noch. „Woher weißt du das?“

Frau Hausmann zuckte die Schultern und blätterte ihre Zeitung um. „Eine Eingebung oder auch Erfahrung …“, sagte sie. „Soviel ich weiß, haben weder Pia noch Mascha ein Handy. Stimmt’s?“

Cherry nickte nur. Und grinste. Und wischte sich die Brötchenkrümel vom Kinn.

Sobald Cherry im Bus saß, holte sie ihr Handy aus der Tasche.

Das Wetter war nun wirklich hässlich geworden. Es regnete in Strömen und im Inneren des Busses, mit dem Cherry zur Schule fuhr, beschlugen die Scheiben. Was sie sonst aus tiefstem Herzen hasste – heute störte es Cherry kein bisschen.

Normalerweise hätte sie an der Bushaltestelle auf Pia stoßen müssen. Aber die hatte offenbar einen früheren Bus genommen – oder vielleicht auch einen späteren, wer wollte das wissen? Jedenfalls war sie nicht da um mit Cherry gemeinsam zur Schule zu fahren.

Zwei Stationen später hob Cherry noch einmal

suchend dem Kopf, um zu sehen, ob Pia vielleicht von ihrem Vater ein Stück im Auto mitgenommen worden war und nun hier zustieg. Aber auch das war nicht der Fall.

Allein im Bus zur Schule zu fahren, fand Cherry eigentlich ätzend. Heute aber war sie geradezu dankbar dafür. Auf diese Weise konnte sie in Ruhe auf ihrem Handy herumtippen und immer wieder die Nachrichten lesen, die Dennis ihr im Lauf der Woche geschickt hatte. Cherry hatte sie alle gespeichert. Und beantwortet. Klar.

Vor allem die von heute Morgen. Es hatte Cherry Mühe gekostet, halbwegs cool zu bleiben, während sie ihrer Mutter am Frühstückstisch gegenübersaß. Denn zuzugeben, dass sie verknallt war, das war Cherry ja noch leicht gefallen. Vor Freude aber nicht wie ein Gasballon an die Decke zu gehen und dort zu tanzen, weil Dennis sie um ein Treffen am Samstagnachmittag bat – dafür hatte Cherry fast ihre ganzen Kräfte aufbieten müssen.

Als Cherry ankam, standen Mascha und Pia schon auf dem Schulhof. Pia wandte sich gerade ein wenig ab. Einige Meter vor Cherry hatte Tessa den Schulhof betreten. Seit dem Vorfall im

Kaufhaus, bei dem Tessa ihre Bekanntschaft mit Pia verleugnet hatte, hatten die beiden kein Wort mehr miteinander gesprochen. Mehr noch: Für Pia war Tessa einfach nicht mehr existent. Und umgekehrt war es offenbar ebenso.

Dass die beiden sich ignorieren konnten, wurde durch einen glücklichen Zufall erleichtert: Die Anzahl der Schüler in der Parallelklasse war durch verschiedene Umzüge plötzlich stark geschrumpft, während die 9c, die Klasse von Pia, Cherry und Mascha, aus allen Nähten platzte. Die Schulleitung hatte gefragt, ob einige Schüler aus der 9c bereit wären, in die Nachbarklasse zu wechseln. Tessa war mit bei den Ersten gewesen, die sich gemeldet hatten.

„Hi!“, begrüßte Cherry ihre Freundinnen. „Ist das nicht ein wunderbarer Tag heute?“

Mascha sah in den wolkenverhangenen Himmel. „Kann es sein, dass unsere Freundin ein bisschen spinnt?“, meinte sie zu Pia.

„Oder gibt es irgendetwas, das bei dir die Sonne hat aufgehen lassen?“, wandte Pia sich anstatt einer Antwort an Cherry.

Cherry zog triumphierend ihr Handy aus der Tasche. Sie wollte ihren Freundinnen die neuste

SMS von Dennis zeigen. Genau in diesem Moment piepste das Handy und zeigte wieder eine Nachricht an.

Cherry las sie eilig. „Mist“, sagte sie dann.

„Von Dennis?“, fragten Mascha und Pia fast gleichzeitig.

„Nein“, knurrte Cherry. „Vom Mobilfunk-Anbieter: ‚Ihr Prepaid-Guthaben ist nahezu erschöpft‘“, las sie vor. „‚Bitte laden Sie es bei nächster Gelegenheit wieder auf.‘“

Pia und Mascha prusteten.

„Das Ding macht dich noch arm“, stellte Pia fest. Unmittelbar darauf gongte es zum Unterricht.

Wohl oder übel musste Cherry nun bis zur ersten großen Pause warten, bevor sie ihren Freundinnen die unerhörte Neuigkeit – ihre Verabredung mit Dennis – mitteilen konnte. Während der Mathestunden bei Frau Sondermann saß sie auf glühenden Kohlen und genoss zugleich den süßen Schmerz, ein schönes Geheimnis noch für eine Weile für sich behalten zu müssen.

In der ersten großen Pause war es dann soweit.

„Dennis hat sich mit mir verabredet“, platzte

Cherry heraus, sobald sie mit ihren Freundinnen unter dem großen Vordach stand, unter dem sich bei Regen die meisten Schüler herumdrückten. „Am Samstag um drei Uhr. Im Rosengarten."

„Hey, das klingt ja richtig romantisch", meinte Pia. „Wie in dieser Oper. Wie heißt die noch? Der Rosenkavalier, oder so ähnlich."

„Hoffentlich trägt er nicht auch solche komischen Klamotten wie in der Oper. Kniebundhose und Zopfperücke zum Beispiel", alberte Cherry. „Das passt nicht zur Gitarre."

„Hey, Mascha, was guckst du denn so komisch?", wandte Pia sich an Mascha. „Passt dir was nicht?"

Mascha schien einen Moment lang in Gedanken versunken zu sein. Jetzt sah sie auf. „Lest ihr keine Zeitung?", fragte sie.

„Nicht immer", gab Cherry zu. „Aber was meinst du denn?"

„Ich meine zum Beispiel, dass der Rosengarten in letzter Zeit alles andere als ein Treffpunkt für Verliebte geworden ist", sagte Mascha. „Dass sich dort anstatt der Pärchen jede Menge merkwürdige Leute herumtreiben. Dass dort gedealt wird und sich Gruppen versammeln, die durchaus schon einmal Kontakt mit der Polizei hatten."

„Willst du damit sagen, dass Dennis möglicherweise zu solchen Leuten gehört?", fragte Cherry nach. Es sollte scherzhaft klingen – aber ein Hauch von Empörung war nicht zu überhören.

„Nein, das will ich damit nicht sagen", beschwichtigte Mascha. „Ich meine nur, vielleicht solltest du nicht allein in den Rosengarten gehen. Für den Fall, dass Dennis nicht ganz pünktlich ist. Wenn du da allein herumläufst ... Gut ist das sicher nicht."

Cherry dachte nach. Irgendwie hatte Mascha ja Recht. Aber sie kam sich trotzdem komisch vor. Sah das nicht albern aus? Zur ersten Verabredung ihre Freundinnen mitzubringen ...

„Machen wir es doch so", schaltete sich Pia jetzt ein. „Wir bringen dich hin, und sobald Dennis da ist und wir das Gefühl haben, dass wir stören, lassen wir euch allein. Okay?"

Cherry gab sich einen Ruck. „Okay", sagte sie. Und ärgerte sich klammheimlich über ihre Einsichtigkeit.

Das war Cherry bisher selten passiert: Sie stand vor ihrem Kleiderschrank und konnte sich nicht entscheiden, was sie anziehen sollte. Tausend Sachen zog sie der Reihe nach heraus. Schließlich entschied sie sich für ihre Lieblingsjeans, ein eng anliegendes Top und die Oldschool-Kapuzenjacke, die sie von ihrer Mutter geerbt hatte. Es war ein Originalstück aus der Steinzeit – oder wann immer es gewesen sein mochte, als ihre Eltern jung waren. Jetzt noch das topaktuelle Hawaii-Haartuch. Cherry fand, dass sie damit besonders gut aussah.

Es war Samstagmittag. Zum Glück hatte es Freitagnachmittag zu regnen aufgehört.

Cherrys Blick wanderte zur Uhr. Sie hatte noch knapp zwei Stunden Zeit, bis sie sich auf den Weg machen konnte. Bis wir uns auf den Weg machen können, dachte sie ein wenig verärgert. Dass Freundinnen immer so vernünftig sein mussten – jedenfalls solange es sich nicht um die eigenen Interessen handelte.

Nach und nach war Cherry wieder eingefallen, dass sie auch schon in der Zeitung von der etwas zweifelhaften Szene im Rosengarten gelesen hatte.

Und wahrscheinlich ist es ja auch klug und sinnvoll, sich dort nicht allein herumzudrücken, dachte sie mit der Ergebenheit, mit der man sonst elterliche Einwände akzeptiert. Dann riss sie sich plötzlich mit Entschlossenheit das sorgfältig ausgewählte Outfit vom Leib und ging duschen – einfach um die Zeit totzuschlagen.

Pia wartete schon an der Haltestelle des Busses, der von ihrem Wohnviertel in die Stadt fuhr. Und Mascha trafen sie am zentralen Umsteigepunkt im Zentrum. Von hier aus machten sie sich zu Fuß auf den Weg zum Rosengarten.

Der Rosengarten war eine alte Parkanlage, die einmal bessere Zeiten gesehen hatte. Soweit Cherry von ihrem Großvater wusste, war sie zu einer Zeit angelegt worden, als die Leute nach äußerst brutalen Zeiten ihr Herz für Romantik wieder entdeckten. Nach dem Krieg also. Es gab nicht nur Beete, in denen Rosen in allen Farben blühten, sondern in einem etwas erhöht gelegenen Teil des Parks auch riesige Kletterrosen, deren Ranken in Wellen über Metallstangen geführt wurden, so dass Lauben entstanden. Unter diesen Lauben befanden sich Parkbänke und man fand hier sogar einen gewissen Schutz vor Regen.

Früher war der Rosengarten der Stolz der Stadt gewesen. Jetzt hatte die Stadt kein Geld mehr, was hier mehr als deutlich zu erkennen war. Die Papierkörbe quollen über, die Bänke waren kaputt oder umgekippt. Es gab kaum noch Spaziergänger.

„Und?", wandte Mascha sich an Cherry, während sie den Rosengarten betraten. „Hast du Herzklopfen?"

„Was ist das denn für eine Frage!", meinte Pia vorwurfsvoll, bevor Cherry antworten konnte. „Natürlich hat sie Herzklopfen. Zumal sie Dennis ja eigentlich noch gar nicht richtig kennt. Nur äußerlich sozusagen. Wer weiß, vielleicht ist er ja ganz anders als du denkst?", sagte sie zu Cherry.

Cherry lachte. „Also, das kann ich mir nun wirklich nicht vorstellen", sagte sie. „Ich meine, wenn man sich ineinander verknallt, dann ist da doch ... dann muss da doch etwas Gemeinsames sein. Wie soll denn sonst der Funke überspringen? Das geht doch gar nicht."

„Und das heißt so viel wie: Wenn man sich in

einen Menschen verknallt, dann kennt man ihn schon ein Stück weit, weil er etwas von einem selbst hat?“, fragte Pia nach.

„Ja“, sagte Cherry entschieden. „Zumindest glaube ich, dass es so ist. Hey! Da vorne!“, stieß sie dann plötzlich aufgeregt aus. „Da vorne ist Dennis. Seht ihr ihn?“

Cherry selbst hätte Dennis gar nicht so ohne weiteres wiedererkannt. Sie hatte ihn ja nur im Dunkeln gesehen, nur die eine Gesichtshälfte, im Widerschein des Feuers. Und sie stellte fest, dass sie ihn ein bisschen anders in Erinnerung hatte, als er in Wirklichkeit aussah – jetzt bei Helligkeit. Woran sie ihn allerdings erkannt hatte, ließ keinen Zweifel offen: Der Junge, der ihnen ein Stück weit entfernt über den Aschenweg entgegenkam, hatte eine Gitarre auf den Rücken geschnallt, wie einen Rucksack.

Auch er schien die drei Mädchen jetzt zu erkennen und winkte ihnen zu.

Cherrys Herz machte vor Freude einen Luftsprung.

Dann deutete Dennis nach rechts, winkte noch einmal – eine Art Herbeiwinken – und verschwand in einem der kleinen Wege, die von mannshohen Rosenbüschen gesäumt wurden und die zu den Lauben führten.

„Der ist mir ja ein schöner Rosenkavalier!“, stieß Pia aus. „Er hätte wenigstens auf uns warten können.“

„Vielleicht will er Cherry ein Willkommensständchen auf der Gitarre spielen“, meinte Mascha. „Und dazu braucht er einen kleinen Vorsprung.“

Was immer der Grund war, warum Dennis nicht auf sie gewartet hatte – Cherry war es egal. Entscheidend war für sie nur, dass sie sich gleich trafen. Sie ging ein bisschen schneller. Jeder Schritt brachte sie näher an Dennis heran. Noch zwanzig Meter bis zu den Büschen. Noch zehn. Man hörte Stimmen. Offenbar war der Rosengarten doch nicht so unbeliebt. Zumindest bei romantischen Pärchen, die sich samstagnachmittags in den Lauben trafen.

Noch fünf Meter. Cherry, Mascha und Pia bogen um die Ecke, um die hohen Rosenbüsche.

Und blieben im selben Moment wie angewurzelt stehen.

Auf einer Bank unter der Laube saß Dennis. Er hatte die Gitarre auf den Knien.

Um ihn herum waren etwa ein Dutzend Leute. Sie saßen auf der Rücklehne der Bank, hockten auf umgedrehten Papierkörben oder liefen oder standen herum.

Cherry erkannte die Jungen und Mädchen wieder, die um das Feuer am Grillplatz gesessen hatten. Dazu noch ein paar andere.

Lucy, die auf dem Grillplatz Tee ausgeschenkt hatte, hatte jetzt einen Korb dabei. Eine Thermosflasche sah daraus hervor.

„Hey!", rief sie Cherry, Mascha und Pia entgegen. „Da seid ihr ja. Kommt nur her. Willkommen im Club!" Damit goss sie Tee in die Becher, die auf einer umgedrehten Apfelsinenkiste standen.

Widerstrebend ließ Cherry sich einen Becher geben. Mascha und Pia lehnten dankend ab.

„Cherry, komm zu mir!", rief Dennis und klopfte einladend mit der Hand auf den freien Platz neben sich. „C-H-E", sang er wieder und zupfte die Saiten auf seiner Gitarre.

Cherry zögerte einen Moment. Dieses erste Treffen mit Dennis war ganz und gar nicht so, wie sie es sich vorgestellt hatte. Dann setzte sie sich aber doch neben ihn.

„Ich ... ich dachte, wir sind verabredet“, sagte sie irgendwann leise.

Dennis nickte. „Sind wir ja auch.“ Er schlug ein paar Akkorde.

„Aber ich dachte ... ich dachte, allein“, sagte Cherry.

Dennis schlug ein paar Akkordwirbel. „Allein? Nur du und ich?“ Dann sah er Cherry an. Er lächelte. „Davon war keine Rede.“

„Tatsächlich“, sagte Pia und las noch einmal die SMS, die Cherry auf ihrem Handy gespeichert hatte. „Man kann es auf zwei verschiedene Arten verstehen.“

Sie saßen auf der Rückbank des Busses und fuhren nach Hause. Mascha, die eigentlich eine andere Linie hätte nehmen müssen, hatte sich entschieden, einen Umweg zu machen und so ihre Freundinnen noch ein Stück in ihrem Bus zu begleiten.

Gegen vier Uhr hatte es wieder zu regnen begonnen, und das hatten die Freundinnen als Anlass zum Aufbruch aus dem Rosengarten genommen. Trotz der fast regendichten Lauben.

Am liebsten hätte Cherry ohnehin in dem Moment, als sie die Ansammlung der Leute sah, auf dem Absatz kehrtgemacht. Nur um sich keine Blöße zu geben, tat sie es nicht. Und dass Mascha und Pia bei ihr blieben, obwohl sie sich komplett deplatziert fühlten und ja eigentlich auch ausgemacht war, dass sie wieder gehen wollten, sobald klar war, dass Cherry im Rosengarten nicht mehr allein war – dafür war Cherry ihren Freundinnen zutiefst dankbar.

„Treffen uns Samstag 15 Uhr im Rosengarten. Kommst du?", las Pia jetzt noch einmal die SMS vor, die Cherry von Dennis bekommen hatte. „Das kann heißen ‚Wir beide treffen uns' oder eben auch ‚Wir alle treffen uns'. Tut mir Leid, Cherry", sagte sie dann und gab ihrer Freundin das Handy zurück. „Ein ganz schöner Reinfall."

„Wie kommt das denn überhaupt?", wollte Mascha jetzt von Cherry wissen. „Hast du Dennis gefragt, ob ihr euch treffen wollt? Ich hatte eigentlich gedacht, es wäre von ihm ausgegangen. Er hat dir doch eine ganze Menge SMS geschickt."

Cherry wiegte den Kopf. Anscheinend konnte sie sich nicht entscheiden, ob sie ihn schütteln wollte oder ob sie doch nicken sollte. „Seine erste Nachricht lautete: ‚War schön mit dir gestern Abend. Gruß, Dennis'." Sie zeigte ihren Freundinnen die gespeicherte SMS. „Und dann ..." Sie drückte auf eine Taste, um die nächsten Nachrichten abzurufen. „‚Klar sehen wir uns zu Hause wieder – wird langsam öde hier – ich kann es kaum erwarten'", las sie vor.

„Darf ich?" Mascha nahm das Handy und las alle Nachrichten nochmal durch. „Ehrlich gesagt, Cherry, abgesehen von Dennis' erster und seiner letzten Nachricht, der mit dem Treffen – kann es sein, dass die übrigen allesamt Antworten auf deine SMS sind? Zum Beispiel ‚Sehen wir uns wieder?' – ‚Ist es schön im Jugendgästehaus?' und ‚Freust du dich auf zu Hause?'"

Cherry biss sich auf die Lippen. „Kann sein", sagte sie.

„Und kann es vielleicht auch sein, dass …", Mascha versuchte ihren forschen Ton ein wenig abzumildern, „dass Dennis vielleicht nicht so in dich verliebt ist wie du in ihn?"

Cherrys Gesicht wurde düster. „Kann auch sein", antwortete sie leise. „Aber was nicht ist, kann ja noch werden", setzte sie dann hinterher. In diesem Moment piepste ihr Handy. Eine SMS.

„Und?", fragte Pia, als sie den erstaunten Gesichtsausdruck ihrer Freundin sah.

„Von Lucy", antwortete Cherry. „‚Habe deine Nummer von Dennis. Du bist Platz sieben in der Telefonkette.'"

„Glückwunsch“, sagte Pia und in ihrer Stimme klang ein leiser Spott. „Jetzt gehörst du wohl dazu. Zur Clique aus dem Rosengarten.“

Cherry hatte schon vergnüglichere Samstagabende als diesen verbracht. Ihre Eltern waren unterwegs, ihr Bruder studierte in einer anderen Stadt und im Fernsehen lief nur Mist. Die einzig angenehme Erscheinung war Godot, der Hund. Er sah sich treu jedes Programm an, das Cherry einschaltete. Und nörgelte nicht herum, wenn sie nach wenigen Sekunden schon wieder weiterzappte.

Während Cherry in den letzten Tagen keinen Schritt ohne ihr Handy in der Hosentasche gemacht hatte, hatte sie es nun achtlos in ihrem Zimmer liegen gelassen. Wozu sollte sie es brauchen? Für Dennis etwa?

Cherrys Gedanken wanderten zurück zum Nachmittag im Rosengarten. Mit ein wenig Abstand sahen die Dinge etwas anders aus. Klar, sie war enttäuscht gewesen, dass sie nicht allein mit Dennis war. Aber abgesehen davon hatte es ihr eigentlich sogar ganz gut gefallen. Dennis hatte die ganze Zeit Gitarre gespielt – oder manchmal auch nur darauf herumgeklimpert – und das hatte der Versammlung irgendwie eine besondere Atmosphäre verliehen. Sie hatten dort unter der Laube zusammengesessen und sich über alles Mögliche unterhalten – die anderen zumindest. Cherry hatte neben Dennis gesessen und fast die ganze Zeit geschwiegen. Aber trotzdem.

Besonders schön war auch, dass es wieder Tee gegeben hatte. Offenbar hatte Lucy immer einen Korb mit allerlei Zubehör dabei. Sie schien sich um sämtliche Belange der Allgemeinheit zu kümmern. Und genoss dadurch ein gewisses Ansehen. Offenbar war sie unter den Mädchen das, was Dennis bei den Jungs war: das Alpha-Tier, die Wortführerin. Einen Moment lang durchzuckte Cherry der Gedanke, ob Lucy vielleicht nicht nur die weibliche Entsprechung von Dennis, sondern zugleich auch seine Freundin war. Eine Art „Häuptlingspärchen". Aber Cherry wischte diesen Gedanken schnell aus ihrem Hirn. Für diese Vermutung gab es keinerlei ernstzunehmende Anzeichen.

Auch wenn Cherry im ersten Moment enttäuscht gewesen war – im Nachhinein kam ihr das Treffen im Park vor wie eine dieser Reklamen, mit denen im Kino für Eis, Rum oder andere coole Dinge geworben wurde. Wie eine Gruppe entspannter Leute, die nichts anderes zu tun hat, als ein Floß zu bauen und damit auf dem Meer dem Sonnenuntergang entgegenzusegeln. Oder am Strand eine Hütte zu errichten. Nur dass der Rosengarten keine Insel in der Karibik war und das Wetter auch nicht ganz so mitgespielt hatte. Aber das Gefühl – das Feeling – war es im Nachhinein nicht ganz ähnlich? Oder hätte es zumindest nicht so sein können, wenn Cherry sich etwas lockerer unter den anderen hätte bewegen können? Anstatt verknallt neben Dennis zu sitzen …

Sie ging in die Küche um sich etwas zu trinken zu holen. Sobald sie die Safttüte herausgenommen und den Kühlschrank wieder geschlossen hatte, wäre sie fast hingefallen. Godot saß unmittelbar hinter ihr. Wie immer, wenn die Kühlschranktür geöffnet wurde. Seiner Ansicht nach diente der Kühlschrank ausschließlich zur Aufbewahrung seines Futters.

„Nein, nein, mein Lieber“, sagte Cherry und wackelte mahnend mit dem Zeigefinger. „Du hast Recht: Die Kühlschranktür ist geöffnet worden. Aber davon, dass du jetzt noch etwas zu fressen bekommst, war nicht die Rede." Sie merkte, dass sie damit Dennis' Worte von heute Nachmittag wiederholte. Wenn auch in einem anderen Zusammenhang. Schließlich hatte sie ja kein Hundefutter erwartet. Nur ein Treffen zu zweit.

Dann sah sie, dass Godot die Ohren hängen ließ und sie unter seinen langsam ergrauenden Augenbrauen bittend ansah. Und vor allem nicht von der Stelle wich.

„Ach, mein Guter", sagte Cherry. Sie ging in die Knie, legte ihre Arme um den alten Familienhund und drückte ihn an sich. „Du bringst selbst noch das härteste Herz zum Schmelzen."

Bis Montag früh hatte Cherry einen Entschluss gefasst. Godot war der erste Auslöser dafür gewesen. Und Lucy der zweite.

Zwar betrachtete Cherry sich nicht gerade als eine Spezialistin des Hundeblicks – der ja, nebenbei bemerkt, auch nicht besonders sexy wirkte –, aber Godots Taktik hatte ihr eingeleuchtet: Einfach da sein. Sitzen bleiben und abwarten und Tee trinken. Was sich ja gerade in diesem Zusammenhang gut fügte. Schließlich schien Lucy ja bei jedem Treffen der Clique Tee mitzubringen. Einfach mal in der Nähe zu bleiben und anstatt eines traurigen Hundeblicks Aufgeschlossenheit und Temperament zu zeigen, das war vielleicht keine schlechte Idee, um Dennis' Aufmerksamkeit auf sich zu lenken.

Gut, letzten Endes waren es natürlich Lucys SMS gewesen, die den entscheidenden Ausschlag gegeben hatten. Denn als Cherry am Samstagabend in ihr Zimmer kam und ins Bett gehen wollte, zeigte ihr Handy zwei Nachrichten an. Von Lucy.

Die erste lautete: „Montag vier Uhr, Odeon. LPH."

Und die zweite: „Hi, Cherry, schick die SMS an Nummer acht, Alex." Und dahinter hatte eine Handy-Nummer gestanden.

Einen Moment lang hatte Cherry überlegt, was „LPH" heißen könnte. Sie kam zu keinem Ergebnis, schickte die SMS aber dennoch weiter an Alex, der offenbar der nächste in der Telefonkette war, zu der sie seit Samstagnachmittag gehörte.

Jetzt war nur noch die Frage, ob es Cherry gelingen würde, Mascha und Pia mitzuschleppen. Denn auch wenn es sich offensichtlich um eine Verabredung der ganzen Gruppe im Kino handelte – ganz ohne ihre Freundinnen fühlte Cherry sich zwischen all den neuen Leuten doch noch etwas fremd.

Als Cherry am Montag vor dem Unterricht Pia und Mascha den Vorschlag unterbreitete, am Nachmittag mit ins Kino zu kommen, sah Pia ihre Freundin überrascht an.

„Seit wann hast du montags Zeit fürs Kino?“, fragte sie. „Ich denke, das ist einer deiner heiligen Tennistage?“

„Ja, das stimmt“, sagte Cherry. „Aber die Platz-Saison ist doch jetzt zu Ende gegangen und für die Halle habe ich es dieses Jahr nur bis auf die Warteliste geschafft. Ich muss mindestens vierzehn Tage warten, bis ich weiß, ob ich drin bin.“

„Muss ein schwerer Schlag sein, wenn man gern Sport macht“, meinte Mascha und grinste. Ob Tennis oder Völkerball – Mascha hatte sich für Sport noch nie richtig begeistern können.

„Das kann ich dir sagen“, seufzte Cherry.

„Aber heute passt es mir eigentlich ganz gut. Weil ich dann eben ins Kino gehen kann, meine ich. Also, was ist? Kommt ihr mit?“

„Um welchen Film geht es denn überhaupt?“, wollte Mascha wissen.

„Da bin ich mir nicht so sicher“, gab Cherry jetzt zu. Sie zückte ihr Handy und sah noch mal auf die SMS. „Hier steht nur eine Abkürzung. ‚LPH‘.“

„LPH?“, wiederholte Mascha. „Was soll das denn sein?“

„Nie gehört“, warf Pia ein.

„Manche Filme haben doch so komische Titel“, sagte Cherry.

„Also, ich weiß nicht“, meinte Mascha jetzt. „Ein Film, den wir nicht kennen und von dem wir noch nie gehört haben … Dazu ist mir Kino eigentlich zu teuer geworden. Ich hätte mehr Lust, mal wieder etwas mit euch beiden allein zu machen. Bummeln gehen oder so.“

„Aber wir haben doch schon so oft etwas allein gemacht“, meinte Cherry. Dann fiel ihr auf, dass ihre Freundinnen sie verblüfft ansahen.

Es war noch nicht allzu lange her, dass ausgerechnet Cherry äußerst wenig Lust gehabt hatte, sich mit neuen Leuten zu treffen. Genauer gesagt, jemand Neues in ihren Dreier-Club aufzunehmen. Oder noch genauer: zuzulassen, dass Tessa, die damals neu in der Klasse war, sich ihnen anschloss. Im Nachhinein hatte sich zwar herausgestellt, dass man auf Tessa als Freundin gut und gern verzichten konnte, aber das war damals noch nicht abzusehen gewesen.

„Ich weiß, woran ihr denkt", sagte Cherry. „An die Sache mit Tessa und daran, dass ich gesagt habe, ich wollte niemand Neues dabeihaben. Weil sich sonst so schnell Parteien bilden und unsere Freundschaft vielleicht darunter leidet. Und ein bisschen war es ja auch so", schob sie hinterher. „Aber das jetzt hier, ich meine, das ist doch eine ganz andere Sache. Ihr habt doch gesehen, wie viele da gestern im Rosengarten waren. Das waren doch über zehn Leute …"

„Zwölf", warf Mascha ein. „Ich habe nachgezählt."

„Zwölf Leute", übernahm Cherry die Zahl. „Und dass eine so große Gruppe niemals eine Konkurrenz darstellen kann für das, was wir miteinander haben, diese Vertrautheit, meine ich, das ist doch klar …"

„Bis zu dem Moment jedenfalls, wo es vielleicht jemand gibt, der ein noch größeres Vertrauen genießt als deine Freundinnen“, ergänzte Mascha. „Dein neuer Freund zum Beispiel …“

Cherry wurde puterrot. „Aber davon ist doch gar keine Rede. Bisher jedenfalls nicht … Ich meine“, sagte sie jetzt wieder mit festerer Stimme. „Es ist doch im Moment einfach nur interessant. Dennis, Lucy und Alex und wie sie alle heißen, die sind einfach so anders als wir …“ Cherry überkam auf einmal ein richtiger Redeschwall. „Obwohl am Samstag im Rosengarten ja nun wirklich nicht das richtige Wetter dazu herrschte, ich habe mich gefühlt wie in einer Kinoreklame, in der Südsee, unter Palmen. Einfach locker und unverkrampft …“

„Und nicht so normal und spießig wie wir“, endete Mascha.

Cherry wurde rot. Möglicherweise hätte sie genau das gesagt, wenn sie nicht unterbrochen worden wäre.

„Also, mir ist es egal“, sagte Pia. „Von mir aus können wir heute Nachmittag ins Kino gehen. In LPH oder wie immer der Film heißt. Wie sieht’s aus, Mascha? Kommst du auch mit?“

Mascha zuckte die Schultern. „Wie könnte ich bei einer Sache, die ihr beiden vorhabt, nicht mitmachen wollen?“

Als Cherry, Mascha und Pia um Viertel vor vier zum Odeon-Kino kamen, sahen sie Dennis, Lucy und die anderen schon davorstehen. Dennis saß auf einem Geländer, das die Kinobesucher daran hindern sollte, beim Herauskommen oder beim Anstehen für die Karten auf die viel befahrene Straße zu geraten. Hinter Dennis' Rücken brauste der Verkehr. Was ihn aber nicht weiter zu stören schien.

„Hallo“, sagte Lucy zu Cherry. „Schön, dass du gekommen bist. Und ihr auch“, fügte sie an Mascha und Pia gewandt hinzu. „Und die Telefonkette hat ja auch geklappt“, sagte sie und deutete mit dem Kopf auf Alex, der ebenfalls gekommen war.

„Klar“, sagte Cherry. „Eine SMS weiterzuleiten ist ja auch nicht weiter schwierig.“

„Wie heißt denn der Film, in den wir gehen?“, fragte Pia und sah auf die Anzeigetafel über dem Eingang. „Cherry sagt, sie weiß nur die Abkürzung: LPH. Welcher Film ist das eigentlich jetzt?“

Lucy sah sie verständnislos an. „Wie? Was meinst du?"

„Ja", sagte Pia nachdrücklich. „LPH. So heißt der Film doch. Abgekürzt wenigstens."

Lucy sah sie noch einen Moment verdattert an. Dann fing sie an zu lachen. „Nein, Quatsch!", sagte sie. „Klar ist LPH eine Abkürzung. Aber doch nicht für den Film! LPH heißt ‚Love, Peace, Happiness'. Das ist unser Gruß. Wir schreiben ihn immer unter unsere Ketten-SMS. Daran sieht man, dass man die Nachricht weiterleiten muss."

„Ihr schreibt Ketten-SMS um euch zu verabreden?", fragte Mascha.

„Klar", antwortete Lucy. „Wenn Dennis immer SMS an alle Adressen auf seinem Handy schicken würde, wie er das zum Beispiel für unsere Verabredung am letzten Samstag im Rosengarten gemacht hat, würde er allmählich arm. Er investiert auch ohne das schon genügend in die Clique." Sie lächelte. „Wir versuchen natürlich, es gerecht zu machen", fuhr sie fort. „Jedes Mitglied der Clique gibt Dennis jeden Monat 50 Cent – das entspricht ungefähr zwei SMS. Und ich bekomme jeden Monat 50 Cent von jedem für den Tee, den ich immer mitbringe. Oder fast immer", erklärte sie.

„Das ist fast wie bei meiner Mutter im Kegelverein", warf Mascha ein. „Die haben auch eine Kasse, in die man regelmäßig einzahlen muss." Ihr Grinsen ließ erkennen, dass sie die Bemerkung nicht als Kompliment gemeint hatte.

„Kegelverein!", schnaubte Lucy auch umgehend. „So etwas Spießiges! Nein, bei uns geht es völlig locker zu. Und wer uncool ist", sie warf einen kurzen Blick auf Mascha, „passt nicht zu uns."

„Leute, es geht los!", rief eine Stimme. Sie gehörte einem Jungen, der in der Nähe der gläsernen Eingangstür stand. Sofort setzte sich die Clique in Bewegung und drängte ins Kino. Cherry, Mascha und Pia lösten schnell eine Karte.

Cherry merkte sehr schnell, dass sie diesen Film nicht mochte. Es war ein eher alberner Slapstick-Film. Und dass er nach Pias oder Maschas Geschmack war, konnte sie sich auch nicht vorstellen.

Die Clique hingegen schien völlig begeistert zu sein. Nach jedem mittelmäßigen Gag brüllte sie vor Lachen. Manche klatschten, obwohl die

Dialoge schon wieder weitergingen. Sie erklärten sich untereinander ziemlich lautstark, warum sie jetzt eine bestimmte Situation lustig gefunden hatten oder was noch lustiger gewesen wäre. Oder sie fragten sich über mehrere Plätze hinweg nach Chips und Nachos.

Irgendwann machte ein Zuschauer energisch „Psst!". Daraufhin flog der Rest einer Popcorn-Tüte in seine Richtung und der Inhalt verteilte sich während des Fluges auf die umliegenden Plätze.

Cherry warf einen unsicheren Blick auf Mascha und Pia. Beide blickten unbeirrt geradeaus auf die Leinwand.

Nachdem der Film zu Ende war, strömten die Zuschauer aus dem Kino.

Die Clique sammelte sich am Geländer, das den Gehweg von der Straße trennte. „Super Film, echt toll. Den könnte ich mir noch mal ansehen", gingen die Stimmen durcheinander.

„Und? Wie hat er euch gefallen?", wollte Lucy von Cherry, Pia und Mascha wissen, die mit den anderen im Kreis standen. „Ich fand ihn super." Dabei sah sie Cherry mit einem Strahlen an, das kein anderes Urteil zuzulassen schien.

Cherry zermarterte sich das Hirn nach einer möglichst diplomatischen Antwort.

„Ehrlich gesagt, ich fand ihn bescheuert", platzte Mascha aber in diesem Moment schon heraus.

Alle Köpfe wandten sich Mascha zu.

„Wie bitte? Bescheuert?", fragte Alex. „Der war doch richtig Klasse", fügte er unter beifälligem Gemurmel der anderen hinzu.

„Ich fand ihn unrealistisch", erklärte Mascha. „Okay, es gab ein paar Situationen, wo man lachen konnte. Aber insgesamt ... ich weiß nicht."

„Ich fand ihn auch albern", pflichtete Pia ihrer Freundin bei. „Ein paar Gags kamen mir auch bekannt vor."

Einen Moment lang herrschte Stille.

„Seid ihr denn sicher, dass ihr ihn überhaupt verstanden habt?", fragte Mike mit leichtem Spott in der Stimme. Auch er war am Samstag im Rosengarten dabei gewesen.

„Wieso sollten wir ihn denn nicht verstanden haben?", fragte Pia entgeistert zurück. „So anspruchsvoll war er ja nun wirklich nicht."

„Der Film war einfach absolute Spitze", erklärte Mike in einem Ton, der keine Widerrede duldete. „Und wenn er euch nicht gefallen hat, dann kann es nur daran liegen, dass ihr ihn nicht verstanden habt."

Maschas Blick verfinsterte sich. „Weißt du was?", sagte sie. „Es kann sogar sein, dass wir ihn nicht verstanden haben. Und dass wir ihn besser verstanden hätten, wenn ihr nicht so laut gewesen wärt und nicht so viel Chaos gemacht hättet."

Die Clique schnaubte abfällig.

„Cool bist du aber nicht drauf, was?" Es war Dennis, der sich nun von seinem Platz auf dem Geländer aus in das Gespräch einschaltete. Er sah von seinem erhöhten Platz auf Mascha herunter.

„Ich finde, mit ‚cool drauf sein' hat das überhaupt nichts zu tun", verteidigte Pia ihre Freundin. „Man hat wirklich kaum etwas verstanden. Und mit Popcorntüten durch die Gegend zu werfen, finde ich auch nicht besonders cool."

„Hört mal zu, ihr beiden Gouvernanten", sagte Lucy jetzt. Sie strich sich mit einer lässigen Bewegung die Haare aus der Stirn. „Jeder darf so leben, wie er will, kapiert? Und jeder darf so viel Spaß haben, wie er will. Und wenn uns einer den Spaß an einer Sache verderben will, können wir es mit ihm genauso machen.“

„Ich finde, der Spaß hört da auf, wo er andere beeinträchtigt“, gab Mascha zurück.

Jetzt lachten alle. „Gehst du später mal ins Kloster, oder was?“, rief eine Mädchenstimme.

Cherry wusste überhaupt nicht, wie ihr geschah. Sie merkte, dass sie plötzlich zwischen zwei Fronten stand.

„Ach, kommt“, sagte sie und versuchte ihre Stimme fröhlich und unbefangen klingen zu lassen. „Hört doch auf zu streiten. Wollen wir nicht lieber noch irgendwohin gehen?“

„In Ordnung. Um die Ecke. Zu McDonalds“, sagte Dennis und schwang sich vom Geländer. „Darf ich bitten, Madame?“, sagte er und hakte Cherry unter. „Das ist der Cherry-Song …“, begann er dann wieder zu singen und zog Cherry mit sich fort.

„Hey!“, machte Cherry lachend, ließ sich aber willig fortschleppen.

Erst als sie das Burger-Restaurant erreicht hatten, konnte sie sich nach ihren Freundinnen umsehen.

Aber Pia und Mascha waren längst weg.

Der alte Piet

Eigentlich müsste ich ein schlechtes Gewissen haben, überlegte Cherry. Pia und Mascha haben mich zum Rosengarten und ins Kino begleitet, damit ich nicht allein hingehen musste. Und jetzt habe ich sie einfach ziehen lassen.

Sie war unterwegs und fuhr mit dem Bus nach Hause. Sie hatte ihren Eltern versprochen, zu einer bestimmten Zeit wieder daheim zu sein. Daher hatte sie nicht lange im Burger-Restaurant bleiben können.

Bis gerade eben hatte sie kaum Gelegenheit gehabt, an ihre Freundinnen zu denken. Es war lustig gewesen. Die Clique hatte das gemacht, was sie „Party“ oder „Fun“ nannte – ein bisschen Chaos, ein bisschen die Leute ärgern –, und sich so benommen, wie man sich laut Cherrys Eltern nicht benehmen sollte. Etwas peinlich war es ihr ja gewesen – andererseits hatte sie doch lachen müssen und sich gut amüsiert. Vor allem über Dennis. Er hatte eine irre Art, Erwachsene auf die Schippe zu nehmen. Und im Stillen hoffte Cherry, dass er nicht zuletzt deswegen so aufgedreht hatte, weil sie dabei gewesen war.

Vielleicht funktioniert die Godot-Methode ja tatsächlich. Einfach da sein, überlegte sie mit einem Grinsen, während der Bus an der Haltestelle hielt, wo sie aussteigen wollte.

Und sie nahm sich vor, gleich wenn sie nach Hause kam, Godot einen seiner geliebten Hundekuchen zu geben.

Es dauerte keine Woche, bis Cherry sich eine neue Prepaid-Karte für ihr Handy kaufen musste. Seitdem sie die Clique kannte, folgte eine SMS auf die andere.

Die meisten Nachrichten waren Ketten-SMS, mit denen sich die Clique verabredete oder auch einfach nur Neuigkeiten austauschte. Immer mit dem Zusatz „LPH“. Als Zeichen, dass die Nachricht weitergeleitet werden sollte.

Auf die Dauer geht das genauso ins Geld wie Tennisspielen, überlegte Cherry, als sie den Nummerncode ihrer neuen Telefonkarte in ihr Handy tippte.

Für diesen Nachmittag waren sie wieder einmal im Rosengarten verabredet. Glücklicherweise hatte sich das Wetter im Vergleich zur letzten Zeit beruhigt. Der Regen hatte aufgehört. Stellenweise kam sogar die Sonne hervor.

Aber auch sie konnte nicht darüber hinwegtäuschen, dass die Freiluftsaison nun allmählich vorbei war. Was wie eine Art glückliche Fügung schien, denn gerade an diesem Morgen hatte Cherry Post vom Tennisclub bekommen. Es hatte geklappt: Sie hatte im Nachrückverfahren einen der begehrten Hallenplätze bekommen. Ab nächster Woche. Und zwar samstags um vier Uhr. Die Zeit, wenn sich die Clique im Rosengarten traf.

Für die Godot-Methode, die Taktik, sich so viel wie möglich in Dennis' Gegenwart aufzuhalten, war das natürlich ungünstig. Andererseits liebte Cherry Tennis. Insgeheim hoffte sie sogar, demnächst von der gemischten Jugendmannschaft, in der sie spielte, in eine Damenmannschaft wechseln zu dürfen. Zu den Erwachsenen! Es hing davon ab, wie sie sich morgen, beim großen Herbstturnier ihres Vereins, bewährte. Und wenn es morgen noch nicht klappte, dann hatte sie umso mehr Grund, den Winter über nicht nur an ihren gewohnten Tagen, sondern auch samstags zu trainieren. Um für das Frühjahrsturnier fit zu sein.

Es wird ja wohl reichen, wenn ich anstatt samstags zu den übrigen Verabredungen der Clique komme, überlegte sie. Ins Kino oder ins Café oder was auch immer. Sofern ich nicht auch ausgerechnet dann Tennisstunde oder Jazztanz habe. Sie seufzte innerlich. Bisher hatte ihr voller Terminkalender Cherry noch nie Schwierigkeiten bereitet. Speziell Pia und Mascha hatten Verständnis für ihre knappe Zeit gehabt und sie in ihren Hobbys bestärkt und sich mit ihr über ihre Erfolge gefreut. Cherry konnte nur hoffen, dass die Clique ebenso reagieren würde.

Cherry war früh dran. Absichtlich. Sie wusste, dass Dennis oft als Erster von allen in der Laube saß. Natürlich schien es Cherry generell günstig, ein paar Augenblicke mit ihm allein verbringen zu können. Aber als eine Art Chef der Clique sollte er auch als Erster wissen, dass sie nun samstags nicht mehr regelmäßig in den Rosengarten kommen konnte.

Dennis saß tatsächlich allein auf der Bank in

der Rosenlaube. Er hatte seine Gitarre quer über seinem Bauch liegen und klimperte darauf herum. Als er Cherry kommen sah, blickte er auf.

Ich weiß wirklich kaum etwas von ihm, schoss es Cherry durch den Kopf. Ich weiß nicht einmal, wo er wohnt. Hier im Rosengarten ja wohl kaum ...

„Hi", sagte Dennis und rückte ein wenig. „Setz dich."

Cherry drückte sich neben ihm auf die Bank. Ihr Herz klopfte. Allein mit Dennis in der Rosenlaube ... Cool bleiben, sagte sie sich. Cool bleiben!

„Geht's gut?", fragte sie.

Dennis nickte wortlos und zupfte an den Gitarrensaiten.

„Trefft ihr euch im Winter eigentlich auch hier?", fragte Cherry.

„Na klar", sagte Dennis. „Wo sonst?"

Cherry lachte auf. „Wo sonst? Bei irgend jemandem zu Hause vielleicht", schlug sie vor.

„Zu zwölft?", entgegnete Dennis. Auf seinen Lippen spielte ein kleines ironisches Lächeln. „Ich weiß ja nicht, wie du wohnst – aber bei mir zu Hause geht das nicht."

„Wo wohnst du denn überhaupt?“, fragte Cherry.

„Ein bisschen außerhalb“, antwortete Dennis vage. „Nicht allzu luxuriös.“ Er nannte einen Vorort, der eigentlich nur aus einer Hochhaussiedlung bestand.

„Hast du Geschwister?“, fragte Cherry weiter.

Dennis klimperte schweigend auf der Gitarre. „Ja, eine jüngere Schwester“, sagte er. „Und dann haben wir noch einen kranken Opa, der bei uns wohnt.“ Er machte eine Pause und zupfte wieder auf der Gitarre herum. „Der sitzt den ganzen Tag im Wohnzimmer und ist mürrisch. Darum bin ich eigentlich lieber unterwegs als zu Hause.“

„Ach so“, machte Cherry. Dann schwieg sie. Es war deutlich, dass Dennis nicht gern über dieses Thema sprach.

„Was ich eigentlich sagen wollte“, machte sie dann einen neuen Anlauf. „Es kann sein, dass ich jetzt nicht mehr jeden Samstag in den Rosengarten kommen kann. Ich habe im Tennisclub einen Hallenplatz für die Wintersaison bekommen. Für samstags um vier …“

Weiter auf seiner Gitarre zupfend, sah Dennis

sie an. „Du spielst Tennis?“ Er verzog anerkennend die Lippen. „Ein schöner Sport. Exklusiv. Leider ein bisschen einsam.“

„Einsam? Wieso denn einsam?“, fragte Cherry.

„Tennis spielt man doch zu zweit. Oder höchstens zu viert“, antwortete Dennis.

„Ja. Und?“

Dennis’ Gesicht bekam einen etwas mitleidigen Ausdruck. „Du hast im Leben noch nicht allzu viel erlebt“, stellte er fest. Seine Stimme war eine eigentümliche Mischung aus Bitterkeit und Überheblichkeit. „Wenn es dir aber mal so richtig dreckig geht, dann brauchst du Leute, auf die du dich verlassen kannst. Einer ist zu wenig. Zwei sind es auch noch. Was du brauchst, ist eine Gemeinschaft. Eine Gruppe, die zusammenhält. Wo jeder den anderen trägt. Allein, als Einzelner, bist du gar nichts.“

Im ersten Augenblick glaubte Cherry sich verhört zu haben. Es war klar, dass Dennis von der Clique sprach. Aber was er da sagte, klang so ganz anders als das „Love, Peace and Happiness“ der Gruppe.

„Du musst es wissen“, fuhr Dennis fort. „Du musst wissen, was dir wichtiger ist. Dein Ich –

oder die Leute, mit denen du zusammen sein kannst. Und die einfach zu dir stehen, egal was kommt.“

Cherry wusste nicht, was sie sagen sollte. Sie war viel zu verdattert.

In diesem Moment bog Lucy um die Rosensträucher. „Hi!“, rief sie schon von weitem und schwenkte den Korb, in dem wieder die Thermoskanne mit Tee drin war.

Dennis spielte auf seiner Gitarre eine Art Begrüßungstusch für Lucy.

„Wisst ihr, wer wieder da ist?“, sagte sie, während sie sich neben Dennis und Cherry auf die Bank setzte. „Der alte Piet. Ich habe ihn gerade getroffen. Er hat es sich im unteren Teil des Parks auf seiner Stammbank gemütlich gemacht.“

„Der alte Piet ist eine Art Kumpel“, erklärte Dennis und warf Lucy ein verschwörerisches Grinsen zu. „Wir haben sozusagen eine gemeinsame Adresse.“ Er grinste wieder und klampfte ein paar Akkorde.

Cherry erinnerte sich, auf dem Weg einen Obdachlosen gesehen zu haben, der sich auf einer Bank häuslich eingerichtet hatte.

„Wo war er denn den Sommer über?“, wollte Dennis jetzt von Lucy wissen.

Lucy zuckte die Schultern. „Du, keine Ahnung. Er behauptet, auf Gran Canaria. Aber wer’s glaubt ...“

„Quatsch“, sagte Dennis. „Dann wäre er doch nicht ausgerechnet für den Winter wieder hierher gekommen. Vom Warmen ins Kalte. Außerdem, woher sollte er denn das Geld nehmen? Nee, ich denk, der war irgendwo, wo es landschaftlich reizvoller ist als hier bei uns. Am Bodensee oder so.“

„Jedenfalls irgendwo, wo er gut draußen schlafen konnte“, pflichtete Lucy bei. „Und jetzt, wo es auf den Winter zugeht, ist er wieder zurückgekommen. Wahrscheinlich weil es hier von der Stadt mehr Kohle gibt als dort.“

Cherry hörte der Unterhaltung überrascht zu. Die Welt, in der Lucy und Dennis lebten, schien eine ganz andere zu sein als ihre. Jedenfalls hatte sie bislang noch keinen Obdachlosen persönlich kennen gelernt. Und für Dennis und Lucy war dieser Piet sogar ein „alter Kumpel“.

Nach und nach trudelten alle Mitglieder der Clique ein. Mittlerweile kannte Cherry auch alle mit Namen. Anfangs rechnete sie noch damit, dass jemand sich nach Mascha und Pia erkundigen würde. Aber es schien, als erinnerte sich niemand an die etwas missglückte Unterhaltung nach dem Kinobesuch.

Irgendwie passt es, überlegte Cherry. Denn auch Pia und Mascha hatten sie mit keiner Silbe mehr auf den Vorfall angesprochen. Überhaupt hatten sie die Clique mit keinem Wort mehr erwähnt. Sie waren nur ziemlich enttäuscht gewesen, als Cherry eine gemeinsame Verabredung ausschlug, um sich mit der Clique zu treffen, wie ihnen klar sein musste.

Vielleicht ergibt sich morgen ja die Gelegenheit, ausführlich zu reden, dachte Cherry. Schon seit Jahren begleiteten Pia und Mascha ihre Freundin als Schlachtenbummlerinnen zu ihrem Tennis-Herbstturnier. Sie wussten, wie wichtig dieses Ereignis für Cherry war. Auch für morgen hatte Cherry wieder Karten für ihre Freundinnen besorgen können. Und erfahrungsgemäß ließ sich auf der Tribüne, wenn Cherrys Mannschaft gerade Pause hatte und nicht spielte, nicht nur über Tennis sprechen.

Alex stieß heute als Letzter zur Clique. „Habt

ihr die Plakate gesehen?“, sagte er. „Morgen Abend ist doch das Rockkonzert im Fußballstadion. Und heute Nachmittag ist Soundcheck. Eine Art Generalprobe. Da kann man kostenlos rein. Also, kommt, Leute! Da müssen wir hin!“

„Eine Art Generalprobe“, wiederholte Dennis, bevor jemand anders etwas sagen konnte. Er klang spöttisch. „Alex, du glaubst doch wohl nicht im Ernst, dass eine der teuersten Bands, die es überhaupt gibt, mal eben eine Generalprobe abhält und dabei soundso viele Leute kostenlos zuhören lässt?“

Alex, der eben noch so stolz auf seinen Vorschlag gewesen war, klang plötzlich kleinlaut. „Na ja, ich weiß nicht. Ich dachte …“

„Dass du nichts weißt, darin stimme ich völlig mit dir überein“, sagte Dennis grinsend. „Und ob du denken kannst – na ja, lassen wir das offen.“ Er spielte ein paar Gitarrenakkorde. „Andererseits“, sagte er dann. „Man kann es sich ja mal ansehen. Zumindest sieht man die Band live über die Bühne laufen. Und wenn wir Glück haben, spielen sie auch ein paar Takte an. Also gut“, sagte er dann, wie ein Zeichen zum Aufbruch. „Gehen wir mal hin.“

Er packte die Gitarre ein und schnallte sie sich auf den Rücken. Alex stand da und tat cool.

Das ist ja merkwürdig, schoss es Cherry durch den Kopf. Anscheinend hat Dennis die Idee mit der Generalprobe nur so lange blöd gefunden, solange sie nicht von ihm kam.

Dann musste sie sich beeilen um nicht den Anschluss an die anderen zu verlieren.

Mit den Bäumen, die nach dem Regen plötzlich kahl geworden waren, sah der untere Teil des Parks, die Hauptanlage des Rosengartens, noch trostloser aus als bei Cherrys erstem Besuch bei der Clique. Ein einziger Farbtupfer war ein Bündel Plastiktüten, das ein wenig entfernt auf einer Bank am Hauptweg aufeinander getürmt war. Auf dem Boden stand eine offene Rotweinflasche. Auf der Bank saß ein älterer Mann.

„Das ist der alte Piet“, sagte Lucy leise zu Cherry, während sie sich der Bank näherten.

Der Obdachlose schien zu dösen. Als die Gruppe näher kam, schlug er die Augen auf.

„Ach, ihr schon wieder!“, rief er, als er die Clique jetzt offenbar wieder erkannte. „Das hätte ich mir ja denken können, dass ihr auch wieder hier seid. Hätte ich das gewusst, da wäre ich besser auf Gran Canaria geblieben. Da hatte ich wenigstens meine Ruhe."

„Mach keinen Ärger, Piet", maulte Dennis ihm entgegen. „Sonst müssen wir mal klären, wessen Adresse der Rosengarten ist."

„Das würde ich mir wünschen, dass das mal wieder geklärt wird", schimpfte Piet weiter. „Wie oft war die Polizei schon hier! Und was ist dabei herausgekommen? Da! Die Kleine da mit dem Tee!" Er zeigte auf Lucy, deren Thermosflasche aus ihrem Korb ragte. „Das ist die Einzige von euch, die was taugt. Der ganze Rest – Lausejungen! Rasselbande! Ihr landet alle noch hinter Gittern!"

„Du bist schon wieder besoffen, Piet", sagte Dennis gelassen und trat im Vorübergehen mit einem Fuß die offene Weinflasche des Stadtstreichers um. Sofort ergoss sich der Wein auf den Sandweg.

„Ach, lass mich doch in Ruhe, Mann!", jaulte der alte Piet auf und bückte sich schwerfällig, um seine Weinflasche aufzuheben. „Das ist alles, was ich habe! Ihr wisst ja nicht, was das heißt, so zu leben! Ich tu doch keinem was!", lallte er.

Cherry kniff die Augen zusammen. Ihr Herz schlug schneller und ihr Atem ging flach. Sie hatte Angst vor dem alten Piet – und gleichzeitig Mitleid mit ihm.

Lucy fasste sie am Arm. „Nimm es nicht so tragisch“, sagte sie. „Jetzt ist Monatsmitte und Piet ist pleite. Kurz nach dem Ersten, wenn er bei der Stadt sein Geld geholt hat, fühlt er sich wieder wie ein König und gibt an, dass einem Hören und Sehen vergeht.“

An diesem Abend lag Cherry lange wach. Immer wieder glitt ihr Blick zur Digitalanzeige ihres Weckers. Schon nach Mitternacht. Dabei musste sie morgen zum Turnier doch fit sein!

Aber wie sollte sie schlafen, wenn es so in ihren Ohren pfiff? Das waren wohl Nachwirkungen des Soundchecks. Es war laut gewesen, heute Nachmittag im Fußballstadion. Aber immerhin hatten sie tatsächlich ein paar Takte Musik zu hören bekommen, und nicht nur einzelne Töne, wie Dennis prophezeit hatte.

Cherry versuchte noch einmal, die Augen zu schließen. Wieder sah sie den alten Piet vor sich. Seine stoppelbärtigen Wangen, sein lückenhaftes Gebiss, seine seltsam glänzenden Augen. Dieser Gesichtsausdruck – eine Mischung aus Angst, Zorn und Verzweiflung. Verzweiflung über sich selbst und die anderen, die ihm feindselig erschienen.

Der alte Piet war wohl das, was man einen Menschen „am Rande der Gesellschaft" nannte. Der nun allein vor sich hin lebte und – davon konnte man wohl ausgehen – bis an sein Lebensende allein bleiben würde.

Jemand, der sich nirgends mehr unterordnen muss und kann, überlegte Cherry. Jemand, der keine Gruppe um sich hat. Für den niemand mehr einsteht. Der von niemand getragen wird. Der schutzlos ist.

Bei diesem Gedanken wären Cherry fast die Tränen in die Augen geschossen. Sie drückte schnell die Lider zusammen, rollte sich auf die Seite und zog ihre Decke eng um sich herum.

Allein sein und untergehen in dieser großen Gesellschaft – das wollte sie nicht. Nicht jetzt und niemals später. Und um das zu verhindern, war es wichtig, sich anzuschließen. An Gleichgesinnte. An eine Gruppe von Menschen.

Zum Beispiel an die Clique.

Matchball

Plopp – Plopp – Plopp – Plopp.

Bei jedem dumpfen Geräusch, das die Tennisschläger verursachten, wenn sie den Ball über das Netz zurückgaben, wechselten die Köpfe der Zuschauer die Blickrichtung. Einen kurzen Moment konnte Cherry darüber nachdenken, dass an dem Applaus, den ihr das Publikum gerade spendete, auch Pia und Mascha beteiligt waren. Sie saßen auf der Zuschauertribüne und verfolgten das Spiel mit Spannung. Sie wussten, dass Cherry seit Wochen davon träumte, in die Damenmannschaft aufgenommen zu werden. Von diesem Turnier hing einiges für sie ab.

„Wie geht das noch?“, hatte Mascha an diesem Morgen gefragt, als sie und Pia Cherry zu den Umkleiden begleitet hatten. „Dreimal über die Schulter spucken, um viel Erfolg zu wünschen?“

„Du verwechselst da etwas“, hatte Pia geantwortet. „Das macht man beim Theater.“

„Ob Theater oder Sportplatz“, hatte Mascha

lachend entgegnet. „Was für die einen die Bühne ist, ist für Cherry eben der Tennisplatz – die Bretter, die die Welt bedeuten."

Und Cherry war der Gedanke gekommen, dass dies bis gestern Abend sicher noch der Fall gewesen war.

Der nächste Aufschlag. Noch dieser Ballwechsel – dann würde Cherry aller Wahrscheinlichkeit nach gewonnen haben.

Plopp – Plopp – Plopp. Cherry holte aus zum Schmetterschlag – der Ball flog mit Überschallgeschwindigkeit zurück über das Netz, schlug auf dem grünen Filzboden auf, sprang hoch über die Spielerin auf der gegnerischen Seite hinweg – und Cherry hatte gewonnen!

„Punktansage Sieg", sagte der Schiedsrichter, während das Publikum in Jubel ausbrach.

Cherry schüttelte ihrer Gegnerin kurz die Hand, ebenso dem Schiedsrichter, dann legte sie sich ihr Handtuch um den Nacken und betrat, nach einem kurzen Gespräch mit ihrem Trainer, der ihr anerkennend auf die Schulter klopfte, die kleine Treppe, die die Tribüne hinaufführte.

Mascha streckte der Freundin die Arme entgegen. „Super!", jubelte sie. „Du bist die Größte!"

„Echt klasse“, meinte auch Pia. „Damit müsste dein Aufstieg in die Damenmannschaft doch eine klare Sache sein.“

Cherry wiegte den Kopf. „Für meinen Trainer vielleicht schon“, sagte sie.

Mascha sah sie fragend an. „Wie? Was soll das denn heißen?“

Cherry antwortete zunächst nicht. Ihr Blick folgte schweigend dem Ball, der unten auf dem Spielfeld bereits wieder über das Netz flog. „Vielleicht will ich gar nicht mehr.“

Mascha und Pia sahen sich an.

„Kannst du das bitte noch mal sagen?“, bat Pia.

Cherry holte tief Luft. „Ich weiß nicht, ob ich in die Damenmannschaft aufsteigen will. Und ob mir Tennis überhaupt noch so wichtig ist wie früher einmal.“

„Könnte es vielleicht sein, dass du das T von ‚Tennis‘ gegen ein D getauscht hast? Dass dir inzwischen Dennis mehr bedeutet?“, fragte Mascha. Es hatte wohl ein Scherz sein sollen. Aber es klang unterschwellig spitz.

Cherry schenkte ihrer Freundin nur einen kurzen Blick. „Mit Dennis hat das eigentlich nur am Rande zu tun“, sagte sie. Dabei merkte sie, dass sie rot wurde. Nein, es war nicht mal gelogen. Es war nur so, dass ihr das, was Dennis über den Schutz einer Gruppe und über das Alleinsein gesagt hatte, sehr zu denken gegeben hatte.

„Mir ist aufgefallen", verwendete sie absichtlich eine Formulierung, die sich auf niemand anderen bezog, „dass man beim Tennis eigentlich ziemlich allein ist."

Pia und Mascha sahen ihre Freundin verdattert an.

Mascha ließ ihren Blick durch die Halle schweifen, über die vielen Menschen auf der Tribüne. „Also ‚allein' würde ich das hier nicht unbedingt nennen."

„Aber auf dem Spielfeld", fuhr Cherry fort. „Da kämpft jeder gegen jeden. Höchstens, dass man mal ein Doppel spielt", wehrte sie gleich den nächsten zu erwartenden Einwand ihrer Freundinnen ab. „Und wenn man meinen Fall sieht", setzte sie gleich hinterher. „Für mich ist doch nur wichtig, dass ich in die Damenmannschaft aufsteigen kann. Die anderen Mädchen aus meiner Mannschaft, die sind mir doch fast ..." Sie unterdrückte das Wort „egal".

„Cherry?“ Pia legte ihrer Freundin eine Hand auf die Schulter. „Bist du noch ganz dicht?“

„Ich bin absolut dicht“, antwortete Cherry und sah wieder den Bällen hinterher, die über das Netz flogen. „Dichter als je zuvor. Ich habe es meinem Trainer noch nicht gesagt“, fuhr sie nach einer kleinen Weile fort. „Aber ich werde den Hallenplatz am Samstagnachmittag nicht nehmen. Soll sich jemand anders darüber freuen.“

„Wie bitte?“, entfuhr es Mascha jetzt, so laut, dass sich die Leute nach ihr umdrehten. „Du willst den Hallenplatz abgeben? Neulich warst du doch noch so glücklich darüber!“

„Ich habe es mir eben überlegt“, antwortete Cherry. „Und ich bin zu dem Schluss gekommen, dass ich es wichtiger finde, meine Zeit mit netten Leuten zu verbringen, als mich nur um mich selbst und um meine sportliche Karriere zu kümmern.“

„Cherry!“, stieß Pia jetzt aus. „Ist das dein Ernst?“

„Allerdings“, antwortete Cherry. „Als Einzelner ist man allein und schutzlos. Eine Gruppe aber, in der jeder für jeden einsteht, in der einer durch den anderen getragen wird – eine Gruppe ist stark."

„Christiane!", rief in diesem Moment Cherrys Trainer vom Fuß der Tribüne. Er machte Zeichen und winkte Cherry, dass sie hinunterkommen sollte.

„Bis später", sagte Cherry und ging.

„Weißt du was?", hörte sie Mascha Pia zuflüstern. „Ich glaube, die spinnt."

Cherry war sich vollkommen sicher, dass es nicht so war. Dass sie ganz und gar nicht verrückt war – wie Mascha Pia zugeraunt hatte. Sondern dass ihre Entscheidung die einzig richtige war.

Ein bisschen Streit mit dem Trainer hatte es natürlich gegeben, als Cherry ihm klipp und klar noch während des Turniers erklärte, dass sie auf die Aufnahme in die Damenmannschaft verzichtete, und auch, dass sie ihren Platz am Samstagnachmittag jemand anderem zur Verfügung stellte. Und überhaupt nur noch einmal pro Woche zum Training kommen wollte. Es war ein unangenehmes Wortgefecht, das mit der Feststellung des Trainers endete: „Wie du meinst! Ich kann dich ja nicht auf den Platz tragen.“ Er war sauer – aber für Cherry war die Sache erledigt.

Ähnlich verlief es in der Tanzschule, wo Cherry bei der nächsten Gelegenheit ihre Teilnahme an der großen Formation absagte und vorsorglich hinzufügte, dass sie in nächster Zeit nur noch unregelmäßig zu den Stunden kommen würde. Ein kurzes Bedauern durchzuckte sie, als Dana, die Kursleiterin zu ihr sagte: „Aber Cherry, du bist doch eines unserer größten Talente.“ Cherry versuchte dies einfach als ein schönes Kompliment und möglicherweise krönenden Abschluss ihrer Jazztanz-Karriere zu betrachten.

Mit einem Mal hatte Cherry Zeit. Viel Zeit sogar. Sie lag auf dem Rücken auf ihrem Bett und starrte an die Decke. Der CD-Player lief. Ihr Handy lag neben ihr. Schon den ganzen Nachmittag wartete Cherry darauf, dass es piepste.

Wie haben sich eigentlich unsere Eltern früher verabredet?, fragte sie sich. Per Telefon wahrscheinlich. Oder auch durch Zettel, die sie sich während des Unterrichts zuschoben. Zumindest hatte das Cherrys Mutter einmal erzählt. Aber wenn man nicht miteinander in eine Klasse ging? Dann verabredete man sich wahrscheinlich in den Pausen auf dem Schulhof. Und wenn man nicht auf die gleiche Schule ging? Dann machte man sicher bei dem einen Treffen gleich etwas Neues aus, ohne dass man sich vorher noch einmal darüber verständigen musste.

Ganz schön unspontan, überlegte Cherry weiter. Wie sollte man denn in der Woche vorher wissen, was man in der nächsten Woche machen wollte? Mit der Handy-Telefonkette war man doch viel flexibler. Man konnte die ganze Clique spontan an einen neuen Ort bestellen. Jeder, der eine gute Idee hatte, konnte es die anderen wissen lassen, mit LPH, und dann ging die Nachricht über alle Handys.

Andererseits, schoss es ihr durch den Kopf. Wann war das schon einmal der Fall gewesen, dass sie ganz spontan etwas Außergewöhnliches unternommen hatten? Solange Cherry zur Clique gehörte, hatten sie sich immer im Rosengarten getroffen. Und auf viel Begeisterung schien es nicht zu stoßen, wenn mal jemand anderer als Dennis einen Vorschlag machte. Zumindest war es Cherry neulich bei der Konzert-Generalprobe so vorgekommen. Handy-Kette hin oder her – am Ende blieben sie meistens im Park. Aber das musste sich ja zwangsläufig bald ändern, wenn der Winter kam.

Ein großer Nachteil der Telefonkette war natürlich, dass die Sache teuer war. Noch nie hatte Cherry so viel Geld für Telefonkarten ausgegeben wie in den letzten Wochen. Ständig musste sie neue kaufen. Auch jetzt war schon wieder Nachschub fällig. Aber da Cherry gerade etwas knapp bei Kasse war, versuchte sie den Kauf so lange wie möglich hinauszuzögern.

Auch unter diesem Aspekt war es richtig, den Sport etwas weiter hinten anzustellen. Das Geld, das Cherry sonst für Tennis und Tanzen ausgegeben hatte, konnte sie ab dem nächsten Monat auf das Telefonieren verwenden. Das würde die Dinge sehr erleichtern.

Es piepste. Cherry fuhr auf. Erst jetzt merkte sie, dass sie beinahe eingeschlafen war. Eine SMS von Lucy. Mit LPH. Zur Weiterleitung also. Sie lautete: „Freitagabend 19:00 Party. Adresse folgt.“

Mist, dachte Cherry und drückte auf die Nummer, an die sie die SMS weiterleiten sollte. Wenn ihr euch gleich entschieden hättet, wo die Party steigt, hätte es nur die Hälfte gekostet!

Eins war Cherry völlig klar: Sie konnte es sich eigentlich sparen, Pia und Mascha zu fragen, ob sie mit zu der Party kommen wollten.

Dass sie es trotzdem tat, hatte damit zu tun, dass Pia und Mascha ihre ältesten Freundinnen waren. Und dass sie ihnen beim Turnier gesagt hatte, dass sie ihre Zeit ab sofort mehr darauf verwenden wollte, mit netten Leuten zusammen zu sein, als persönlichen Zielen hinterher zu jagen. Mascha und Pia sollten nicht glauben, dass sie plötzlich nicht mehr zum Kreis der Menschen gehörten, die sie nett fand. Auch wenn Cherry bemerkt hatte, dass sie die Zusammentreffen mit der Gruppe eigentlich spannender fand als die Verabredungen mit ihren Freundinnen – die in der letzten Zeit sowieso immer seltener geworden waren.

„Habt ihr Lust, am Freitag mit auf eine Party zu kommen?“, fragte sie, als sie am nächsten Tag Pia und Mascha auf dem Schulhof traf.

Jahrelang hatte Cherry morgens immer alles daran gesetzt, pünktlich aus dem Haus zu kommen. Um sich mit Pia an der Haltestelle zu treffen und mit ihr gemeinsam zur Schule zu fahren. Aber seit dem Tennisturnier war irgendetwas anders geworden.

„Eine Party?“, wollte Mascha wissen. „Partys sind immer gut. Bei wem findet sie denn statt?“

Cherry suchte einen Moment lang nach einer Antwort. „Um ehrlich zu sein, ich weiß es noch nicht genau. Ich weiß nur, dass eine Party stattfindet. Wir ... gehen mit der Clique hin, und ...“

„Ach, Moment mal, Freitag ...“, warf Mascha jetzt nachdenklich ein. „Nein, tut mir Leid, Freitag kann ich ja gar nicht. Am Freitag gehe ich mit meiner Mutter kegeln. Als Vertretung für eine Kegelschwester“, sagte sie und schlug ihren ironischen Tonfall an. „Darauf freue ich mich schon die ganze Woche.“

„Bei mir ... bei mir geht es auch nicht“, sagte Pia jetzt. „Torsten und Nadja kommen zu uns. Und da wäre ich gern dabei“, fügte sie hinzu und errötete leicht. Wahrscheinlich weil der Name „Nadja“ sie daran erinnerte, dass Pia in der Zeit während ihrer Bekanntschaft mit Tessa etwas zu überstürzt auf eine große Karriere als Model gesetzt hatte.

Cherry wusste genau, dass weder die eine noch die andere Antwort ein wirkliches Argument war. Wenn es sich um eine Party gehandelt hätte, die nicht mit Leuten aus der Clique stattgefunden hätte, wären Mascha und Pia auf jeden Fall dabei gewesen. Aber es war sicher besser, die Sache nicht weiter zu thematisieren.

Es gongte zum Unterricht. Cherry, Pia und Mascha machten sich auf den Weg zu ihrem Klassenraum.

Das Handy!, schoss es Cherry durch den Kopf. Ich muss mein Handy ausschalten. Sie wühlte in ihrer Tasche, während sie den Flur zu ihrem Klassenzimmer über das große Treppenhaus betraten. In diesem Moment sahen sie Frau Sondermann, ihre Mathematiklehrerin, schon von der anderen Seite her kommen.

„Beeilung!“, sagte Mascha nur. Jeder wusste, dass es immer besser war, den Klassenraum vor der präzisions- und pünktlichkeitsliebenden Mathematiklehrerin zu betreten. „Also dann, bis später“, seufzte Pia, sobald sie die Schwelle übertreten hatten, und entschwand zur Fensterseite des Klassenzimmers. Seitdem Frau Sondermann Pia für die Mathestunden einen anderen Platz zugewiesen hatte, war keine weitere Unterhaltung, die sonst im Flüsterton stattgefunden hatte, mehr möglich.

So sehr Cherry Pias Strafversetzung in jenem Moment bedauert hatte – so froh war sie nun fast darüber.

Durch das kurze Gespräch mit ihren Freundinnen auf dem Schulhof war ihr endgültig klar geworden, was sie in letzter Zeit schon geahnt hatte, aber nicht wahrhaben wollte: Dass ihr mit ihren Freundinnen der Gesprächsstoff ausgegangen war. Dass Pia und Mascha von der Clique nichts wissen wollten, dass andererseits Cherry aber mittlerweile den größten Teil ihrer Freizeit mit jener Clique verbrachte. Was sollte also zu reden übrig bleiben?

Frau Sondermann begann ihren Unterricht. Mascha, die noch nie eine Leuchte in Mathe gewesen war, versuchte anfangs noch aufzupassen und das, was Frau Sondermann vorn an die Tafel schrieb, zu verstehen. Aber ziemlich bald gab sie es auf. Sie schaltete ab und kritzelte in ihrem Heft herum.

Auch Cherry merkte, dass sie sich zunehmend weniger auf den Unterricht konzentrieren konnte. Früher hätte sie jetzt mit Mascha gequatscht. Aber jetzt ... jetzt ... Jetzt piepste plötzlich ihr Handy!

Mist!, dachte Cherry. Ich wollte es doch noch ausschalten!

Ihre Hand fuhr in die Tasche. Warum hatte sie das dumme Ding jetzt mit einem Griff, während es sich vorhin irgendwo unter den Büchern versteckt hatte?

Noch bevor sie das Handy völlig aus der Tasche herausgezogen hatte, sah Cherry das Display aufleuchten. Eine SMS. Musste die Clique denn unbedingt während der Schulzeit SMS versenden? Was konnte es denn so Dringendes geben?

Bevor Cherry dazukam, die Nachricht unter dem Tisch zu lesen, griff eine unerbittliche Hand von der Seite zu.

„Ein Handy“, sagte Frau Sondermann. Ihre Augen funkelten. „Christiane! Wie oft muss man euch eigentlich sagen, dass Handys im Unterricht ausgeschaltet bleiben! Was denkt ihr eigentlich, wo ihr hier seid? Bei einer Freizeitveranstaltung, oder was?“ Ohne Cherrys Antwort abzuwarten, ging sie mit dem Handy nach vorn zum Lehrerpult. Sie drückte auf verschiedene Knöpfe, bis ein rhythmisches Piepsen anzeigte, dass sie das Handy ausgeschaltet hatte. Frau Sondermann schlug das Klassenbuch auf um Cherry einzutragen. „Du kannst dir das Handy nach Schulschluss im Sekretariat wieder abholen", fügte sie noch hinzu.

Cherry hätte sich am liebsten eingegraben. Sie senkte den Blick auf ihr Buch, sah aber urplötzlich wieder auf.

Pia sah sie an. Etwa so, wie man es von Mascha kannte, wenn sie eine Matheaufgabe lösen sollte. Oder von Cherry, wenn sie wieder einmal versuchte, die Komma-Regeln zu verstehen. Oder auch von Pia selbst, wenn sie vor der Landkarte stand und etwas über die Bodenschätze Nordamerikas berichten sollte.

Jedenfalls so, als wäre Cherry ihr auf einmal ein absolutes Rätsel.

Die Party

Bis zum Unterrichtsende saß Cherry auf heißen Kohlen. Dann konnte sie endlich ins Sekretariat hinunterlaufen und sich ihr Handy zurückholen.

Pia und Mascha hatten sich bereits verabschiedet. Pia wurde heute von ihrer Mutter mit dem Auto abgeholt. Sie fuhren in die Stadt. Und Mascha … Mascha hatte es irgendwie eilig gehabt und war allein zur Bushaltestelle gegangen.

Die SMS! Was war das für eine Nachricht? Cherry schaltete ihr Handy ein. Das Display leuchtete auf.

Eigentlich müsste jetzt angezeigt werden, dass eine neue Nachricht angekommen ist, überlegte Cherry. Weil ich die SMS ja noch nicht gelesen habe. Aber außer einem Zeichen, dass das Handy Funkverbindung hatte, der Uhrzeit und dem Akku-Status war nichts zu sehen.

Cherry drückte ein paar Tasten. War die Nachricht vielleicht schon im Speicher? Der Speicher zeigte als letzten Eingang die Ketten-SMS vom

Tag zuvor an. Cherry versuchte den Speicher über einen anderen Weg abzurufen. Mit demselben Ergebnis.

Hatte sie sich denn getäuscht, weil sie das Handy nur so kurz in der Hand gehalten hatte? War die SMS vielleicht doch ein Anruf gewesen? Sie rief die Nummern der letzten Anrufe ab. Auch hier waren nur Daten der letzten Tage gespeichert.

Eine plötzlich Erkenntnis durchzuckte Cherry. Frau Sondermann hatte doch verschiedene Tasten gedrückt, bevor es ihr gelungen war, das Handy auszuschalten. Natürlich! Das musste des Rätsels Lösung sein. Frau Sondermann hatte die Nachricht – oder den Anruf – gelöscht. Unwiederbringlich. Ihr Handy würde Cherry niemals verraten können, wer am Vormittag versucht hatte, mit ihr Kontakt aufzunehmen!

Wenn es jemand aus der Clique war, überlegte Cherry, gibt es aber eine Möglichkeit, es herauszubekommen. Durch Lucy. Lucy war so gut wie immer über alles im Bilde, was sich in der Clique tat. Wobei es ohnehin fast undenkbar war, dass jemand anderer als Mike – der in der Telefonkette direkt vor Cherry stand – sie angewählt hatte. Der Kontakt verlief eigentlich kaum „auf privater Basis“ zwischen zwei einzelnen Leuten, sondern meistens über die Telefonkette durch die ganze Clique. Nur Dennis gab von Zeit zu Zeit SMS an alle heraus.

Bei dem kurzen Gedanken, einfach Dennis anzurufen, klopfte Cherrys Herz auf einmal heftig. Seit ihrem Gespräch, als sie allein in der Rosenlaube gesessen hatten, hatte sich ihr Draht zueinander merkwürdig verlängert. Keine Cherry-Songs mehr. Kein bevorzugter Platz mehr für Cherry neben ihm. Dennis hatte plötzlich etwas Unnahbares bekommen.

Dann also doch Lucy, dachte Cherry mit einem Seufzen.

Noch während sie über den Schulhof lief, wählte sie Lucys Nummer.

„Lucy?“, sagte sie, sobald Lucy sich am anderen Ende meldete. „Hast du mich angerufen? Oder mir eine SMS geschickt? Wegen Freitag vielleicht?“

„Nein“, antwortete Lucy. „Für Freitag ist noch nichts entschieden. Es ist ja auch noch früh. Vor Donnerstag wird es keine LPH geben“, sagte sie und verwendete dabei den Begriff, den die

Clique für ihre Ketten-Nachrichten gebrauchte. „Hör zu, ich kann jetzt nicht telefonieren. Ich habe noch Unterricht“, sagte sie dann plötzlich leise. „Mach dir keine Sorgen, es geht alles klar. Bis Freitag“, schloss sie. Dann beendete sie die Verbindung.

Es war bereits Freitagmittag, als die SMS mit der Adresse des Jugendtreffs, wo die Party stattfinden sollte, eintraf. Natürlich mit dem obligatorischen LPH am Ende. Cherry drückte die Tasten zur Weiterleitung, dann schaltete sie ihr Handy aus. Sie war auf dem Weg zum Tennistraining. Am frühen Nachmittag traf sich die Clique eigentlich nie. Daher konnte Cherry diesen Termin zumindest beibehalten. Denn eigentlich machte ihr Tennis ja Spaß, wie sie sich eingestand.

Aber man kann eben nicht auf allen Hochzeiten tanzen, sagte sie sich mit einem innerlichen Seufzer. Man muss sich entscheiden. Und Cherry hatte sich entschieden. Ohne jeden Zweifel.

Der Trainer nahm sie an diesem Tag ordentlich ran. Anscheinend hegte er den stillen

Wunsch, dass Cherry, angespornt durch das forsche Spiel, ihre Meinung doch noch änderte. Dass sie plötzlich sagte: „Ich hab's mir überlegt. Ich komm morgen zum Training. Ich möchte in die Damenmannschaft aufgenommen werden."

Dieser Gedanke machte Cherry sehr wütend. Glaubte der Trainer wirklich, dass sie sich ihre Entscheidungen so leicht machte?

Je heftiger sie die Bälle über das Netz gab, umso mehr forderte der Trainer von Cherry. Er spielte sie hart an – Cherry parierte. Er spielte in die äußerste Ecke – Cherry lief wie ein Wiesel. Er spielte über ihren Kopf – Cherry nahm den Ball im Volley und schmetterte ihn zurück in das gegnerische Feld.

Das Training verging wie im Fluge. Schließlich sagte der Trainer: „Genug für heute, Christiane. Wir haben sowieso schon eine halbe Stunde überzogen."

Mit einem Schrecken sah Cherry auf ihre Uhr. Tatsächlich! Halb sechs! In aller Eile zog sie sich an, warf ihre Sachen in ihre Sporttasche und lief nach Hause.

Ihr blieb jetzt unerwartet wenig Zeit, um zu duschen, ihre Haare zu waschen und sich zu stylen. Ausgerechnet heute! Bei ihrer ersten Party, die sie mit der Clique feierte! Was sie anziehen sollte? Das hatte Cherry sich zum Glück schon zwei Tage vorher überlegt. Es lag alles bereit: Ihre neue Jeans, das enge, leicht bauchfreie Shirt, die neue Kapuzenjacke und ihr Hawaii-Haartuch.

Das Haartuch war besonders wichtig. Gleich am ersten Abend, als sie auf dem Grillplatz im Wald mit einem Teil der Clique zusammengetroffen waren, hatte Cherry das Gefühl gehabt, dass es Dennis besonders gefallen hatte. Mit diesem Outfit und den langen, gewellten Haaren, die Cherry über die Schulter fielen, sah sie ziemlich trendy aus. Das schien Dennis zu mögen.

Ach, ja, Dennis!, schoss es Cherry durch den Kopf. Ob er an diesem Abend auch wieder so unnahbar sein würde?

Es war schon merkwürdig. In den Vorabendserien im Fernsehen war alles immer so einfach. Ein Mädchen und ein Junge trafen sich, verliebten sich ineinander und die Sache war geritzt. Aber im richtigen Leben?

Wenn es nach diesem Schema ginge, müsste ich längst mit Dennis zusammen sein, überlegte

Cherry weiter, während sie sich einen dunklen Kajalstrich unter das Augenlid zog.

Oder konnte es etwa sein … Cherry ließ die Hand mit dem Kajal sinken. War es möglich, dass Dennis das, was er neulich gesagt hatte, noch viel radikaler gemeint hatte, als Cherry es im ersten Augenblick verstanden hatte?

So viel hatte ihr ja eingeleuchtet: Dass man zu schwach war, wenn man nur ein oder zwei Leute hatte, auf die man sich verlassen konnte. Dass man den Schutz einer ganzen Gruppe brauchte. Und dass Cherry sich daher entscheiden musste, ob sie Tennis spielen oder mit der Gruppe zusammen sein wollte.

Möglicherweise hatte Dennis ihr auf diese Weise aber noch etwas ganz anderes gesagt: Nämlich dass eine Zweierbeziehung für ihn überhaupt nicht zur Debatte stand, sondern dass ihm die Gruppe auch über jede persönliche Neigung ging. Dass er an Cherry als Mitglied der Clique durchaus interessiert war – aber nicht an Cherry als einzelner Person und Freundin.

Cherry hörte, wie in der Küche der Kühlschrank geöffnet wurde. Im selben Augenblick erklang das Geräusch von Hundekrallen auf dem Parkettboden der Diele. Godot hatte sich aus seinem Hundekorb erhoben und machte sich auf den Weg in die Küche, um sich vor den Kühlschrank zu setzen und einfach da zu sein.

Cherry legte ihren Kajalstift ab und sah sich selbst in die dunkel umrandeten Augen.

Ob Godots Methode nicht auch schon einmal fehlgeschlagen war?

Cherrys Spannung stieg. Der Jugendtreff, wo die Party stattfinden sollte, lag am anderen Ende der Stadt. Cherry musste eine ganze Weile mit dem Bus fahren, bis sie dort war.

Als sie ankam, waren schon eine ganze Menge Leute da. Auch einige aus der Clique. Allerdings deutlich weniger als sonst.

„Hallo“, begrüßte Cherry die Ersten, denen sie begegnete.

„Hallo“, antworteten die anderen. Dann vertieften sie sich wieder in ihr Gespräch, wobei sie sich einander so zuwandten, dass Cherry aus dem Kreis ausgeschlossen blieb.

Das klang ja nicht allzu herzlich, dachte Cherry und ging weiter. Dort drüben, an der Getränkebar, stand Lucy. Sie sah auf die Tanzfläche, auf der bislang gerade mal zwei Leute tanzten, und wippte im Takt der Musik mit dem Kopf.

„Hi, Lucy“, sagte Cherry und stellte sich neben sie. „Viel ist hier ja noch nicht los. Von uns ist auch kaum jemand da“, fügte sie hinzu und freute sich an dem kleinen wohligen Schauer, der sie bei dem Wort „uns“ durchrieselte.

Lucy sah sie säuerlich an. „Kannst froh sein, dass es überhaupt so viele sind“, antwortete sie.

Cherry verstand nicht „Wie meinst du das? Haben die anderen keine Lust oder …“

„Was weiß ich!“, schnitt Lucy ihr das Wort ab. „Sie kommen nicht. Sie sagen, sie haben keine LPH bekommen. Und sie sind stinksauer. Sie vermuten, dass wir hier eine kleine Insider-Veranstaltung machen. Dass Dennis sich nur ein paar ganz Treue ausgesucht hat, um mit ihnen den Abend zu verbringen. Ganz familiär, sozusagen.“ Sie schnaubte. „Wir hatten so etwas schon mal“, fuhr sie dann fort. „Daran wäre die Gruppe fast zerbrochen. Es gab plötzlich zwei Parteien. Dennis und die, die zu ihm halten, und auf der anderen Seite Alex und seine Leute …“

„Ist Alex denn auch nicht hier?“ Cherry wandte suchend den Kopf um. Alex, der groß wie ein

Leuchtturm war, war sonst immer auf Anhieb zu sehen.

„Nein. Er sagt, er hat keine LPH bekommen“, antwortete Lucy.

„Das kann aber nicht sein“, sagte Cherry. „Ich habe die LPH doch an ihn weitergeleitet. Guck, hier“, sie zog ihr Handy aus der Hosentasche. Jetzt erst sah sie, dass es noch ausgeschaltet war. Das musste in der Eile nach dem Tennis passiert sein. Sie hatte ja kaum noch Zeit zum Duschen gehabt. „Moment“, sagte Cherry und schaltete das Handy ein.

In der Lautstärke der Musik ging das rhythmische Piepsen unter. Aber das Display leuchtete. Die Empfangsanzeige, der Akkustatus, die Uhrzeit leuchteten auf.

Mit einem Mal erklang ein Signalton. Er drang nur schwach an Cherrys Ohr – aber er klang trotzdem alarmierend genug.

„Guthaben erschöpft!“, erschien jetzt eine Schrift auf dem Display. „Ihre letzte Nachricht konnte nicht übermittelt werden.“

Es war längst nach Mitternacht. Cherry wälzte sich im Bett. An ihr hatte es also gelegen! Sie war schuld, dass die Telefonkette nicht funktioniert hatte.

Wie kann man nur so dusselig sein?, schimpfte sie mit sich selbst.

Aber so war es nun mal. Wenn sie nicht gleich nach der Weiterleitung ihr Handy wegen dem Tennistraining ausgeschaltet hätte, hätte sie ja auch gemerkt, dass es nicht funktioniert hatte.

Die SMS, die Frau Sondermann gelöscht hat, musste die Nachricht sein, dass das Guthaben nahezu erschöpft war, überlegte Cherry weiter. Und was dann noch übrig war, hatte gerade noch gereicht, um Lucy kurz anzurufen. Für die nächste SMS war der Betrag zu gering gewesen.

Cherry boxte mit der Faust ins Kopfkissen. Vor ihrem geistigen Auge stieg Dennis' Gesichtsausdruck wieder auf – als Lucy ihm all das erzählte, was Cherry ihr umgehend gebeichtet hatte. Nämlich dass es wohl an ihr gelegen hatte, dass die LPH nicht weitergegangen war.

„So macht man sich Freunde“, hatte Dennis sarkastisch gesagt. Dann hatte er Cherry und Lucy stehen gelassen. Und auch Lucy hatte sich irgendwann anderen Leuten aus der Clique zugewandt.

Was das eigentlich Schlimme an der Sache war, war Cherry vollkommen klar: Sie hatte den Codex der Gruppe, nämlich dass alle sich immer und auf jeden verlassen können, verletzt. Sie hatte eine Information, die der ganzen Gruppe zustand, nicht weitergegeben. Damit hatte sie unwillentlich eine Spaltung herbeigeführt. Zwischen denen in der Gruppe, die den Ort der Party kannten – den Eingeweihten –, und denen, die ihn nicht kannten. Den Uneingeweihten.

Dass ausgerechnet Alex durch diesen dummen Fehler zu den Uneingeweihten gehörte, hatte ihrem Versehen eine ungeheure Brisanz verliehen.

Cherry hatte die Rivalität zwischen Dennis und Alex ja durchaus bemerkt. Neulich, bei der Sache mit der Konzertprobe. So lustig und charmant wie Dennis sein konnte – er war ganz klar der Anführer der Clique. Und ebenso klar war, dass er sich dieses Privileg nicht aus der Hand nehmen lassen wollte.

Das war wohl der Grund, warum Dennis oft genauere Angaben zum Treffen der Clique erst so spät bekannt gab: Er wollte die Führung behalten. Er reservierte sozusagen einen Termin –

und sagte erst sehr spät, worum es sich eigentlich handelte und wo und wann sie sich treffen würden. Wahrscheinlich, damit sich in der Zwischenzeit keine kleineren Grüppchen abspalteten – die möglicherweise feststellten, dass sie zu dem, was Dennis vorschlug, keine Lust hatten.

Dennis hat einen ziemlichen Machtanspruch, dachte Cherry. Er will die Fäden in der Hand halten und erwartet, dass alle anderen sich unterordnen. Aber vielleicht hat er ja Recht, überlegte sie weiter. Wenn sich nicht alle eingliedern, kann eine Gruppe nicht funktionieren. Es kommt eben darauf an, dass jeder ein Stück zurücksteckt. Von seinem eigenen Anspruch, von seiner Eitelkeit. Vielleicht auch vom eigenen Ich.

Cherry drehte sich noch einmal um. Allmählich wurde sie müde.

Aber vom eigenen Ich zurückstecken, geht das überhaupt? Und wenn ja – wo sind da die Grenzen? Im nächsten Moment musste sie gähnen. Ihre Augenlider wurden schwer.

Und Cherry nahm sich vor, zu einem anderen Zeitpunkt noch einmal über diese Frage nachzudenken.

Einzelgängerinnen?

Allmählich merkte man, dass es morgens später hell wurde.

Cherry sah auf die Uhr – und erschrak. Sie hätte schwören können, dass es höchstens fünf nach sieben war.

Stattdessen zeigte die Uhr aber schon fünf vor halb acht. Wenn sie den Bus um zwanzig vor acht erreichen wollte, musste Cherry sich beeilen.

Um noch rechtzeitig in die Schule zu kommen, war das ohnehin schon knapp kalkuliert. Aber in der letzten Zeit hatte es sich nun mal so ergeben, dass sie jetzt diesen Bus nahm, und nicht mehr den um zwanzig nach sieben, mit dem sie jahrelang mit Pia zusammen zur Schule gefahren war. Nicht dass Cherry plötzlich regelrecht etwas gegen Pia gehabt hätte, oder gegen Mascha. Aber ... die Unterhaltung war eben so schwierig geworden. Wenn Cherry etwas von der Clique erzählte, schienen Pia und Mascha ihre Ohren auf Durchzug zu schalten. Was Cherry ärgerte. Und im Gegenzug war sie dazu übergegangen, es mit dem, wovon Pia und Mascha sprachen, genauso zu machen.

In aller Eile aß Cherry ihren Toast auf, putzte sich die Zähne und warf sich ihre Jacke über. Mist! Eigentlich hatte sie vorgehabt, am Kiosk an der Haltestelle noch schnell eine neue Karte für ihr Handy zu kaufen. Den ganzen Sonntag hatte sie schon ohne auskommen müssen.

Anrufe und SMS hätte ich ja noch entgegennehmen können, schoss es Cherry durch den Kopf. Nur eben nichts weiterleiten oder selbst anrufen.

Aber die Clique hatte sich ruhig gehalten. Offenbar waren alle noch sauer.

Während sie im Laufschritt um die Ecke bog, sah Cherry den Bus schon an der Haltestelle stehen. Sie war wirklich verdammt spät dran, sicher würde er gleich die Türen schließen …

Tatsächlich – das zischende Geräusch drang bis an Cherrys Ohren. Aber da … die hinterste Tür … die war noch offen. Jemand hielt sie für sie auf!

Cherry legte einen Endspurt ein. Dann sprang

sie, mit einem letzten großen Satz, in die noch offen stehende Tür des Busses.

„Danke“, hechelte sie atemlos, während der Bus die Tür schloss und sich in Bewegung setzte.

„Gern geschehen“, sagte eine vertraute Stimme.

Cherry strich sich die Haare aus dem Gesicht, die ihr nach ihrem großen Sprung wirr ins Gesicht hingen. „Du?“, fragte sie dann. „Hast du mir die Tür aufgehalten?“

Pia nickte. „Klar. Meinst du, ich lasse es zu, dass die Sondermann dich schon wieder ins Klassenbuch einträgt?“

„Du nimmst doch sonst immer den früheren Bus“, sagte Cherry, noch immer hechelnd.

Pia zuckte die Schultern. „Ich bin eben auch mal spät dran.“

Mit jeder Station, die der Bus anfuhr, schien es Cherry, als blätterte sie im Kalender ihres Lebens eine Woche zurück. Abgesehen davon, dass sie die peinliche Geschichte mit der nicht weitergeleiteten SMS der Clique aussparte, hatte sie fast das Gefühl, dass die Unterhaltung mit Pia fast wieder so ungezwungen war wie früher.

Und als Mascha dann auch noch auf dem Schulhof stand – von einem Bein auf das andere tretend, weil es immer später wurde – und gleichzeitig überrascht und offenbar heilfroh war, sie beide zusammen zu sehen, schien mit einem Mal wieder so etwas wie die alte Vertrautheit da zu sein.

„Habt ihr schon gehört, dass das Eisstadion wieder geöffnet hat?", fragte Mascha, während sie sich nach dem ersten Gong auf den Weg zum Klassenzimmer machten. „Wie wär's: Sollen wir nicht am Samstagnachmittag zusammen Eis laufen gehen?"

„O ja, gern", sagte Pia begeistert. „Das ist eine super Idee."

Auch Cherry war schon drauf und dran zuzusagen. Dann fiel es ihr plötzlich ein. „Samstagnachmittag ... das ist ungünstig", sagte sie und ihre Stimme klang ehrlich bedauernd.

Maschas Gesicht leuchtete auf. „Hast du's dir überlegt? Gehst du jetzt doch zum Tennis?"

„Nein, das nicht", antwortete Cherry. „Aber ihr wisst doch – Samstag ist der Nachmittag eigentlich für die Clique reserviert."

„Ist das denn so ein feststehender Termin?",

fragte Pia. „Ich meine, musst du da jedes Mal hin? Ihr seid doch kein Verein mit Anwesenheitspflicht oder so."

„Nein", sagte Cherry. „Das natürlich nicht. Aber irgendwie ... Wenn jeder plötzlich seine eigenen Sachen macht", nahm sie dann einen neuen Anlauf, „ist man irgendwann auch keine Clique mehr. Es gehört nun mal dazu, dass man sich entscheidet", fuhr sie fort. „Wenn man in einer Gruppe ist, muss man sich eben unterordnen. Da kann nicht jeder sein Ding machen." Cherry hörte selbst, dass ihre Stimme plötzlich einen merkwürdigen Beiklang bekam. Als müsste sie sich verteidigen. „Es mag ja Leute geben, die sich nicht einordnen können – oder wollen. Aber der Vorteil in einer Gruppe ist ..."

„... dass jeder für jeden einsteht. Danke. Das haben wir schon gehört", fiel Mascha ihr ins Wort. Auch sie klang mit einem Mal nicht mehr so locker wie eben noch. „Wobei ich eins mal erwähnen möchte, Cherry", sagte sie dann und holte tief Luft. „Auch wenn wir immer nur zu dritt waren – du, Pia und ich. Wir haben uns auch miteinander arrangieren müssen. Keine von uns konnte nur nach ihrem Kopf leben. Das ist nicht nur in einer größeren Clique so, sondern bei jeder Freundschaft. Man muss Kompromisse schließen. Wenn eine Freundschaft oder die Zugehörigkeit zu einer Gruppe aber heißt, dass man alles das, was einem eigentlich wichtig ist, über Bord werfen muss, wenn man nur noch das tut, was die Freundschaft oder die Gruppe von einem verlangen, oder wenn man sogar so denken muss, wie es erwartet wird – tut mir Leid, aber dann stimmt an der Sache irgendetwas nicht."

Mascha war kurz davor gewesen, sich in Rage zu reden. In diesem Moment betrat Frau Sondermann das Klassenzimmer. „Wir wollen keine Zeit verlieren", sagte sie anstatt einer Begrüßung. „Hier sind die Hefte. Wir schreiben heute eine Klassenarbeit."

Während man fast hören konnte, wie allen anderen die Herzen in die Hosen rutschten, war Cherry geradezu erleichtert. Sie konnte sich nicht erinnern, wann sie sich jemals gefreut hätte, eine Mathearbeit schreiben zu müssen. Heute aber war sie Frau Sondermann beinahe dankbar. Denn sonst hätte es sicher noch Streit gegeben. Zwischen Mascha, Pia und ihr.

Als Cherry am Samstagmorgen aus dem Fenster sah, war ihr sofort klar, dass Eislaufen an diesem Tag auf jeden Fall die angenehmere Freizeitbeschäftigung gewesen wäre. Im Eisstadion wäre es zwar kalt, aber immerhin einigermaßen trocken gewesen.

Aber Cherry hatte sich entschieden. Für das Treffen mit der Clique. Und das fand – wie meistens – im Park statt. In einem nasskalten Park wohlgemerkt, in dem es allmählich ungemütlich wurde.

Cherry legte es nicht darauf an, an diesem Tag unter den Ersten zu sein, die eintrafen. Im Gegenteil, es war sicher besser, ein bisschen in der Menge unterzugehen. Vor allem wenn sie sich vorstellte, gleich Dennis unter die Augen treten zu müssen – nach ihrem blöden Fehler vom letzten Wochenende.

Natürlich hatte sie längst eine neue Prepaid-Karte. Und sie hatte sich auch geschworen, von jetzt an regelmäßig den Stand ihres Guthabens abzufragen. Damit es ihr nie wieder passierte, dass es plötzlich erschöpft war.

Schon von weitem sah Cherry, wie Lucy Tee ausschenkte. Zum Glück! An einem so ungemütlichen Tag wie diesem konnte man etwas Heißes bestens gebrauchen.

„Ah, da kommt ja Cherry."

Zu Cherrys Erstaunen war es Dennis, der sie als Erster begrüßte. Eigentlich hatte sie damit gerechnet, dass er sie eher ignorieren würde.

„Hast du deine Buschtrommel dabei?"

Cherry spürte, wie sie rot wurde. Ihr Herz klopfte einfach schneller, sobald Dennis sie ansprach. „Meine was? Meine Buschtrommel?"

Dennis grinste und nickte. Er zupfte ein paar Töne auf seiner Gitarre. „Ja. Oder wie nennt man das Ding, das man regelmäßig mit Karten füttern muss?"

„Du meinst mein Handy!", meinte Cherry lachend. Dann blieb ihr das Lachen plötzlich im Hals stecken. Sie wusste, dass Dennis ein Meister darin war, Kritik unter lustigen Formulierungen zu verstecken. „Na ja", fuhr sie etwas verlegen fort. „Es ist eben ein Prepaid-Handy. Da sind die Kosten übersichtlicher." Sie spürte, wie ihr das Blut jetzt endgültig zu Kopfe schoss. Sie kam sich vor wie ein kleines Kind, das nicht in der Lage ist, mit Geld umzugehen. „Ich finde das eigentlich ganz praktisch …", setzte sie hinterher.

Sie merkte aber selbst, dass sie nicht allzu überzeugend klang.

„Praktisch nennst du das?“, entgegnete Dennis auch prompt. „Was ist denn daran praktisch, wenn du sozusagen einen ganzen Freundeskreis sprengst, weil dein Kinderhandy zufällig leer ist?“

„Das war wirklich eine Ausnahme. Ein blöder Zufall“, verteidigte sich Cherry. „Es lag nur daran, dass meine Mathelehrerin die Nachricht, dass das Restguthaben fast erschöpft sei, gelöscht hat.“

Dennis zupfte ein paar Saiten und schien den Tönen konzentriert nachzulauschen. „Ehrlich, Cherry“, fuhr er dann wie abwesend fort. „Ein Risiko bleibt. So etwas kann ja immer wieder passieren. Du bist übrigens die Einzige in der Clique, die nur ein Prepaid-Handy hat. Bei allen anderen können wir sicher sein, dass die LPHs, die wir verschicken, auch weitergegeben werden ...“

Cherry schluckte. Ihr war völlig klar, was Dennis sagen wollte. „Du meinst, ich soll mir einen festen Vertrag geben lassen?“

Dennis klimperte abwesend auf seiner Gitarre.

„Wir können dich natürlich nicht zwingen. Aber wenn du so ein Unsicherheitsfaktor für die Clique bist …“

Cherry fühlte sich plötzlich unwohl. Was Dennis da sagte, klang ganz schön nach Druck. Zum Glück stieß in diesem Moment Lucy mit der Thermoskanne zu ihnen. „Na, Cherry? Hast du schon Tee gehabt?“ Sie goss ihr bereits einen Becher ein.

Cherry griff dankbar zu und nutzte die Gelegenheit, sich mit Lucy ein wenig von der Bank zu entfernen, auf der Dennis saß. Sie hatte keine große Lust, das begonnene Gespräch noch weiter zu vertiefen.

„Ganz schön ungemütlich heute“, sagte sie zu Lucy und nippte an ihrem dampfenden Becher. „Vielleicht hätte ich doch besser mit Mascha und Pia Eis laufen gehen sollen. Dabei wird einem wenigstens warm.“

Lucy runzelte leicht die Stirn, während auch sie einen Schluck trank. „Mascha und Pia?“, fragte sie, als sie den Becher wieder absetzte. „Hattest du die nicht schon mal mitgebracht? Die beiden Gouvernanten?“

Cherry erinnerte sich an jenen unangenehmen Nachmittag im Kino. „Sie sind keine Gouvernanten“, sagte sie. „Sie interessieren sich nur für andere Dinge. Für andere Dinge als wir hier. Aber sie sind eigentlich nett.“

Lucy zuckte die Schultern. „Eigentlich nett“, wiederholte sie. „Das heißt so viel wie: ‚Sie sind nicht richtig nett‘ oder ‚Sie könnten ganz nett sein, wenn ...‘. Solche Leute gibt es natürlich.“ Sie nahm wieder einen Schluck Tee. Als wollte sie das, was sie noch zu sagen hatte, lieber hinunterschlucken.

Cherry war ziemlich verdattert. Dass ihre Freundinnen anders waren als die Leute aus der Clique, war ihr klar. Aber dass sie deswegen nicht nett sein sollten! „Man muss doch offen sein“, sagte sie. „Man kann doch mit ganz unterschiedlichen Leuten zusammen sein. Wenn ich mich zum Beispiel darauf versteift hätte, immer nur mit Mascha und Pia zusammen zu sein, dann hätte ich euch, die Clique, niemals kennen gelernt.“

Lucy zuckte wieder die Schultern. „Vielleicht ist dir ja erst durch uns aufgefallen, dass du nicht richtig zu ihnen passt“, meinte sie. „Aber vielleicht bist du ja auch noch nicht so weit“, fuhr sie dann mit nachsichtigem Ton fort. „Wahrscheinlich musst du erst noch darauf kommen. Dass beides nebeneinander eben nicht gehen wird. Die Clique – und die Gouvernanten. Ich habe den Eindruck“, fuhr sie dann in einem sachlicheren Ton wieder fort, „dass die beiden ein Problem damit haben, sich in eine Gruppe einzuordnen. Sie sind typische Einzelgängerinnen. Und die werden irgendwann Probleme im Leben bekommen. Es ist einfach so.“

Cherry konnte erst einmal nichts sagen. Ihr ging durch den Kopf, was Mascha neulich vor der Mathearbeit gesagt hatte. Dass man auch in einer Freundschaft schon Kompromisse schließen musste. Waren solche Kompromisse denn mit denen einer größeren Gruppe zu vergleichen? Hatte Mascha es sich mit ihren Worten nicht sehr einfach gemacht? Jetzt, nach dem, was Lucy gesagt hatte, erschien ihr Maschas Argumentation plötzlich in einem ganz anderen Licht.

„Hallo zusammen“, sagte plötzlich eine Stimme. Sie klang alt und brüchig. Heiser wie nach einer Halsentzündung. Und die Silben rutschten ineinander.

Es war der alte Piet. Er stand, eingemummelt in einen alten, speckigen Parka, mit einer verbeulten Blechtasse in der Hand, vor Lucy. „Habt ihr mal ’nen Schluck Tee für den alten Piet?“

Sein Gesicht war von vielen Falten zerfurcht und vom Wetter gegerbt. Sein Gebiss war lückenhaft. Dennoch brachte er jetzt all seinen Charme auf. „Komm, Kleine“, sagte er zu Lucy. „Du bist doch ’ne Liebe. Hast dem alten Piet doch öfter schon mal was aus deiner Kanne gegeben.“

„Hau bloß ab, du Penner!“ Das war Dennis. Er stand plötzlich neben ihnen und versetzte Piet einen heftigen Stoß.

„Scheiße!“, schrie Piet. „Dich hab ich nicht gesehen. Auf deiner Bank da! Du Arschloch! Du bist doch einer von den Schlimmsten!“

„Halt’s Maul!“, schrie Dennis zurück. „Und kratz die Kurve! Wenn du dich noch einmal hier blicken lässt! Das ist hier unsere Laube. Hier hast du nichts zu suchen, kapiert?“

„Dennis“, mischte sich Lucy mit bittender Stimme ein. „Wir können ihm doch wenigstens etwas Tee geben, und dann geht er von selber wieder …“

„Halt du dich da raus!“, schrie Dennis sie an. „Wenn ich sage, er hat hier nichts zu suchen, dann hat er hier nichts zu suchen. Verstanden?“ Dieses „Verstanden?“ richtete sich eindeutig an Lucy und an Piet.

Lucy machte den Mund auf, als wollte sie etwas sagen.

Aber Piet kam ihr zuvor. „Lass gut sein, Kleine“, sagte er. „Ist okay, der alte Piet zieht wieder ab.“ Er drehte sich um. „Aber eins sag ich euch, Mädels“, wandte er sich noch einmal zu Lucy und Cherry um. „Haltet euch fern von dem da.“ Er deutete mit dem Daumen über die Schulter auf Dennis. „Das ist ein Krimineller.“

„Hau endlich ab!“, schrie Dennis wieder.

Und schwerfällig schlurfte der alte Piet in seinen ausgelatschten Schuhen davon.

Auf dem Rückweg im Bus war Cherry regelrecht schlecht. Der alte Piet ging ihr nicht aus dem Kopf. Klar, er sah schon ein bisschen wild aus. Und im ersten Moment hatte Cherry sich auch erschreckt, als er da so unvermutet neben ihr und Lucy gestanden hatte. Aber eigentlich … eigentlich war er doch harmlos. Eine gestrandete

Existenz, so nannte man das wohl, aber doch offenbar friedfertig.

Dann hatte Dennis so allergisch auf ihn reagiert! Und dass er ihn so brutal weggestoßen hatte! Was hätte denn dagegen gesprochen, ihm eine Tasse Tee zu geben?

Das wäre doch immerhin eine Tasse Schnaps weniger gewesen, die er trinkt, dachte Cherry mit verzweifeltem Humor. Es wäre nicht nur eine nette Geste gewesen …

Dann erschien wieder Dennis' wutverzerrtes Gesicht vor ihrem geistigen Auge. Warum wurde er so aggressiv, wenn er den alten Piet sah? Sie hatten doch überhaupt nichts miteinander zu tun. Oder war es vielleicht so, dass Piet in Dennis einfach nur eine Erinnerung oder eine Assoziation auslöste? Dass sich Dennis' Wut gar nicht wirklich gegen Piet richtete, sondern gegen jemand oder gegen etwas anderes? Dass Dennis sich jemand suchte, der schwächer war als er, um seine Wut auszulassen, oder auch einfach nur, um sich stark zu fühlen?

Cherry spürte, wie sie sich gegen diesen Gedanken wehrte. So sollte Dennis nicht sein!

Andererseits – hatte sich ihr in den letzten Wochen nicht öfter der Verdacht aufgedrängt, dass Dennis möglicherweise ganz anders war, als sie zunächst geglaubt hatte?

Der Abend am Grillplatz fiel ihr wieder ein, sein Gesicht im Widerschein des Feuers. Cherry hatte nur die eine Hälfte davon sehen können, die, die durch das Feuer erleuchtet wurde. Die andere hatte im Dunkeln gelegen. War es denn möglich, dass sich diese Seite von Dennis so sehr von der anderen unterschied?

Maschas und Pias Blödeleien auf dem Rückweg von der Klassenfahrt fielen ihr wieder ein. Vom bösen Wolf war die Rede gewesen und vom Märchenprinzen. Damals hatte Cherry ihre Freundinnen einfach nur albern gefunden. Jetzt war sie sich plötzlich nicht mehr sicher, ob sie nicht vielleicht selbst in einer Märchenwelt gelebt hatte. Zumindest in jenem Moment.

Pleite

Anfang der Woche erhielt Cherry eine SMS. „Zu deiner Info“, stand darin. „Du stehst jetzt auf Platz 12 der Kette. Gruß, Lucy.“

Cherry war klar, was das zu bedeuten hatte: Da die Clique nicht sicher sein konnte, dass sie die LPHs weiterleitete, hatte man sie vorsichtshalber an das Ende gesetzt. Damit im schlimmsten Fall sie die Einzige war, die nichts mitbekam.

Fragt sich nur, wann sie mich ganz abhängen, überlegte Cherry. Dann rief sie ihr Guthaben ab und stellte bestürzt fest, dass es schon wieder so gut wie erschöpft war.

Das bedeutete: Innerhalb der nächsten Tage war wieder eine neue Karte fällig. Und das, wo doch Mascha Geburtstag hatte!

Es hatte sie fast gewundert, dass Mascha sie zum Geburtstagskaffee am Donnerstagnachmittag eingeladen hatte. Nach der kurzen Annäherung neulich morgens, als Cherry Pia im Bus begegnet war, schien das Verhältnis wieder auf Eis zu liegen. Es war keine offene Feindschaft – aber eben auch längst nicht mehr die Vertrautheit, die sie einmal miteinander verbunden hatte.

Mit einer gewissen Skepsis hatte Cherry die Einladung angenommen. Vielleicht sollte sie ja dazu dienen, die alten Bande wieder zu stärken.

Cherry war sich allerdings nicht sicher, ob das gelingen würde. Sie hatte viel darüber nachgedacht, was Lucy gesagt hatte. Und je länger sie sich die Sache überlegte, umso mehr kam Cherry zu dem Schluss, dass Lucy wahrscheinlich Recht hatte. Auch wenn Pia und Mascha sozusagen immer im Doppelpack auftraten – oder früher, als Cherry noch so dick mit ihnen befreundet war, auch im Dreierpack – waren sie nicht letzten Endes Einzelgängerinnen? Zwei Freundinnen, die sich in ihrem winzigen Kosmos abschotteten?

Dass sie selbst keine Einzelgängerin war, sondern sich in der größeren Gruppe, in der Clique wohl und aufgehoben fühlte, spürte Cherry daran, dass ihr Lucys Nachricht von ihrer Versetzung auf den letzten Platz der Telefonkette einen herben Schlag versetzt hatte. Und dass sie gewillt war, sich so gut wie möglich wieder besser an die Gruppe anzubinden. Egal was es kostete.

Zu ihrem Geburtstag hatte Mascha sich etwas gewünscht: ein spezielles Buch über Ernährung und Fitness. Pia hatte sich bereit erklärt, es zu besorgen. Und Cherry wusste bereits, dass ihr Gebet, sie möge bei diesem Geschenk vielleicht etwas günstiger davonkommen als bei der CD, die sie sonst üblicherweise miteinander geschenkt hatten, nicht erhört worden war. Im Gegenteil, das Buch war sogar noch etwas teurer gewesen.

Als Cherry am Donnerstagnachmittag bei Mascha klingelte, war ihr Gewissen nachtschwarz. Nach langem Ringen hatte sie ihr restliches Geld für eine Telefonkarte ausgegeben und war nun restlos pleite. Sie konnte nur hoffen, dass Pia es mit der Bezahlung ihres Anteils nicht so eilig hatte.

Mascha öffnete die Tür. „Hi, Cherry. Das ist ja nett, dass du kommst“, sagte sie.

Cherry konnte sich nicht erinnern, dass Pia, Mascha und sie früher so einen förmlichen Umgang miteinander hatten; dass sie sich beieinander bedankten, wenn sie sich besuchten. Es war eher der Normalzustand gewesen. Maschas Worte waren ein sicheres Zeichen dafür, dass sich in ihrer Freundschaft etwas verändert hatte.

„Ja, es ist nur … ich muss nachher leider wieder weg“, antwortete Cherry.

Maschas Augenbrauen zogen sich zusammen. „Die Clique?“

„Nein, nein.“ Cherry schüttelte den Kopf. „Meine Eltern sind heute auch irgendwo eingeladen und Godot soll nicht so lange allein zu Hause bleiben.“

Armer Godot!, dachte sie im Stillen. So alt und trottelig bist du doch noch gar nicht. Aber irgendetwas Schlaues hatte sie sich einfallen lassen müssen. Für den Fall, dass die Stimmung ungemütlich wurde. Weil Pia fest mit dem Geld gerechnet hatte. Oder auch weil sie sich zu dritt einfach nicht mehr so verstanden wie früher.

„Ach so. Na ja. Schade“, sagte Mascha. Sie schob Cherry in ihr Zimmer. „Ich komme gleich“, rief sie, dann waren Pia und Cherry erst einmal allein.

„Hier, guck mal, das Buch“, sagte Pia und zeigte Cherry stolz das Geschenk, das sie besorgt hatte. Es lag auf Maschas Couchtisch. „Sieht super aus, was?“

Es sah wirklich toll aus. Auf dem knallroten Papier, worin das Buch eingeschlagen war, thronte eine riesige Blüte aus Krepppapier.

„Die Blume hat beim Einpack-Service noch mal ein bisschen was extra gekostet“, flüsterte Pia und ihre Augen leuchteten stolz. „Aber ich finde, sie macht auch etwas her.“

Cherry nickte und schluckte. Das Stichwort, das Pia ihr für ihr Geständnis geliefert hatte, kam schneller als erwartet.

„Apropos gekostet“, flüsterte Cherry. „Ich habe das Geld für meinen Anteil heute leider nicht dabei. Ich bin völlig pleite. Kann ich … kann ich es dir vielleicht nächsten Monat geben?“ Sie spürte, wie sie rot wurde. Geld war unter ihnen noch nie ein Thema gewesen. Sie hatten alle immer etwa gleich viel gehabt. Und dass sie sich untereinander angepumpt hätten, war noch nie vorgekommen.

Pias strahlendes Gesicht verlor plötzlich an Glanz. „Nächsten Monat?“, sagte sie. „Hm. Eigentlich hatte ich fest mit dem Geld gerechnet. Ich wollte mir ein neues Make-up kaufen ...“ Sie wurde ebenfalls rot.

Offenbar keimten Erinnerungen in ihr auf. Erinnerungen an eine Zeit, in der ihr Interesse für Kleidung und Outfits überhand genommen hatte. Wo sie selbst plötzlich begonnen hatte, sich Dinge zu leisten, für die sie eigentlich kein Geld hatte ...

„Okay. In Ordnung“, sagte Pia schnell. „Ist ja auch egal. Aber nächsten Monat ...“

„Hundertprozentig“, antwortete Cherry hastig. „So schnell es geht.“ Dann betrat Mascha mit Tee und Saft das Zimmer.

„Jetzt erzähl doch mal“, sagte Pia, nachdem Mascha ihr Geschenk ausgepackt hatte. „Was hast du denn sonst noch zum Geburtstag bekommen?“

Mascha grinste ein wenig gezwungen. Sie stand auf und holte einen kleinen Karton vom Kleiderschrank. „Ein Handy“, sagte sie peinlich berührt. „Von meiner Mutter.“

Cherry sah sie überrascht an. „Wieso sagst du das so entnervt? Ein Handy ist doch super“, meinte sie. „Ich habe meine Eltern monatelang beschwatzen müssen, ehe sie mir eins geschenkt haben."

Mascha zuckte die Schultern. „Ehrlich gesagt: Ich glaube, das ist ein Geschenk, das meine Mutter sich eher selbst gemacht hat, anstatt mir. Jetzt kann sie mich immer und überall erreichen."

Pia kicherte. „Ich weiß schon, warum ich kein Handy haben will", meinte sie. „Ich hätte keine ruhige Minute mehr. Mein Vater, meine Mutter, Torsten, Nadja ...", zählte sie auf. „Alle würden mich anrufen."

„Das sind natürlich die Tricks der Eltern. Die Prepaid-Handys, meine ich", sagte Cherry. Sie nahm Maschas Handy und begann fachmännisch darauf herumzutippen. „Sobald du dein Guthaben leer telefoniert hast, geht die Kommunikation nur noch in die eine Richtung. Die anderen können dich noch erreichen, aber du selbst stehst auf dem Schlauch – weil du nicht mehr telefonieren und auch keine SMS mehr schicken kannst. Und so ein Guthaben ist schnell erschöpft", fügte sie mit bitterer Stimme hinzu. „Das Nächste, was ich mir zulegen werde, ist ein fester Vertrag."

„Was?“, rief Pia entsetzt. „Du willst dir einen festen Vertrag zulegen? Du hast doch jetzt schon kein Geld mehr!“

Cherry runzelte die Stirn. Sie hatte nicht vorgehabt, ihre finanzielle Situation noch weiter zu erörtern. „Es ist billiger. Die Einheiten kosten weniger ... Und man muss sich nicht ständig eine neue Karte kaufen.“

„Das ist doch Augenwischerei“, meinte Mascha. „Letzten Endes werden die Kosten nicht geringer. Du hast sie sogar weitaus weniger im Griff. Plötzlich, am Monatsende, kommt die dicke Rechnung. Mit den Prepaid-Karten kannst du im Voraus entscheiden, wie viel du ausgeben willst.“

„Ja.“ Cherry nickte grimmig, während sie eine Nummer auf Maschas Handy eingab und die grüne Taste drückte. „Genauso, wie ich damit entscheide, ob ich zur Außenseiterin werden will oder nicht.“

„Wie bitte? Ob du zur Außenseiterin wirst oder nicht? Was hat das denn mit einem Handy zu tun?“, fragte Mascha.

„Ganz einfach.“ Cherry legte Maschas Handy auf den flachen Couchtisch, der vor Maschas Sofa stand, und schob ihr Handy daneben. „Kein Guthaben, keine SMS an die Clique. Keine Nachricht von der Clique – Außenseiterin“, erklärte sie in Kurzfassung.

„Und deswegen willst du dir einen festen Vertrag zulegen? Wegen der Clique?“ An Pias hochgerissenen Augenbrauen war deutlich ablesbar, was sie von dieser Idee hielt. „Weißt du denn, dass du dir damit eine Menge Schulden aufhalsen kannst? Tu das bloß nicht!“

„Ich weiß schon, was ich tue“, antwortete Cherry. Sie klang patzig. „Und ich weiß auch, dass ihr das nicht versteht.“ Jetzt war das eingetreten, was sie für diesen Nachmittag befürchtet hatte: Geradezu zwangsläufig waren sie auf das Thema „Clique“ zu sprechen gekommen. Und dieses Thema stellte sich wieder mal als Garant dafür heraus, dass Cherry und ihre Freundinnen unterschiedlicher Meinung waren. Mehr noch: dass die Stimmung in den Keller sackte.

„Wie ich vorhin schon erwähnte“, sagte sie. „Ich muss jetzt leider wieder gehen. Wegen Godot …“ Sie öffnete ihre Tasche, griff nach ihrem Handy, das auf dem Tisch lag, und wollte es gerade einstecken.

In diesem Moment klingelte es.

„Na, vielleicht doch die Clique?“, fragte Mascha säuerlich.

Cherry betrachtete das Display und schüttelte den Kopf. „Nein.“

Sie zeigte Mascha das Handy. Auf dem Display war eine Nummer zu lesen. Dazu ihr Name: Mascha.

„Ist das meine Nummer?“, fragte sie.

Cherry nickte. „Ich habe gerade von deinem Handy eine SMS auf mein Handy geschickt. Um deine Nummer zu speichern.“

Mascha sah sie an. Ihre dunklen Augen waren noch dunkler als sonst. „Glaubst du, dass du sie überhaupt brauchen wirst?“

Cherry zuckte die Schultern. „Mal sehen“, sagte sie.

Cherry konnte sich nicht erinnern, wann sie einen Monatsersten einmal so herbeigesehnt hätte.

Klar, auch früher war sie schon mal knapp bei Kasse gewesen, weil sie ihr Geld für den Sport und vor allem für die entsprechenden Klamotten ausgegeben hatte. Im Nachhinein hatte sie aber das Gefühl, dass sie damals immer noch flüssiger gewesen war als in der letzten Zeit.

War es denn möglich, dass so viel Geld in die Telefonkarten geflossen war? Cherry machte eine flüchtige Überschlagskalkulation im Kopf. Der Betrag, auf den sie kam, verursachte ihr ein leichtes Schwindelgefühl.

Leider war eine Verbesserung der Situation nicht in Sicht. Kurz nach Maschas Geburtstag hatte sie ihre Eltern gebeten, für sie einen festen Vertrag für ihr Handy abzuschließen – ohne Erfolg. Sowohl ihre Mutter als auch ihr Vater waren strikt dagegen gewesen. Und Cherry selbst war für den eigenständigen Abschluss eines Vertrages noch nicht alt genug.

Wenn Cherry für den neuen Monat so viel für Telefonkarten veranschlagte, wie sie im vergangenen Monat gebraucht hatte, verringerte sich der Betrag, der am folgenden Ersten morgens an Cherrys Platz auf dem Frühstückstisch lag, schon wieder um ein beträchtliches Stück. Nicht zu vergessen das Geld für ihren Anteil an Maschas Buch, das sie Pia gleich in der ersten großen Pause überreichte.

Pia faltete den Schein und steckte ihn ohne

große Worte in ihr Portmonee. Es kam Cherry vor wie ein Strich, den man unter eine Sache zieht. Eine letzte Abrechnung, bevor man endgültig getrennte Wege geht.

An diesem Samstagnachmittag war der Rosengarten beinahe winterlich. Es hatte in der Nacht zum ersten Mal einen Anflug von Raureif gegeben.

Die Clique traf sich nun seltener. Darauf ließ jedenfalls die Anzahl der Nachrichten schließen, die in letzter Zeit in deutlich geringerem Maße als sonst auf Cherrys Handy eingingen.

Kein Wunder – der Winter ist einfach nicht die geeignete Saison, um sich unter freiem Himmel zu treffen, überlegte Cherry. Irgendwann wird einem trotz Lucys Tee einfach nicht mehr warm.

Dennoch spürte sie deutlich einen Zweifel an sich nagen. So wie für den letzten Samstag, hatte sie auch für diesen keine LPH erhalten. Das konnte daran liegen, dass die Clique sich nicht mehr traf. Es konnte aber auch einen anderen Grund haben. Zum Beispiel, dass die Telefonkette plötzlich nur noch bis Platz 11 ging. Und nicht mehr bis zu Platz 12. Zu Cherrys Platz.

Cherry war also auf gut Glück aufgebrochen.

Ein bisschen früher sogar. Und sie wusste nicht, was sie sich mehr wünschte: auf die Clique zu stoßen und damit die Bestätigung zu erhalten, dass sie nicht informiert worden war, dass sie also nicht mehr dazugehörte – oder aber niemand zu treffen.

Schon von weitem sah sie ein Bündel bunte Plastiktüten neben einer Bank auf dem Boden stehen. Der alte Piet kauerte dort, eingemummelt in seinen dicken, speckigen Parka. Ab und zu nahm er einen Schluck aus der Schnapsflasche.

„Na, Kleine?", sagte er, als Cherry an ihm vorbeikam. „Gehst du wieder zu denen da?" Er deutete mit dem Kopf in die Richtung der Rosenlauben. „Kannst du dir sparen. Ist keiner da. Nur der eine ... dieses Großmaul mit der Gitarre ..."

Cherry durchzuckte ein wohliger Schauer. Natürlich wusste sie, dass Dennis immer der Erste war. Und insgeheim hatte sie gehofft, ihn – falls die Clique sich wirklich traf – erst noch einen Augenblick unter vier Augen sprechen zu können. Um vielleicht ein paar Dinge geradezurücken, um auf diese Weise hoffentlich wieder vom letzten Platz der LPH-Kette wegzukommen.

Oder um vielleicht doch mal wieder einen neuen Ansatz zur Godot-Methode zu unternehmen. Immerhin hatte es doch mal einen Cherry-Cherry-Cherry-Song gegeben ...

Cherry winkte Piet kurz zu. „Schon gut“, sagte sie und ging weiter.

„He!“, brüllte Piet, und jetzt fiel Cherry auf, dass er mal wieder ziemlich lallte. „Halt dich doch fern von diesem Pack! Hör auf den alten Piet!“

„Okay, okay“, rief Cherry über die Schulter.

„Dieser Dennis ist ein Krimineller!“, schrie Piet.

Cherry hörte nicht weiter hin. Sie erinnerte sich daran, was Lucy ihr gesagt hatte: Dass Piet den Mund ganz schön voll nehmen konnte. Jedenfalls solange er Geld hatte um sich Alkohol zu kaufen.

Als Cherry um die hohen Büsche in die Rosenlaube einbog, saß Dennis tatsächlich allein auf der Bank. Seine Gitarre stand eingepackt neben ihm auf dem Boden.

„Hallo“, sagte sie und setzte sich neben ihn. „Spielst du heute nicht?“

„Zu kalt“, antwortete Dennis nur.

„Für die Gitarre oder für dich?“, fragte Cherry.

„Beides“, erwiderte Dennis. Er schob seine Hände in die Ärmel seiner Jacke und schwieg.

„Bist du schlecht gelaunt?“, fragte Cherry.

Dennis sah sie an. „Wie kommst du darauf?“, entgegnete er. „Ich habe immer die gleiche Laune“, antwortete er dann, bevor Cherry etwas sagen konnte. Er klang bitter. Oder auch böse. „Es kann aber sein, dass andere das nicht so mitbekommen.“

„Wann ... wann kommen denn die anderen?“, versuchte Cherry das Thema zu wechseln.

Dennis sah sie an. „Welche anderen?“

„Na, die Clique“, antwortete Cherry. „Unsere Clique.“

Dennis sah starr geradeaus. „Unsere Clique? Gehörst du denn dazu?“

Cherry traute ihren Ohren kaum. „Aber ... aber“, stieß sie aus. „Aber wir kennen uns doch seit Wochen ... Ich bin doch mehr mit euch zusammen als mit meinen anderen Freunden ... Ich gehöre doch fest dazu.“

Dennis grinste überlegen. „Es mag ja sein, dass du dich fest zur Clique zählst“, sagte er. „Aber ob die anderen das auch so sehen ...“

„Wie bitte?“ Cherry blieb fast die Luft weg. In ihrem tiefsten Herzen hatte sie nicht damit gerechnet, dass sich ihre Befürchtungen wirklich bestätigen würden.

„Es ist so“, begann Dennis und er hörte sich an wie ein Rechtsanwalt, der einen Sachverhalt darlegt. „Die Clique hat berechtigte Zweifel daran, dass du ihre Anliegen ernst nimmst. Du stellst einen großen Unsicherheitsfaktor dar.“

„Unsicherheitsfaktor? Wieso das denn?“, stammelte Cherry.

„Weil du unsere Ketten-SMS nicht immer weiterleiten kannst“, antwortete Dennis kühl.

„Du meinst, weil ich keinen festen Handy-Vertrag habe?“

Dennis wiegte den Kopf. „Manchmal zeigt sich schon an den kleinen Dingen, auf wen man sich verlassen kann und auf wen nicht.“

„Das ist doch Mobbing!“, rief Cherry. „Ihr habt euch einfach irgendetwas ausgesucht, was bei mir anders ist als bei den anderen.“

„Die Clique hat überhaupt kein Interesse daran, jemanden zu mobben“, antwortete Dennis gelassen. „Sie will nur wissen, woran sie ist. Sie braucht jedes einzelne Mitglied. Nur dann ist sie eine starke Gemeinschaft. Und die Zuverlässigkeit jedes Einzelnen – das ist der Schlüssel zu ihrer Stärke."

Cherry wusste vor Wut kaum, was sie sagen sollte. „Also, wenn es um Zuverlässigkeit geht", stieß sie aus. „Dann frag doch mal die Leute, mit denen ich sonst noch so zu tun habe, ob ich zuverlässig bin. Frag meine Freundinnen Pia und Mascha! Frag beim Tennisclub nach! Oder in der Jazztanzgruppe!"

Dennis sah sie gelassen an. „Pia und Mascha? Die beiden Gouvernanten? Ich hatte nicht den Eindruck, dass ihr noch so gut befreundet seid. Und den Tennisclub ... okay, den hast du mal am Rande erwähnt. Vom Jazztanz weiß ich allerdings gar nichts ... Also", schloss er. „Wo sind sie denn nun, die anderen Freundschaften und Gruppen, in denen du dich so bewährt hast?"

Cherry lief es kalt den Rücken herunter. Leider hatte Dennis Recht. Cherry war gegenüber denen, mit denen sie bis zu ihrer Bekanntschaft mit der Clique zu tun hatte, nicht zuverlässig gewesen. Sie hatte sich von der Clique in ihren Bann ziehen lassen und die anderen vernachlässigt. Sie war ausgeschert aus Kreisen und Beziehungen, die fest mit ihr gerechnet hatten. Und auch wenn es nur gewesen war, um mehr mit der Clique zusammen sein zu können – Cherry hatte sich als schwaches Glied ihrer bisherigen Gemeinschaften erwiesen.

So sehr sie danach suchte – sie hatte kein Argument, um Dennis' Vorwurf zu entkräften. Im Gegenteil: in ihrem tiefsten Inneren musste sie ihm sogar Recht geben.

Plötzlich hatte sie Tränen in den Augen. Sie stand auf, damit Dennis ihr nicht ins Gesicht sehen konnte.

„Ich bin nicht so", sagte sie. „Ich bin nicht so, wie du denkst. Ich bin zuverlässig. Meine Freunde, die Clique – alle können auf mich zählen. Sag mir Bescheid, wenn ich es irgendwie beweisen kann."

Damit ging Cherry davon.

Schlagzeilen

Als Cherry am nächsten Morgen erwachte, überlegte sie einen Moment lang, ob es überhaupt sinnvoll war, das Handy einzuschalten. Ob sie überhaupt jemals wieder eine Nachricht von der Clique erhalten würde. Oder ob sie nicht schon längst und definitiv bei den anderen abgemeldet war.

Dann drückte sie doch auf den Knopf mit dem kleinen grünen Hörer und die rhythmische Melodie erklang, mit der das Handy seine Dienstbereitschaft verkündete. Für den kaum zu erwartenden Fall, dass doch noch irgendjemand aus der Clique etwas von ihr wollte, wollte sie erreichbar sein.

Aber das Handy blieb stumm. Stunde um Stunde, Tag um Tag.

Es war bereits Mitte der Woche, als Cherrys Mutter am Frühstückstisch den Kopf schüttelte. „Das ist ja unglaublich“, sagte sie und faltete die Zeitung einmal quer in der Mitte, um sie leichter ihrem Mann reichen zu können. „Hier, lies mal. Da ist im Rosengarten ein Obdachloser zusammengeschlagen worden. Anscheinend schon am Wochenende. Er muss übel zugerichtet worden sein."

Cherrys Vater nahm den Zeitungsteil, den ihm seine Frau reichte, und überflog die Meldung. „Also, so geht es doch nicht mehr weiter", sagte er. „Da muss die Stadt doch reagieren. Der Rosengarten wird ein richtig heißes Pflaster. Man hat als normaler Bürger überhaupt keine Lust mehr, darin spazieren zu gehen. Überall hängen irgendwelche merkwürdigen Leute auf den Bänken herum."

„Na ja", sagte Cherrys Mutter. „Man kann niemandem verbieten, im Park auf einer Bank zu sitzen. Auch wenn es Leute sind, die anders sind als wir. Bedenklich finde ich eher, dass der Rosengarten offenbar langsam unter den verschiedenen Gruppen aufgeteilt wird, die sich dort aufhalten. Hier steht es doch: ‚Die Polizei geht davon aus, dass es sich um eine Auseinandersetzung von Mitgliedern der Szene handelt, die sich regelmäßig im Park aufhält'. Aber – Himmel! – es ist ja schon so spät!", schreckte sie dann mit einem Blick auf die Küchenuhr zusammen, „wir müssen rauf ins Büro. Das Bauamt ruft gleich an!“

Cherry blieb allein in der Küche zurück. Sie zog die Zeitung zu sich heran.

Der Artikel war nicht zu übersehen. Er stand unter einer für den Lokalteil auffallenden Schlagzeile „Verletzter im Rosengarten“ und enthielt Fotos. Vom Rosengarten, von den überquellenden Mülleimern und vom Opfer des Überfalls – offenbar aus jüngerer Zeit.

„Ein bekannter Anblick im Rosengarten“, stand unter dem Foto des älteren Mannes mit der wettergegerbten Haut und dem lückenhaften Gebiss: „Der alte Piet“.

Seitdem Frau Sondermann Cherry das Handy im Unterricht abgenommen hatte, achtete Cherry besonders darauf, dass ihr dieser Fehler nicht noch einmal passierte. Sobald sie den Schulhof betrat, schaltete sie es aus.

Auch an diesem Tag drückte sie die entsprechenden Tasten und schaltete erst wieder ein, als sie nach der sechsten Stunde an der Haltestelle ihres Busses stand.

Noch bevor Cherry das Handy zurück in ihre Tasche steckte, piepte es – der Signalton einer SMS.

Cherry rief die Nachricht ab. „Deine Chance ist gekommen“, stand dort. „Heute Nachmittag um drei im Rosengarten.“ Kein Gruß, kein Name, nichts weiter. Cherry rief die Liste der empfangenen Nachrichten ab. Dann zuckte sie zusammen. Die Nummer, die an der obersten Stelle der Liste stand, gehörte Dennis.

Etwas früher als drei Uhr betrat Cherry den Rosengarten. Dennis hatte keinen bestimmten Ort für die Verabredung angegeben, aber es war klar, dass er oben in den Lauben auf sie wartete.

Bei dem Gedanken, dass sie bei ihrem letzten Besuch im Park schon von weitem die Plastiktüten des alten Piet leuchten gesehen hatte, fühlte Cherry einen kleinen Stich. Die Zeitung hatte Recht: Piet gehörte so gut wie zum Stadtbild. Wer ihn nur so zusammengeschlagen hatte? Und warum?

Als Cherry um die Rosenbüsche herum zu den Lauben einbog, hielt sie für einen Moment inne. Eigentlich hatte sie erwartet, Dennis allein zu treffen. Stattdessen hockte nun aber Lucy auf der schmalen Kante der Rücklehne der Bank.

„Hi!“, begrüßte sie Cherry, noch bevor diese die Bank erreichte.

„Hallo“, antwortete Cherry. Sie sah kurz zu Dennis. Offenbar hielt er es nicht für nötig, Cherry eigens zu begrüßen.

„Du hast meine Nachricht also bekommen“, stellte er stattdessen fest. Damit erübrigte sich die Frage, die Cherry sich innerlich gestellt hatte, nämlich ob Lucy von Dennis’ SMS an sie wusste. Lucy war offenbar nicht zufällig hier, sondern als Vertraute. Als Dennis’ Vertraute, wohlgemerkt.

„Ja, hab ich“, antwortete Cherry. Sie spürte, wie sie innerlich ein wenig auf Distanz ging. Sie war davon ausgegangen, dass das Gespräch, das sie neulich mit Dennis geführt hatte, unter ihnen geblieben sei. Dass nun Publikum dabei war – und auch wenn es Lucy war, mit der sich Cherry eigentlich am besten aus der ganzen Clique verstanden hatte –, passte ihr nicht ganz. „Was gibt’s?“, fragte sie.

„Hast du die Zeitung gelesen?“, fragte Lucy.

Cherry nickte.

„Hast du gelesen, dass der alte Piet zusammengeschlagen worden ist?“, fragte Lucy weiter.

„Ja“, antwortete Cherry. „Das habe ich gelesen.“

„Es gibt da ein Problem“, holte Dennis aus. „Der alte Piet und ich, wir sind nicht die besten Freunde.“

„Das habe ich schon bemerkt“, sagte Cherry. Sie spürte, wie ihr Hals trocken wurde.

„Es ist gut möglich, dass Piet versuchen wird, mir bei der Polizei etwas anzuhängen“, fuhr Dennis fort. „Er hat mich irgendwie auf dem Kieker. Und er wird sich diese Gelegenheit nicht entgehen lassen.“

Cherry hatte das Gefühl, dass es plötzlich noch kälter um sie herum wurde. Sie zog ihre Jacke ein wenig enger zu. „Was ... was soll das heißen?“

„Dennis sagt, ihr habt euch neulich sehr lang unterhalten“, übernahm Lucy jetzt wieder die Rede. „Über die Clique und so. Und über ... Zuverlässigkeit.“

Cherry hatte das Gefühl, dass sie dieses Wort mit einer besonderen Betonung aussprach. Gleichzeitig wurde sie wütend auf Dennis. War es etwa zuverlässig, Dinge, die man zu zweit besprach, an andere auszuplaudern?

Cherry verschränkte die Arme. „Stimmt“, sagte sie. „Das haben wir. Wobei ich es nicht fair finde, dass du gleich alles weitererzählst“, wandte sie sich an Dennis.

Dennis zuckte die Schultern. „Dinge, die ich sage und die die Clique angehen, darf auch die ganze Clique wissen.“

„Soviel ich weiß“, fuhr Lucy jetzt wieder fort, „ging es um den Vorwurf, dass du nicht zuverlässig bist und daher ein Unsicherheitsfaktor für die Gruppe. Und am Ende des Gesprächs stand dein Angebot, der Clique deine Zuverlässigkeit zu beweisen“, fasste sie noch einmal zusammen. „Wie Dennis dir schon sagte, dieser Augenblick ist jetzt gekommen.“

„Ja“, sagte Cherry. „Ich weiß. Aber was hat das mit dem alten Piet …“ Sie konnte ihre Frage nicht zu Ende stellen. Mit einem Mal begann ein Film vor ihren Augen abzurollen: Dennis’ Aggressionen gegen den alten Obdachlosen. Seine schlechte Laune, als Cherry ihn allein in der Laube getroffen hatte. Die Warnung des alten Piet, Dennis sei ein Krimineller. Cherrys eiliger

Abgang, weil ihr plötzlich die Tränen in den Augen gestanden hatten. Die Tatsache, dass Piet ausgerechnet an jenem Samstag im Rosengarten zusammengeschlagen worden war … Es passte alles zusammen.

„Ich weiß nicht, was du jetzt denkst." Dennis musterte sie mit zusammengekniffenen Augen. „Und es ist mir auch egal", setzte er hinterher. „Tatsache ist: ich brauche ein Alibi. Für Samstagnachmittag. Und ich habe mir gedacht", fuhr er mit fröhlich beschwingter Stimme fort, „wo wir doch so nett hier oben unter den Rosen gesessen haben – wir könnten doch genauso gut zuammen im Kino gewesen sein. Du musst es der Polizei nur glaubhaft versichern."

Cherrys Augen wurden groß. „Wie bitte? Ich soll eine falsche Aussage machen?"

„Wer spricht denn hier von falscher Aussage", beschwichtigte Dennis. „Du sollst nur sagen, dass wir nicht zusammen im Park, sondern im Kino waren. Dann ist alles geritzt. Und Lucy wird dich gleich wieder auf deinen alten Platz in der Telefonkette setzen. Nicht wahr, Lucy?"

Lucy nickte eifrig. „Klar."

„Aber wie … wie komme ich denn überhaupt

dazu?“, rief Cherry aufgeregt. Ihre Stimme klang hoch, war drauf und dran überzuschnappen.

„Wie du dazu kommst?“, wiederholte Dennis. „Ganz einfach. Durch die Clique. Natürlich nur, sofern du dich zu ihr zählst“, setzte er mit gleichgültigem Tonfall hinterher.

Cherry merkte, wie sie zu zittern begann. Allerdings zählte sie sich zur Clique, nach wie vor. „Und warum … warum fragt ihr nicht jemand anderen aus der Clique?“

„Dummchen“, sagte Dennis. „Weil das viel zu kompliziert wäre. Ich habe doch nun mal mit dir zusammen hier gesessen, und nicht mit jemand anderem. Außerdem – du wolltest doch eine Chance, um deine Zuverlässigkeit unter Beweis zu stellen.“

„Cherry!“ Lucy klang auf einmal beschwörend. „Ich glaube, du weißt nicht, worum es hier geht. Dennis hat …“

„Ich habe überhaupt nichts“, fuhr Dennis mit einem Mal auf. „Ich habe etwas gegen alte Knacker wie meinen Opa, der den ganzen Tag zu Hause sitzt und meine Schwester, meine Mutter und mich tyrannisiert, sobald wir nach Hause kommen. Und wenn dann hier im Park auch noch einer herumläuft und stänkert …“ Er brach plötzlich ab.

Cherry musste ein Husten unterdrücken. „Dann … dann hast du also den alten Piet …“, brachte sie mit trockener Kehle hervor.

„Mensch, Cherry!“, rief Lucy. „Der alte Piet ist auch kein Engel. Diesmal hat Dennis ihn erwischt. Aber es war auch schon mal umgekehrt, glaub mir. Und dass er immerzu behauptet, Dennis sei ein Krimineller – das stimmt einfach nicht!“

Zu ihrem Erstaunen bemerkte Cherry, dass Dennis kalkweiß war. Er schien sogar zu zittern.

„Weißt du eigentlich, was das heißt, nirgendwo richtig hinzugehören? Nirgendwo gewollt zu sein und nirgendwo ein Zuhause zu haben?“

Einen Moment lang überlegte Cherry, ob Dennis von sich oder vom alten Piet sprach.

„Was denkst du eigentlich, warum ich immer mit der Klampfe hier im Park herumhänge?“, fuhr Dennis fort. „Und warum ich mir die Clique aufgebaut habe? Die Clique – das ist meine Familie“, schrie Dennis jetzt. „Ich brauche sie – und sie braucht mich. Und wenn es irgendwo jemand gibt, der bei der Sache nicht mitzieht, der mich im entscheidenden Moment hängen lässt und die Clique sprengt ... Der wird sehen, was er davon hat.“ Er stand auf, schnallte sich seine Gitarre auf den Rücken und stapfte davon.

Auch Lucy stand auf. Sie stopfte die Thermoskanne mitsamt den Bechern zurück in ihren Korb. „Du kannst es dir überlegen“, sagte sie. „Aber jetzt hängt alles von dir ab. Alles!“

Kein Name, kein Absender

Jetzt hängt alles von dir ab!

Wie oft hatte Cherry diesen Satz schon gehört! Allerdings nicht in diesem Zusammenhang.

Wenn irgendwo alles von ihr abgehangen hatte, dann war das meistens auf dem Tennisplatz der Fall gewesen. So lange Cherry zurückdenken konnte – sie war im Tennis immer als die große Hoffnung, diejenige gehandelt worden, die die entscheidenden Punkte machte.

Damals war ihr das alles wichtig vorgekommen. Wenn sie aber jetzt daran dachte, dann musste sie beinahe lachen. Wie nichtig war es doch, im Tennis ein paar Punkte mehr oder weniger zu haben! Was für ein Kinderspiel gegenüber der Situation, in der sie jetzt steckte.

Wenn Cherry sich etwas hätte wünschen können, dann eins: dass das Gespräch mit Lucy und Dennis niemals stattgefunden hätte. Dass sie nichts wüsste – und dass sie daher auch keine Position beziehen müsste.

Wenn sie nur jemand gehabt hätte, mit dem sie über alles hätte reden können! Dass ihre Eltern ausfielen, war klar. Wenn sie auch nur die geringste Andeutung eines Zusammenhangs zwischen dem Vorfall mit dem alten Piet und der Clique gemacht hätte, hätten sie ihr den Umgang mit ihren Freunden auf der Stelle verboten. Was zwar irgendwie einen Schlusspunkt gesetzt und die Angelegenheit aus ihrer Sicht beendet hätte, für Cherry aber keine befriedigende Lösung dargestellt hätte.

Für einen kurzen Augenblick überlegte Cherry, ob sie Mascha oder Pia anrufen sollte. Dann aber wischte sie den Gedanken rasch weg. Beide hatten eine feste Meinung über die Clique – und keine allzu gute. Mit ihnen über ein Problem reden zu wollen, das im Dunstkreis der Clique auftauchte, war verschwendete Atemluft.

Cherry sah aus dem Fenster. Draußen war es neblig und trüb. Nicht unbedingt das geeignete Wetter um durch den Wald zu laufen.

Trotzdem zog Cherry sich ihre Laufschuhe an. Sie schnallte sich ihre Kängurutasche um den Bauch und steckte ihr Handy ein. Seit Wochen war sie nicht mehr gejoggt. Weil sie ihre gesamte freie Zeit so gut es ging für die Clique reserviert hatte. Möglicherweise war es aber jetzt das Einzige, was half, um wieder einen klaren Kopf zu bekommen.

Während der ersten Schritte musste Cherry noch auf ihren Atem achten. Sie war zu sehr aus der Übung. Dann aber setzte der vertraute Rhythmus wieder ein, und mit dem regelmäßigen Aufsetzen ihrer Füße kamen Cherrys Gedanken in Gang.

Das gesamte Gespräch, das sie Mitte der Woche mit Dennis und Lucy im Park geführt hatte, lief noch einmal in ihrer Erinnerung ab. Der erste Moment, ihr erster Schreck, als ihr dämmerte, worum es eigentlich ging.

Sie hatte die beiden Pole kaum miteinander verbinden können: Auf der einen Seite der Dennis, ihr Freund aus ihrer Clique, der hier auf der Parkbank vor ihr saß. Der Gitarre spielte, Cherry-Songs zumindest irgendwann einmal gesungen hatte und der der Erfinder der „Love-Peace-Happiness"-Nachrichten war. Für den die Clique alles bedeutete und der für die Clique alles gab.

Und auf der anderen Seite der Dennis, der anscheinend, ja sogar ganz sicher, den alten Piet krankenhausreif geschlagen hatte.

Mit jedem Schritt, den Cherry lief, wurde ihr klarer, wie wenig sie lange Zeit von Dennis gewusst hatte. Erst jenes Gespräch hatte manches an den Tag gebracht: dass Dennis unter seinem Großvater litt, dass er sich zu Hause nicht wohl fühlte. Dass er die Geborgenheit einer Familie, die für Cherry so selbstverständlich war, offenbar vermisste. Und dass die Clique seine Familie war.

Aber war das alles ein Grund? War Wut auf den Großvater eine Entschuldigung dafür, einen Menschen zusammenzuschlagen? War die Suche nach Geborgenheit in einer Gruppe ein Grund, einzelne Mitglieder unter Druck zu setzen? Und durfte man unter dem Vorwand, die Zuverlässigkeit eines Menschen auf die Probe zu stellen, ihn zu einer falschen Aussage zwingen?

Cherry schüttelte den Kopf. Nein. Man musste die Dinge doch nur mal bei ihrem Namen nennen: Dennis war der Täter – der alte Piet das Opfer. So war es, und nicht anders!

Im ersten Augenblick dieser Erkenntnis hatte

Cherry das Gefühl gehabt, der Boden schwanke unter ihren Füßen. Sie hatte niemals damit gerechnet, auch nur am Rande mit so einer Sache zu tun zu haben; mit jemand befreundet zu sein, der gewalttätig werden konnte, der einen armen alten Penner krankenhausreif schlug.

Auch wenn Lucy sich alle Mühe gegeben hatte, Dennis zu verteidigen – Cherry hatte jetzt wieder im Kopf, wie der alte Piet sie vor Dennis gewarnt hatte. „Das ist ein Krimineller", hatte er gesagt. Cherry hatte nicht auf ihn gehört, sie hatte nicht im Traum damit gerechnet, dass der alte Piet die Wahrheit sagte. Aber wenn sie, Cherry, Dennis nun noch deckte, erschien es ihr, als würde der alte Piet noch mal Opfer einer Gewalttat. Diesmal allerdings nicht durch Dennis, sondern durch sie, Cherry.

Nein! Cherry schüttelte wieder den Kopf. Ihre Entscheidung stand fest.

Ich werde Dennis kein falsches Alibi verschaffen!, sagte sie sich entschlossen. Ich werde keine Straftat decken, nur um weiter Ketten-SMS mit „Love-Peace-Happiness" zu erhalten!

In diesem Moment piepste Cherrys Handy. Eine Nachricht.

Ohne stehen zu bleiben rief Cherry sie ab.

Dann blieb sie plötzlich doch stehen. Sie starrte auf das Display.

„Überleg es dir gut“, stand dort. „Ansonsten: Sieh dich vor!“

Kein Name, kein Absender.

Nummer der gesendeten Nachricht: Das Handy von Dennis.

Wenn Cherry nicht genau gewusst hätte, dass dies hier das richtige Leben war, hätte sie ihre Situation der Rolle einer Top-Agentin im nächsten James-Bond-Film zugeordnet.

Leider aber war die Nachricht von Dennis real, und sie wurde unterstützt von einer SMS von Lucy, die etwa eine halbe Stunde später ankam, als Cherry unter der Dusche stand und den Schweiß abzuduschen versuchte, der immer wieder aus ihren Poren brach.

„Cherry, sei vernünftig. Dennis meint es ernst. Lucy.“

„Du bist ja so schweigsam heute“, sagte Frau Hausmann beim Abendessen zu ihrer Tochter. „Ist irgendetwas?“

Cherry zuckte zusammen. Ihr war klar, dass es

unumgänglich war, ihre Eltern zu informieren. Die ganze Zeit schon suchte sie nach dem passenden Einstieg dazu. Was nicht so leicht war. Schließlich handelte es sich bei dem, was sie zu sagen hatte, nicht um eine Alltagsbanalität.

Aber sie war noch nicht so weit. Sie konnte nicht einfach sagen: „Ja, allerdings. Ich werde bedroht. Von meinen Freunden."

„Nein", antwortete sie stattdessen und versuchte betont unverkrampft zu klingen. „Was soll sein?"

Frau Hausmann sah ihre Tochter skeptisch an. „Ich weiß nicht. Ich finde, du bist in letzter Zeit so anders geworden."

Cherry merkte, wie ein unsichtbarer Hut auf ihrem Kopf hochging. Sie wusste genau, was jetzt kam. Und Gespräche über irgendwelche Veränderungen an ihr waren das Letzte, wonach ihr im Moment der Sinn stand. Zumal diese Gespräche sich in der Regel nicht um Dinge drehten, die ihre Eltern positiv vermerkt hatten. Sondern eher um solche, die sie weniger gut fanden. Oder genauer: Die ihnen nicht passten!

Gelassen zu reagieren wäre jetzt natürlich das Beste gewesen. Aber dazu fehlten Cherry einfach die Nerven. Stattdessen sagte sie nur: „Tatsächlich? Ich soll mich verändert haben? Finde ich nicht.“ Und sie bemerkte selbst, wie patzig ihre Stimme klang.

„Ich wollte die Sache schon länger mal ansprechen“, mischte sich jetzt auch noch Cherrys Vater ein. „Christiane, ich habe gestern in der Tennishalle deinen Trainer getroffen. Und ich muss dir sagen, ich bin überhaupt nicht damit einverstanden, wie du deine Tennisstunden in der letzten Zeit reduziert hast.“

Cherry glaubte ihren Ohren nicht zu trauen. Tennis? Ausgerechnet vom Tennis fing ihr Vater jetzt an? Als wenn Tennis ihr derzeit größtes Problem gewesen wäre!

„Du weißt, wir haben dich im Sport immer gefördert“, begann Herr Hausmann jetzt seine Grundsatzrede. „Wir haben es an nichts fehlen lassen, was deine Ausbildung betraf. Wir haben dich zu sämtlichen Spielen gefahren, wir haben dir immer alle Teile der Ausrüstung gekauft, die du haben wolltest – und letzten Endes haben wir eine Menge Geld für Trainerstunden und die Mietgebühren der Plätze bezahlt.“

Es war abzusehen, worauf diese Unterhaltung

hinauslaufen sollte. Und wenn es unbedingt sein musste, war Cherry auch bereit, sie zu führen.

Aber nicht jetzt. Ein anderes Mal, okay, aber im Moment gab es wirklich Wichtigeres in Cherrys Leben als die Frage, ob sie nicht doch in der Damenmannschaft spielen wollte. Zum Ruhm und Lob des Vereins.

„Papa“, warf sie ein. „Lass uns ein anderes Mal darüber reden. Ich habe im Moment wirklich keine Lust ...“

Im gleichen Moment hätte Cherry sich auf die Lippen beißen können. „Lust haben“ oder „keine Lust haben“ waren die absoluten Reizwörter für ihren Vater.

„Liebe Christiane, genau das ist der Punkt“, holte ihr Vater aus. „Es geht im Leben durchaus nicht immer darum, wozu man Lust hat. Man hat auch seine Verpflichtungen. Allerdings habe ich das Gefühl, dass du in letzter Zeit deine Verpflichtungen vor allem im Bereich der Freizeitgestaltung angesiedelt siehst – oder besser gesagt: im unproduktiven Herumhängen. Und so wie es mir scheint, hat dein neuer Freundeskreis damit eine Menge zu tun. Dass du mit solchen Leuten Umgang hast, passt mir schon lange nicht und ich möchte, dass du dich wieder mehr mit anderen Dingen beschäftigst."

Eigentlich hatte Cherry ihre Ohren auf Durchzug schalten wollen.

Jetzt aber rührte ihr Vater an den Punkt, der ihr im Moment sowieso am meisten zu schaffen machte. Sie hatte für die Clique so viel aufgegeben. Warum sollte sie jetzt plötzlich doch nicht mehr dazugehören?

„Das ist mal wieder typisch Eltern", warf Cherry wütend ein. „Du kennst überhaupt niemand aus der Clique. Aber eins weißt du genau: Wie die Leute dort sind und dass sie alle gleich sind."

Herr Hausmann schwieg einen Moment. Er sah kurz zu seiner Frau. Als holte er ihre Zustimmung ein. „Du hast sogar Recht", sagte er dann ganz ruhig. „Ich kenne diese Leute nicht. Aber ich weiß, dass im Rosengarten – wo sich die Clique ja immer trifft – Dinge geschehen, mit denen du nicht in Berührung kommen sollst. Kurz und gut, Christiane – ein vernünftiges Gespräch ist heute ja offensichtlich nicht drin. Deine Mutter und ich, wir verbieten dir hiermit ganz offiziell, dich weiter mit diesen Leuten im

Rosengarten zu treffen. Wir haben keine Lust, dich irgendwann einmal von der Polizeiwache abholen zu müssen."

Cherry wurde knallrot. Gleichzeitig schossen ihr die Tränen in die Augen. „Ihr habt ja überhaupt keine Ahnung!", rief sie. Dann stürzte sie in ihr Zimmer.

Es wurde eine unruhige Nacht. Cherry wälzte sich hin und her.

Warum muss das alles auf einmal kommen?, fragte sie sich. Das alles war doch schockierend genug: Die Tatsache, dass sie sich in Dennis so getäuscht hatte. Dass dieser Junge, in den sie eigentlich verliebt war, jemanden zusammengeschlagen hatte und dass er nun auch sie bedrohte.

Überhaupt, dass sie sich in der Clique so getäuscht hatte. Dass es mit „Love-Peace-Happiness" nichts mehr war, sobald einer aus der Reihe tanzte, nicht alles genauso machte wie die anderen. Und dass ihre Eltern in ihrem schlechten Bild, das sie sich von der Clique gemacht hatten, auch noch bestätigt werden würden, sobald ans Licht kam, dass es tatsächlich Dennis gewesen war, der den alten Piet zusammengeschlagen hatte. Sie konnte sich ihre Gesichter schon jetzt vorstellen, wenn sie der Zeitung entnehmen würden, dass es zwar nicht ihre Tochter selbst war, die mit der Polizei zu tun bekommen hatte, aber immerhin einer ihrer engsten Freunde. Sie würden keinen Ton sagen und versuchen so normal wie möglich zu gucken. Aber in ihrem Gesicht stände nur zu deutlich geschrieben: „Siehst du? Das hätten wir dir gleich sagen können."

Als Cherry am nächsten Morgen im Bus saß, zückte sie ihr Handy. Sie hatte sich alles ganz genau überlegt. Es gab nur eine Lösung. Die einzige Lösung um nicht weiter bedroht zu werden. Und die einzige Lösung um vor ihren Eltern das Gesicht zu wahren.

Danach wollte sie mit der Clique nichts mehr zu tun haben. Nie, nie, nie mehr. Auch wenn sie sich im Moment nicht vorstellen konnte, wie ihr Leben dann aussehen sollte.

„In Ordnung", tippte sie in ihr Handy. „Wir waren am Samstag zusammen im Kino, und nicht im Park. Cherry."

Auch wenn Cherry es sich nicht eingestehen wollte, aber ihre Finger zitterten jetzt. Was sie dort tat, war die Deckung einer Straftat. Sie wusste genau, dass sie sich damit selbst strafbar machte.

Sie rief die Liste der Telefonnummern auf. Dennis stand an zweiter Stelle, direkt unter Mascha. Während Cherry ihre Freundin Mascha allerdings mit dem Nachnamen eingetragen hatte – Bielenberg –, kannte sie von Dennis nach wie vor nur den Vornamen.

Jetzt kann mir auch egal sein, wie er mit Nachnamen heißt, dachte Cherry. Meier oder Müller oder sonstwie. Wenn ich diese Sache hinter mich gebracht habe, sehe ich ihn nie mehr wieder. Sehe ich auch die ganze Clique nie mehr wieder!

Sie ließ den Leuchtbalken des Displays in der Liste auf seinen Namen rutschen um auf „Nachricht senden“ zu drücken.

Genau in diesem Moment schlug der Bus unerwartet einen solchen Haken, dass Cherry, das Telefon in der Hand, mit dem Kopf gegen das Fenster geschleudert wurde.

Cherry fühlte einen heftigen Schmerz. Gleichzeitig gab ihr Handy drei Signaltöne von sich. Das Zeichen für: Nachricht gesendet.

Bis Cherry schließlich in der Schule ankam, dauerte es noch eine ganze Weile. Die erste Stunde war fast herum. Der Bus hatte einen kleinen Unfall gehabt. Nichts Schlimmes, keine Verletzten. Aber immerhin hatte sich die Weiterfahrt um eine halbe Stunde verzögert.

Es war wieder mal Mathestunde. Pia saß auf ihrem Sonderplatz in der Fensterreihe.

Als Cherry sich setzte, sah Mascha sie über den freien Platz zwischen ihnen mit einem merkwürdigen Gesichtsausdruck an.

„Alles klar bei dir?“, flüsterte sie.

Cherry nickte. „Alles klar.“

„Komisch“, sagte Mascha. „Ich hatte nicht den Eindruck.“

Stille Post

Sobald es zur Pause gegongt und Frau Sondermann die Mathestunde beendet hatte, rutschte Mascha zu Cherry hinüber. Draußen regnete es. Die Klasse konnte in der Pause in ihrem Raum bleiben.

„Bist du wirklich sicher, dass bei dir alles so ist wie immer?“, wollte sie noch einmal wissen, während auch Pia an Cherrys Pult trat.

Cherry sah ihre Freundinnen an. Wenn es möglich gewesen wäre, hätte sie ihre Situation sicher nicht als „in Ordnung“ bezeichnet. Aber sie wusste, dass sie von der Angelegenheit mit Dennis weder Mascha noch Pia etwas verraten durfte. Sie verschränke die Arme. „Ja, klar. Was soll denn sein?“

Pia und Mascha wechselten einen schnellen Blick.

„Ach, nur so“, sagte Mascha. Dann zog sie ihr Handy aus der Hosentasche. „Sag mal, du kennst dich doch mit Handys aus“, schien sie jetzt ein völlig anderes Thema anzuschneiden, während sie ihr Telefon einschaltete.

Cherry zuckte die Schultern. „Glaub schon."

„Ich habe heute Morgen so eine merkwürdige Nachricht bekommen", sagte Mascha, während sie auf dem Handy herumtippte. „Ich weiß gar nicht, was sie bedeuten soll."

„Bestimmt so ein merkwürdiger Informationsservice", meinte Cherry nicht sonderlich interessiert. „Die telefonieren auf gut Glück irgendwelche Nummern durch, und dann ..."

Mascha schüttelte nur den Kopf. „Hier", sagte sie dann und hielt Cherry das Handy vor die Nase.

„In Ordnung", stand dort. „Wir waren am Samstag zusammen im Kino, und nicht im Park. Cherry."

„Kannst du mir sagen, was das bedeuten soll?", fragte Mascha.

Ein eisiger Schreck durchzuckte Cherry. „Das heißt ... das heißt eigentlich gar nichts", stammelte sie.

Dann wollte plötzlich ihr Frühstück unbedingt wieder aus ihrem Magen heraus.

Es hatte längst zum Ende der Pause gegongt.

Zum x-ten Male ließ Cherry Wasser in ihre geöffneten Hände laufen und wusch sich das Gesicht. Kalkweiß sah es ihr unter den herablaufenden Tropfen im Spiegel der Schultoilette entgegen.

Die Gesichter von Mascha und Pia erschienen neben ihr im Spiegel.

„Das war ganz schön knapp“, meinte Mascha und strich Cherry eine Strähne ihres langen Haares hinter die Schulter. „Aber immerhin: Du hast es noch bis zum Klo geschafft.“

„Macht einen ganz bestimmten Eindruck, wenn jungen Mädchen am frühen Morgen plötzlich schlecht wird“, meinte Pia mit einem Grinsen.

Es hatte ein Witz sein sollen. Bisher waren sie alle drei über ein paar kurze Flirts mit Jungen nicht hinausgekommen.

Aber Cherry wurde wieder grün im Gesicht.

„Komm, Cherry, setz dich mal schnell.“ Ohne lange zu zögern kippte Mascha den großen Papierkorb, der neben den Waschbecken stand, um, sodass Cherry sich darauf setzen konnte.

„Hast du etwas Schlechtes gegessen?“, fragte sie, während sie ein Papierhandtuch nass machte und es Cherry auf die Stirn legte. „Hast du dir den Magen verdorben?“

Cherry schüttelte den Kopf.

„Bist du denn sonst irgendwie krank?“, fiel Pia ein. „Oder kommt es vielleicht von dem Busunfall?“

Sie wussten darüber Bescheid, weil Cherry Frau Sondermann ihr Zuspätkommen natürlich hatte erklären müssen.

Aber Cherry schüttelte wieder den Kopf. Sie lehnte den Hinterkopf an die glatten weißen Fliesen der Toilettenwände. „Nein, nein. Das ist es alles nicht.“

„Was ist es denn?“, brauste Mascha fast auf. „Jetzt sag es doch, zum Donnerwetter! So schlimm wird es schon nicht sein.“

„Doch“, sagte Cherry. Ihre Unterlippe begann plötzlich zu zittern. Sie fühlte, wie ihr die Tränen in die Augen stiegen. „Es ist sogar noch schlimmer. Viel schlimmer.“

Pias und Maschas Blicke begegneten sich im Spiegel über dem Waschbecken.

„Es hat etwas mit dieser merkwürdigen SMS zu tun. Nicht wahr?“, fragte sie.

Cherry antwortete nicht. Sie schluchzte nur

einmal kurz, dann schlug sie sich die Hände vor das Gesicht.

„Das ist ein ganz schön dicker Hund", stellte Pia fest, nachdem Cherry die ganze Geschichte erzählt hatte: Dass Dennis den alten Piet zusammengeschlagen hatte und dass sie ihn nun decken sollte.

Cherry hatte eine ganze Weile gebraucht, bis sie überhaupt hatte reden können. Aber dann war alles nur so aus ihr herausgesprudelt. So wie sich ihr vorhin der Magen umgedreht hatte, schien sich nun ihre Seele erleichtert zu haben. Stoßartig und unerwartet.

Die drei Freundinnen kümmerten sich nicht darum, dass inzwischen auch die nächste Stunde schon angebrochen war. Die Tatsache, dass Cherrys Bus heute Morgen einen Unfall gehabt hatte, kam ihnen äußerst gelegen. Zur Not würden sie ihr Fernbleiben vom Unterricht dadurch erklären, dass Cherry danach übel war und sie ihr helfen mussten. Was gar nicht unbedingt gelogen war. Auch wenn die Ursache dafür wohl kaum der Bus war.

„Jedenfalls warst du heute Morgen so weit,

dass du Dennis das Alibi verschaffen wolltest", fasste Mascha zusammen. „Und nur weil der Bus plötzlich gebremst hat, hast du dich im letzten Moment vertippt und die SMS anstatt an sein Handy an meins gesendet."

Cherry nickte. „Ja, so muss es gewesen sein."

„Aber jetzt mal ernsthaft, Cherry", begann Pia. „Du willst Dennis doch nicht wirklich decken, oder? Ich meine, er hat diesen armen alten Penner zusammengeschlagen ..."

„Der alte Piet ist auch kein Engel", fiel Cherry ein. Gleichzeitig biss sie sich auf die Lippen. Selbst wenn es so war, wie Lucy gesagt hatte, selbst wenn der alte Piet kein Engel war – warum fing sie jetzt schon wieder an, Dennis zu verteidigen – so wie sie ihren Eltern gegenüber die Clique verteidigt hatte?

„Das tut doch überhaupt nichts zur Sache", fuhr Mascha auch schon dazwischen. „Es geht jetzt nur darum, was Dennis getan hat. Und wo er dich mit hineinziehen will."

Cherry sah auf den Boden. Ihre Augen folgten dem Muster der quadratischen Fliesen.

„Du sagst, er hat dich bedroht. Mit was genau denn?", wollte Pia wissen.

„Keine Ahnung. Es war nichts Genaues“, antwortete Cherry seufzend. „Nur ein ‚Sieh dich vor!‘. Aber Streicheleinheiten hätte er sicher anders angeboten“, setzte sie hinterher.

„Warum hast du deinen Eltern denn nichts gesagt?“, fragte Mascha jetzt wieder. „Ich meine, der Fall ist doch klar. Du musst zur Polizei gehen.“

„Genau das ist es ja“, erzählte Cherry. „Ich wollte mit ihnen darüber reden. Zumindest über das, was Dennis getan hat. Aber sie haben etwas gegen die ganze Clique. Und ich will ihre Vorurteile nicht noch bestätigen.“

„Willst du wissen, was meine Mutter bei solchen Gelegenheiten sagt?“, fragte Mascha. „Hochmut kommt vor dem Fall, ich weiß“, unterband sie gleich jeden möglichen Einwand von Cherry. „Das hört sich saublöd an. Aber es ist etwas dran. Nämlich, dass man unter bestimmten Bedingungen seine Entscheidungen noch mal überdenken muss. Oder sie sogar rückgängig machen muss.“

Cherry betrachtete wieder das Muster der Bodenfliesen. Vielleicht würde es ihr helfen, ihre Gedanken zu ordnen.

„Ich glaube, Mascha hat Recht“, sagte Pia nachdenklich. „Es kommt jetzt nicht mehr darauf an, was deine Eltern denken oder was sie nicht denken. Es geht jetzt nur darum, wie du aus der Sache herauskommst. Und zwar nach Recht und Gesetz.“

„Aber ... aber so einfach ist die Sache nicht!“, wandte Cherry mit Nachdruck ein. „Ich habe keinerlei Beweise gegen Dennis in der Hand. Selbst wenn ich zur Polizei ginge – Lucy würde sicher bezeugen, dass Dennis mich nie um ein falsches Alibi gebeten hat. Und dann möchte ich ihm wirklich nicht im Dunkeln begegnen“, fügte sie düster hinzu.

Pia und Mascha sahen Cherry betroffen an. Cherry stiegen schon wieder die Tränen in die Augen. Sie versuchte sie verstohlen mit dem Handrücken wegzuwischen.

„Wenn ich ihm irgendetwas beweisen könnte“, sagte Cherry mit erstickter Stimme.

„Aber das kannst du doch!“, rief Mascha plötzlich. „Gib mal dein Handy.“

Wenige Augenblicke und ein paar Einschalttöne später entspannte sich ihre Miene. Ihre Augen glitten über die Nachrichten, die sie aus dem Speicher abgerufen hatte. „Das ist doch wunderbar“, sagte sie. „Es muss nur noch ein bisschen was dazu.“

Es war Ewigkeiten her, dass sie zusammen im Eiscafé gesessen hatten. Zumindest kam es Cherry jetzt so vor.

Während der Kellner Cappuccino für Pia, Tee für Cherry und Apfelsaftschorle für Mascha brachte, lag Cherrys Handy in der Mitte auf dem Tisch. Der Speicher war, bis auf die Nachrichten von Dennis, vollständig gelöscht und leer.

„Fangen wir an“, sagte Mascha. Sie stellte die Ellenbogen auf den Tisch und stützte den Kopf in die Hände. „Jetzt heißt es: gut nachdenken ...“

„... und hoffen, dass Dennis sein Handy eingeschaltet hat“, vollendete Pia den Satz.

„Ich glaube, als Erstes müssen wir die SMS, die ich aus Versehen an Mascha geschickt habe, an Dennis schicken“, sagte Cherry. Ihre Stimme klang belegt. Sie hätte sich niemals träumen lassen, dass sie einmal in die Situation gelangen könnte, ein Gespräch dokumentieren zu müssen. Jetzt fühlte sie sich bald wirklich wie in einem James-Bond-Film.

„Du hast Recht“, sagte Mascha und schob Cherry das Handy zu. Sie schrieb nochmal: „OK. Waren im Kino und nicht im Park. Cherry.“

„Schreib: ‚Am bewussten Samstag‘“, riet Mascha.

Cherry gehorchte und schickte die SMS ab.

Augenblicke später piepste ihr Handy. Eine Antwort! Sie lautete: „So ist’s brav. Immer schön an die Clique denken!“

„Weiß die Polizei eigentlich schon von dir?“, fragte Pia. „Von dir als vermeintliche Zeugin für Dennis meine ich?“

Cherry zuckte die Schultern. „Keine Ahnung.“

„Das müssen wir aber wissen“, sagte Mascha. Sie nahm Cherrys Handy. „Wendet sich die Polizei an mich oder soll ich zu ihr gehen?“, schrieb sie in Cherrys Namen und sendete die SMS.

„Geh du hin“, kam Augenblicke später die Antwort. „Ist ein Pluspunkt für mich.“

„Ein Pluspunkt für ihn, da bin ich mir nicht so sicher“, sagte Mascha zu ihren Freundinnen. „Aber immerhin: Er will, dass du zur Polizei gehst, Cherry. Was du ja auch tun wirst“, fügte sie kichernd hinzu.

„Du brauchst kein schlechtes Gewissen zu haben“, sagte Pia vorsorglich, denn Cherry saß wie ein Häufchen Elend hinter ihrer Teetasse. „Was wir hier tun, hat mit Hintergehen nichts zu tun. Das ist nur eine Beweissicherung.“

„So, jetzt geht es richtig los“, sagte Mascha. „Wie wäre es mit: Ich kann so schlecht lügen. Hilf mir!“

Pia und Cherry nickten und Mascha tippte die Nachricht ein.

„Mist“, sagte Pia, sobald das Handy wieder piepste. „Das hätten wir uns aber denken können: ‚Komm in den Rosengarten‘“, las sie vor.

„Kein Problem“, meinte Mascha. „Darauf antworten wir: ‚Kann nicht, bin krank‘. So und jetzt: ‚In welchem Kino waren wir? Welcher Film? Welche Zeit?‘“ Ihre Finger flogen nur so über die Tastatur.

„Na, wer sagt’s denn?“, meinte Pia als die Antwort kam: „Metropolis-Kino, 17 Uhr, Verrückt in Rio.“

„‚Verrückt in Rio‘? Ehrlich?“, rief Mascha aus. „Der soll doch so blöd sein!“

„Dann passt er doch zu Dennis“, meinte Pia, sah dann aber schnell entschuldigend zu Cherry. Für den Fall, dass sie doch noch verliebt war.

Cherry sah immer noch aus wie ein Gespenst. „Dann frag doch: ‚Hat uns der Film gefallen?‘“, schlug sie dennoch vor.

Mascha nickte. „Gute Idee.“

Augenblicke später antwortete Dennis: „Mir schon, dir nicht.“

Pia grinste nur.

„Hast du mir Popcorn gekauft?“, las Mascha vor, während sie die Frage schon eintippte.

Pia und Cherry nickten beifällig.

Dennis’ Antwort: „Hätte ich vielleicht getan.“

„Hast du mich anschließend nach Hause gebracht?“, schlug Pia vor und Mascha tippte.

Dennis: „Nein, nur zur Bahn.“

„Es gibt keine Bahn zu uns nach Hause“, meinte Cherry schwach. „Das ist ein weiterer Beweis dafür, dass er lügt.“

„Jetzt kommen wir mal auf das Wesentliche“, meinte Mascha. „‚OK‘, erst einmal, als Antwort auf die Sache mit der Bahn. ‚Warum magst du den alten Piet nicht?‘ Er heißt doch der alte Piet, nicht wahr?“, erkundigte sie sich vorsichtshalber noch einmal bei Cherry.

Cherry nickte. Kurz darauf kam die Antwort: „Er erinnert mich an meinen Großvater.“

„Soso“, machte Pia.

„Bist du jetzt mit ihm fertig?“, las Mascha ihre nächste Frage vor.

Die Antwort lautete: „Nein. Er hat noch viel mehr verdient.“

Zwischenzeitlich hätte Cherry fast glauben können, dass es sich um ein Spiel handelte. Um eine Art „Stille Post“. Nur in einer modernen Version. Jetzt aber wurde ihr wieder klar, dass das, worum es hier ging, alles andere als ein Spiel war. Dass es Ernst war, bitterer Ernst sogar. Und dass es höchste Zeit war, diesen Dingen ein Ende zu bereiten.

Als sie bezahlt hatten und aufstanden, waren Cherrys Beine bleischwer. Sie konnte sich nicht erinnern, wann sie jemals einen solchen Muskelkater gehabt hatte. Von ihrem kleinen Waldlauf konnte er kaum stammen. Es musste etwas anderes sein, das ihr den Gang, den sie nun vor sich hatte, so schwer machte.

Ihre rechte Hand umklammerte das Handy. Der winzig kleine Chip in seinem Inneren würde nun darüber entscheiden, wie es weiterging, mit der Clique, mit Dennis, mit dem alten Piet und letztlich auch mit ihr. Einen Moment lang fühlte sie den Impuls, das Handy durch den nächsten Gullydeckel zu schieben und im Kanal zu versenken – damit es auf Nimmerwiedersehen verschwand und irgendwann ins Meer gespült würde. Doch im nächsten Augenblick umklammerte sie es umso fester. Der kleine Chip in seinem Inneren war der Schlüssel dazu, was Recht und was Unrecht war. Das Werkzeug, das die glasklare Realität von der Welt ihrer Illusionen trennte, das wirkliche Leben von dem Märchen, an das Cherry eine Weile geglaubt hatte: der vorgeblich heilen Welt der Clique.

Je näher sie der Polizeiwache kamen, umso klarer wurde Cherry, dass es richtig war, was sie tat.

Jetzt standen sie vor dem Polizeigebäude. Cherry holte tief Luft. Sie sah nach rechts und links, in die Gesichter ihrer Freundinnen, zu Pia und Mascha. Sie nickten ihr zu.

Cherry drückte auf einen Klingelknopf. Ein Summer ertönte und die Glastür sprang auf.

Cherry zögerte noch einen Moment, dann trat sie ein.

Denn die Zeit der Märchen war wirklich vorbei.

Girls Club

Mona Sternfeld

Mascha findet sich zu fett. Ach was, zu fett. Viel zu fett! Sie kann sich ja nicht mal im Bikini sehen lassen. Das muss anders werden, beschließt Mascha und beginnt eine Diät. Ihre Freundinnen Pia und Cherry unterstützen sie dabei. Aber was so einfach begonnen hat, wird im Laufe der Zeit immer komplizierter, denn Mascha will unbedingt in den neuen Bikini passen ...

160 Seiten, ab 11 Jahre